고전문학과 전통회화의 상동구조

* 이 저서는 2004년 정부(교육인적자원부)의 재원으로 한국학술진흥재단의 지원을 받아 수행된 연구임(KRF-2004-041-A00294).

고전문학과 전통회화의 상동구조

김현주 지음

보고사

머리말

　판소리 사설에 나타난 회화적 상상력에 흥미를 느껴 풍속화와 민화를 좀 찾아보던 것이 고전문학과 전통회화 전반으로 그 관심의 영역이 넓어져 이 책이 되었다. 그래서 여기에는 판소리 사설뿐 아니라 판소리의 음악적인 측면에도 관심이 기울어져 있고, 또 고소설, 설화, 고시가 등으로도 시선이 확대되어 있다. 회화 부분도 풍속화와 민화를 포함하여 산수화, 수묵화, 그리고 문인화 등으로 그 관심 영역이 확장되어 있다. 비단 판소리만 당대의 회화 양식과 관련이 있는 게 아니라 전반적인 문학과 회화 장르들 사이에 상당한 공질성이 존재한다는 사실을 감안해볼 때, 이러한 관심의 확장적 이동은 의도적이라기보다는 매우 자연스럽게 이루어진 것 같다.

　문학과 회화란 것은 근본적으로 매체상의 심원한 간극 때문에 동질성을 쉽게 드러내보이지 않는다. 시간예술과 공간예술 사이에 놓여 있는 심연의 거리를 단번에 축소시킬 수 있는 방법을 찾는다는 것은 연목구어(緣木求魚)이기도 하거니와 인문정신적 탐구와도 약간의 거리가 있는 것이라고 할 수 있다. 만약 그것을 직접 찾을 수 있다면 그것은 너무나도 자명한 단순한 것이거나 아니면 별로 의미 있는 것이 못되거나 둘 중의 하나일 것이다.

　나는 문학과 회화 사이에 어떤 동질성이 있다면 그것은 표층에서 발견되는 그런 성질의 것이 아니라 수맥처럼 아주 깊은 심층에서 발견될 수 있으리라는 생각을 갖고 있다. 그것은 지질탐사와 같아서 아주 은밀하고 간접적이되 아주 체계적인 방법을 통해 접근할 수 있으리라고 보는 것이다. 그래서 나는 이 책에 있는 글들에서 문학과 회화 사이의 간극을 메우기 위해 분석적 매개항들을 다양하게 마련하고 그것들을 해석에 적절하게 결합시키려고 노력했다. 그것은 넓게는 당대의 모든 예술양식들이 같이 호흡하는 에토스로서의 사회문화적 상황일 수도 있고, 모든 예술양식의 정신적 토양으로서 당대인들의 사유체계 또는 시대정신일 수도 있다. 또 그것은 양쪽 장르에 모두 나타나는 도인(道人)과 같은 인물 형상일 수도 있다. 독자나 감상자가 그러한 형상을 통해 얻는 심리적 효과가 양 장르의 동질적 지층을 구성할 수도 있기 때문이다. 또 그것은 회화원리 또는 구성원리일 수도 있는데, 이것이 매개항이 될 수 있는 이유는 구성이나 구도가 예술 전반이 갖고 있는 요소로서 문학과 예술의 비교에서 유용한 접점을 제공해줄 수 있기 때문이다. 또 그것은 서술시각이나 표현기법 또는 담화방식일 수도 있다. 이들은 어떤 예술양식이건간에 존재하는 작자의 스탠스와 관련되는 것이기 때문에 문학과 회화를 등등한 위치에서 비교할 때 유용한 입각점이 될 수 있는 것이다.

이 책이 어떤 일관된 지배적인 방법론을 내세우고 있는 것은 아니지만 최소한 고대의 동양적 미의식 관념과의 관계 속에서 우리의 고전 문예 장르의 문제를 다루고자 한다는 점은 이 책 전체를 관통하는 기류이다. 그것은 우리의 고전문학과 전통회화에 흐르는 심층적 혈액 속에는 필연적으로 동양정신적 원형질 내지는 유전자가 잠복되어 있을 것이라는 전제가 강력하게 작동되었기 때문이다. 아마도 그 중의 하나는 도가적 사유체계 또는 심미의식일 텐데, 그에 대한 관심이 이 책에 많이 표명되어 있다. 한편 여기에서 다루어진 동양미학과 동양적 심미의식이 중국 중심으로 되어 있어 한국적 미의식이나 심미적 사유체계가 변별적으로 추구되지 못한 점은 이 책이 지닌 한계라고 자인하지 않을 수 없다. 무척 어려운 문제라고 여겨지지만 또 피해갈 수도 없을 터, 이에 대해서는 차후 호흡을 가다듬어 접근해갈 과제로 남겨두고자 한다.

이 책의 제목에 사용된 '상동구조'라는 말은 동질적인 작용을 하는 다양한 요소들의 실천적인 움직임을 일반화 또는 총체화한 개념으로서 특히 표층에서는 보이지 않지만 이면의 심층에서 관련을 맺고 있는 구조라는 의미가 강하다고 할 수 있다. 그것은 겉으로 보면 정태적이지만 저 바닥으로부터 강력한 역동성으로 끓어오르는 구조이다. 달리 말해 발생학적으로 그 기원이 같은 구조이다. 그렇다고 여기에서 서로 횡으로 영향을 주고받은 측면을 부정하지는 않는다. 상상력을 통해 서로가 서로에게 남긴 흔적 또한 상당한 것이다.

이 책은 한국학술진흥재단의 연구지원으로 이루어졌다. 원래 이 책의 첫번째 글이 연구과제였는데, 이 과제를 신청하고 나서 한 편의 논문으로 그것을 담기에는 너무 광활한 테마라는 것을 바로 깨달았다. 그렇지만 그것은 이미 엎질러진 물이 되었고, 덜컥 그 과제가 선정까지 되어 버렸다. 그래서 할 수 없이 테마 자체를 약간 더 확대시키고, 커진 테마 사이의 빈 공간에 그와 연관되는 논문들을 써서 채워 한 권의 저서로 내리라고 생각했던 것이다. 이렇게 되어 학진은 한 편의 논문에 대해 지원해주었지만 결과적으로 한 권의 책에 대해 지원해준 셈이 되었다. 그것은 오로지 내 자의에 의한 결정이었다. 어쨌거나 지원해준 학진에 감사한다. 그리고 이 책을 이렇게 잘 꾸며준 보고사에 감사의 말씀을 드리며, 교정과 색인 작업에 수고해준 정상희 조교에게도 고마움의 뜻을 전한다.

2007년 11월
고기리에서 **김현주**

차 례

고전문학과 전통회화에서의 도교담론과 도교도상

1. 머리말

　도교는 이른 시기에 형성된 동양의 원시종교로서 동양인의 믿음의 체계 또는 정신구조에 심대한 영향을 끼치면서 우리 민속과 예술, 그리고 문학의 형식과 내용에 두루 그 영향의 흔적을 남기고 있는 담론 체계라고 할 수 있다. 이 글은 도교담론뿐만 아니라 도교와 관련된 도상도 우리 고전문학과 전통회화에 어떤 흔적을 남기고 있다는 전제 하에 그 구체적인 면모를 고찰하는 데에 관심을 투여하고자 한다. 다시 말해 도교와 관련된 담론과 도상이 우리 고전문학과 전통회화에 수용됨에 있어 어떤 요소들이 소통되고 있고, 어떤 내면화의 길을 걷고 있으며, 그것들이 내부에서 우리 고전문학과 전통회화의 성격을 형질화하는 데 어떤 의미작용을 하고 있는지를 탐구하고자 한다. 특히 이 작업을 수행함에 있어 우리 고전문학과 예술 장르의 성격을 동양의 모든 문학과 예술의 동원적(同源的) 기반으로서의 도교적 요소와 단순하게 관련시키는 차원을 넘어 그들 사이에 존재하는 좀더 구체적이고 정밀한 소통회로가 어떤 것이며, 그것이 고전문학과 예술의 성격에 어떤 의미를 부여하고 있는지에 대해서도 착목하고자 한다.

고전문학과 전통회화의 배경적 맥락으로서 동양의 원시종교인 도교와의 관련성을 추구하는 동시에 문학과 회화 장르 사이의 상호소통 및 교섭 관계에도 관심을 투여하고자 하는 것이다. 문학 해석을 문화와 예술이라는 거대구조 속에서 논의하고자 하는 이 글의 이러한 접근 방법은 요즘의 학제적이고 통합학문적인 시대적 요청에도 부응하는 길이며, 폐쇄적인 아카데미즘과 고답적인 매너리즘에 빠져 있는 고전 연구를 의미 있게 하는 방법이라고 믿는다.

여기에서 '도교'는 종교적·신앙적 요소뿐만 아니라 철학적·사상적 요소들까지 포함하는 광의의 개념으로 사용된다. 종교로서의 '도교(道敎)'와 철학으로서의 '도가(道家)'를 구분하려는 경향도 있지만 도교와 도가가 불연속적으로 단절되는 성격이 아닌 만큼 도교를 도가사상까지 포함하여 넓은 의미로 사용하려는 것이다.[1] 그래서 종교적 담론뿐만 아니라 사상적 담론, 그리고 예술적 도상까지 포함함으로써 문학과 예술에 내재된 도가사상적이고 도교미학적인 요소들을 포괄적으로 보아내는 데 걸림이 없게 하고자 한다. 도교담론과 도상은 원래 중국 태생이지만 중국문학과 중국 전통회화에만 영향을 미친 게 아니라 우리 나라의 도교 관련 담론과 도상 체계, 그리고 우리 고전문학과 전통회화 양식에도 깊은 영향을 끼쳤다. 그렇다고 여기에서 도교담론과 도상의 영향사(影響史) 차원에서 접근하지는 않으려 한다. 전반적으로 볼 때 영향은 다층적이고 내밀하게 이루어졌기 때문에 영

---

1) 윤찬원, 「도교 개념의 정의에 관한 논구」, 한국도교사상연구회 편, 『한국도교와 도가사상』, 아세아문화사, 1991, 55-78쪽 참조.

향관계를 실증하기가 쉽지 않을 뿐만 아니라 동양 고대의 관념체계에서 국가적 경계를 문제삼는 것이 그다지 유익하거나 효율적이지 않다고 판단하기 때문이다. 따지고 보면 도교적 사유체계가 무교와 같은 우리의 토속신앙에 침윤된 정도는 아주 심대하다 할 수 있으며, 심지어 우리식으로 변용된 불교에도 도교적 사유체계는 그 각인의 정두가 상당하다고 할 수 있을 것이다. 그래서 여기에서는 중국쪽의 도교담론과 도상, 그리고 문학과 회화는 어떠하며, 우리쪽의 도교담론과 도상, 그리고 문학과 회화는 어떠한지 국가적 경계를 지어 논하는 것을 지양하고, 동양 전반의 관념체계와 예술적 인식을 서로 관련시켜 논하는 통문화(通文化)적 관점에서 중국쪽의 도교담론이나 도상과 우리의 고전문학과 전통회화 사이의 상관관계를 동일 평면 위에서 논의하고자 한다.

담론적 요소와 도상적 요소는 영향을 끼치고 잔영을 남김에 있어 아주 내밀하고 은근한 방식이되 전면적으로 작용함으로써 포괄적 내면화의 과정을 거치는 경향이 있다. 따라서 이들 영향의 내면화된 양상을 구명하기 위해서는 제재적 측면뿐만이 아니라 어떻게 진술되고 어떻게 표현되는지에 대한 담화(discourse)적 측면에 대한 조명도 필요하다고 판단된다. 따라서 여기에서는 도교적 담론과 도상이 한국고전문학과 전통회화에 미친 정신적 내지는 내면적 영향관계뿐만 아니라 가능한 한 표현상의 상동성과 그 배경에 대해서도 시선을 골고루 주고자 한다. 소재적 측면에서 바라보면 투박한 상동관계만이 부각되기 마련이지만, 여기서는 담화적 측면도 함께 조명함으로써 될 수 있으면 담론과 도상의 표면 밑에서 도도하게 흐르는 소통 양상에 유념하고자 한다. 그래야지만 한국문화의 정신적 바탕과 특유의 미의식 체계에 대한, 사소하지만 중요한 국면에 한 발짝 다가서는 길일 것이라고 믿는다.

2. 고전문학·전통회화·도교담론·도교도상의 의미범주

논의를 진행하기에 앞서 연구 영역과 연구 방법을 도식을 통해 간단히 그려 보이면 다음과 같다.

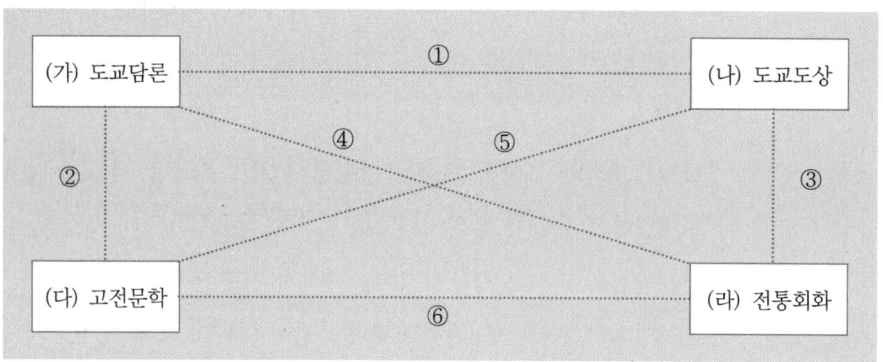

도식에 보이는 네 가지 구성요소 각각의 개념 범주와 연구 대상 자료 등에 대해 먼저 설명하기로 한다.

(가) 도교담론

여기서 도교담론이란 도교의 정신적 바탕과 원리에 대한 사유를 보여주는 〈노자〉, 〈장자〉, 〈산해경〉, 〈포박자〉, 〈태평경〉 등을 통해 구성되는 담론체계라고 할 수 있다. 그것은 탈속적인 세계관과 신선에의 동경, 연단술을 통한 불로장생 추구 등 다양한 층위로 구성되어 있지만 여기에서는 도교의 근간이 되는 정신적인 성향이면서 문학이나 예술과도 연결될 수 있는 사유체계를 가리키는 것으로 보고자 한다. 그러한 점에서 보면 도교적인 사유체계는 다른 저술들보다는 주로 〈노자〉와 〈장자〉와 가장 긴밀한 관계를 맺을 수밖에 없을 것이다.

도교의 원리에 대한 이들 담론들이 근본적으로는 문학적 의욕이나 예술적 지향 등을 직접 표명한 적은 없다. 어떤 구체적인 문학과 예술을 그들이 추구하는 대상으로 삼은 적도 없다. 이들 담론의 주체들은 현실을 훨훨 벗어 던져 버림으로써 정신적으로 이상적인 상태에 도달하기를 추구했을 뿐이다. 그럼에도 불구하고 그들의 지향은 원래는 문학과 예술과는 무관한 것이었지만 오히려 뜻하지 않게 예술정신에 합치되는 방향으로 가게 된 것이다. 문학 또는 예술이 지향하는 것이 바로 현실로부터의 도피에서 얻어지는 정신상의 그 무엇이며, 그들이 추구하는 최고개념인 도(道) 자체가 최고의 예술정신이라고 할 수 있기 때문이다.[2]

도교담론은 인간의 행동양식과 사유방식의 전 부문에 관련되어 있는 거대담론이기 때문에 우리가 문학과 예술의 측면에서 보고자 할 때는 두꺼운 적층에서 문학과 예술쪽과 상호 연결되는 단층을 추출하고 정리하는 작업이 선행되어야 한다. 온갖 시각이 혼융되어 있는 도

---

2) 서복관, 『중국예술정신』, 동문선, 1990, 80쪽 참조.

교담론에서 문학과 예술 측면과 상호 소통되는 회로 내지는 접점을 마련해야 하며, 그러기 위해서는 도교담론을 목적에 맞게 부문별로 재구성할 필요도 있는 것이다. 예컨대 서술 주체의 사물에 대한 태도 내지는 시각이라든지, 삶에 대한 지향의식을 말해주는 세계관이나 인생관, 우주관이나 생사관이라든지, 그리고 무엇보다도 문학이나 예술과 관련하여 상상력이 개입된 심미적 관조가 성립될 수 있는 정신상황 또는 미적 근거를 도교담론 속에서 체계화할 필요가 있다. 그래야만 이들 도교담론이 동양인의 삶과 민속, 그리고 문학과 예술 등 동양의 모든 문화적인 양식에 어떻게 각인되어 있는지를 이해할 수 있을 것이다. 도교적인 담론체계는 인간의 삶에 실제적으로 영향을 미치는 실용적인 것이 아니라 주로 인생과 세계에 대한 동양 고대의 심오하고 관조적인 정신이나 관점과 관련된 것이기 때문에 어떤 대상에 영향을 미치더라도 그것은 상당히 내면화되어 심층적으로 축적되는 경향이 있다. 따라서 이들이 내면화되는 문화적 흐름을 보기 위해서는 표면뿐 아니라 이면의 것도 함께 보아야 하며, 현상뿐 아니라 정신적인 기조 내지는 정조를 면밀하게 고찰할 필요가 있다.

(나) 도교도상

도교도상은 도교담론과의 상관관계 속에서 형성된 시각적 이미지들이다. 이들 도상들은 도교 철학적 담론 속에 내재한 정신적 사유체계의 상관물이기도 하고, 도교적 의례 행위와 관련되어 형질화된 것이기도 하다. 이들은 후대 문학작품과 회화작품에 예술적 상상력의 잠재태로서 기능했으리라고 판단된다. 이들 도상들은 후대 문학에서 인물과 배경, 그리고 환상적인 사건의 전개를 묘사할 때 문학적 상상력의 원동력이 되었으며, 후대 회화에는 보다 직접적으로 소재 또는 테마로, 기본 정조 내지는 분위기로 계승되었다고 생각된다.

도교도상에는 첫째로, 역학에서의 음양사상과 밀접하게 관련된 음양태극도(그림 1-1)라든가 팔괘방위도(그림 1-2) 같은 것들이 있다. 음양은 우주의 변화 원리를 함축하고 있는 구조 체계로서 이를 방위 체계와 함께 나타낸 것이 바로 팔괘이며, 음양의 대립과 조화를 통해 만물이 연원하는 궁극적인 기원으로서의 체계가 바로 태극이다. 음양사상이 도교에만 해당되는 것은 아니라 하더라도, 우주의 변화 원리를 도(道)의 바탕으로 삼는 도교적 전통에서 보거나, 음기와 양기의 조절이 연단술적 불사의식에서도 그토록 중요하다는 점[3]을 상기한다면, 음양은 우주 만물을 기(氣)의 작용으로 보는 도교적 전통에 보다 더 가깝다고 생각된다.

둘째는, 도교신도(道敎神圖) 내지는 선관선녀도 계통이 있는데, 여기에는 천상의 도교신전이나 산 속의 도관을 그린 그림이라든가(그림 1-3), 천상계의 각종 신장(神將)들의 그림(그림 1-4)이 있다. 옥황상제를 정점으로 하여 인간의 수명과 질병, 출산을 맡은 신들, 그리고 비와 같은 자연현상을 맡은 신들이 모여 천상정치를 하는 모습이 그려져 있는 것이다. 그들이 정사를 펼치는 장소는 구름 위의 테라스가 되고,

---

3) Little, Stephen, 『Taoism and the arts of china』, Art Institute of Chicago, 2000, p.139.

서왕모 같은 이는 난새를 타고 날아다니며 서왕모의 시녀들은 구름을 타고 날아다닌다.(그림 1-5) 도교의 신장들은 부릅뜬 커다란 눈과 하늘로 뻗은 머리카락, 시커멓고 괴물 같은 얼굴 형상을 하고 있다. 이러한 도상에는 상당히 정형화된 운룡문이나 파도문, 그리고 기암괴석이 그려지는 경향이 있고, 수많은 신들이 운집해 있는 신전을 그린 그림은 신들과 신장들조차도 정형화된 틀로 주조되어 있다. 이들의 정형화된 틀은 한대(漢代)의 묘지에 많이 쓰인 화상석(畫像石)의 이미지로 많이 전용된 듯하다.(그림 1-6)

(그림 1-1) 장황(章潢;1527-1608), 〈고태극도〉, 명(明)시대.
음양태극도

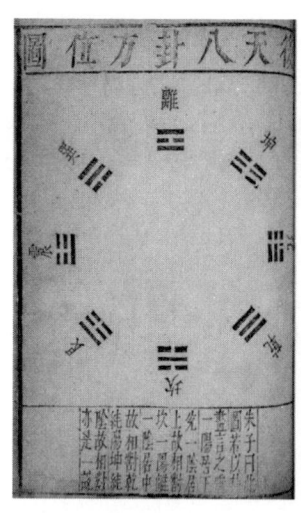

(그림 1-2) 장황, 〈팔괘방위도〉, 명시대.
팔괘방위도

음양태극도와 팔괘방위도를 결합한 후대 도상들.

(그림 1-3) 이공린(李公麟), Taoist Paradise(detail), 북송(11C 말 또는 12C 초), 41.7×947.5㎝, Freer Gallery of Art, Washington D.C.
천상계의 선관선녀들이 신전에 모이는 광경.

(그림 1-4) 도교신 왕원수(王元帥), 명(1542), 97×62㎝, The Metropolitan Museum of Art, New York
천상계의 신장들이 각종 이계(異界)를 다스리는 광경.

(그림 1-5) 〈도교의 불사신들과 서왕모〉, 청(1736-95), 182.8×104.1㎝, Asian Art Museum of San Francisco.
도교의 불사적인 존재들이 모인 테라스에 요지연의 서왕모도 난새를 타고 내림하고 있다.

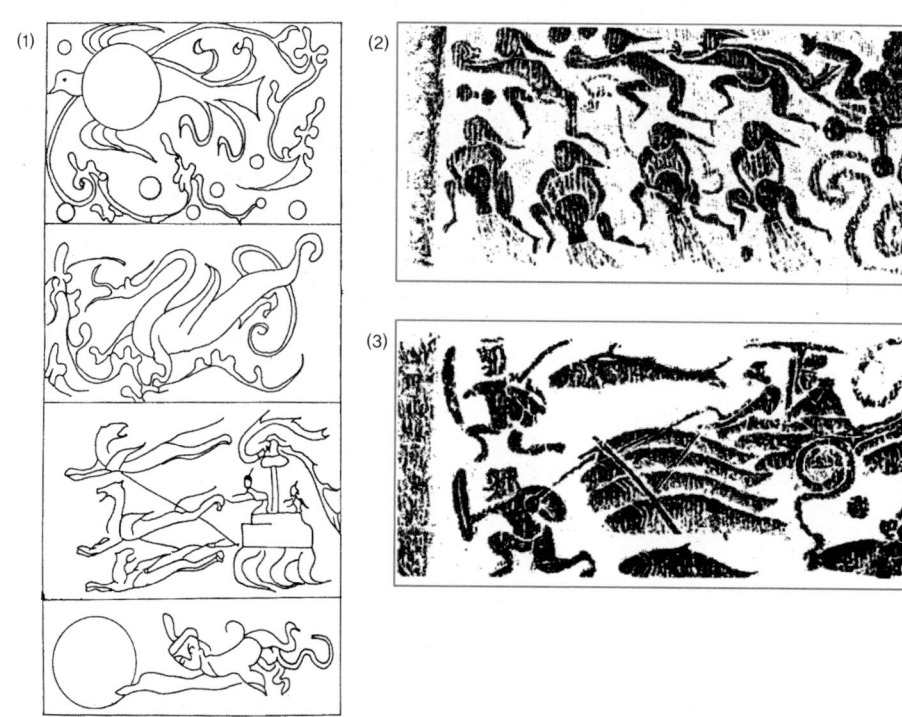

(그림 1-6) (1) 하남 남양 신점진영장4호한묘 현실청장화상 모사선화
(2) 하남 남양 왕장 출토 천제출행화상
(3) 하남 남양 출토 하백출행화상
(4) 산동 가상현 송산촌 출토 동왕공화상

각종 신들과 신장들, 그리고 그들이 정치하는 모습과 수레를 타고 하늘을 날아다니는 도상들은
한대의 화상석에도 잘 나타나 있다.

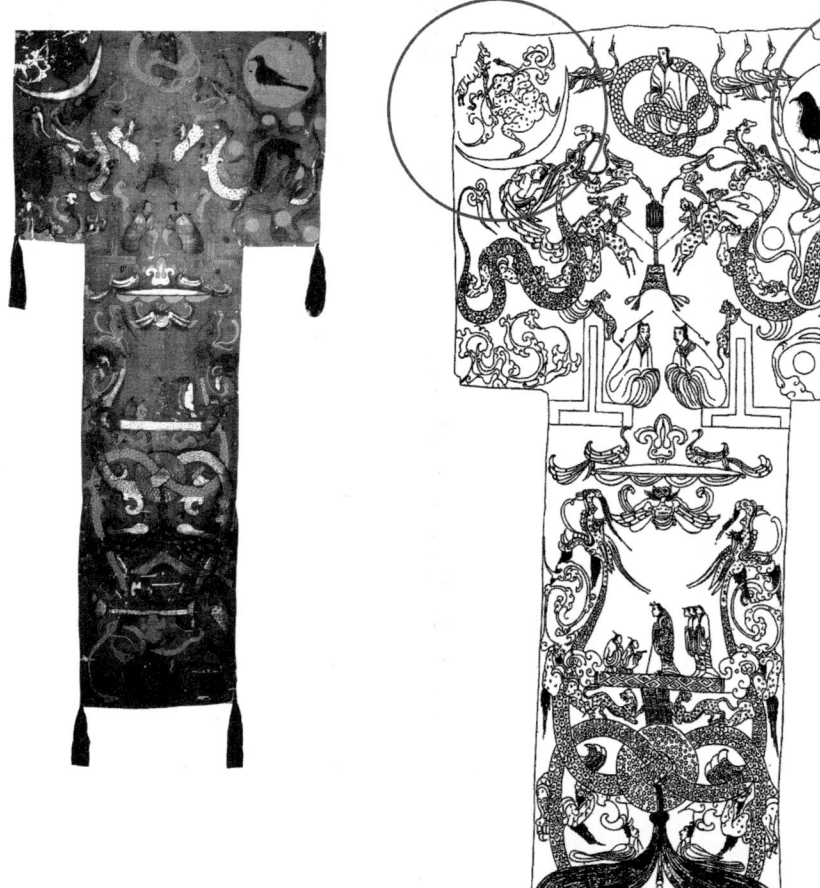

(그림 1-7) (좌) 마왕퇴백화 T형 비단그림(T形帛畵)
(우) 구성화

마왕퇴 백화에는 일월(日月) 도상으로 새와 두꺼비가
그려져 있는데 고대부터 음양의 상징으로 여겨져 왔다.

(그림 1-8) 당(唐)시대의 동경(銅鏡), 618-906, 26.4cm, American Museum of Natural History, New York.
당(唐)시대의 동경에는 우주체계적 방위와 시간과 관련된 12지의 동물도상들이 배열되어 있다.

셋째는, 동물문양인데, 해 속의 삼족조와 달 속의 두꺼비상은 비교적 고대적 도상에 속하고(그림 1-7), 음양의 상징으로서 그려진 용과 호랑이는 꾸준히 지속된 레파토리에 해당된다. 용과 호랑이뿐 아니라 방위 체계와 관련되어서는 새[주작(朱雀)]와 거북[현무(玄武)]이 추가되기도 하며, 우주체계적 방위와 시간과 관련된 12지지(地支)로는 쥐, 소, 호랑이, 토끼, 용, 뱀, 말, 양, 원숭이, 닭, 개, 돼지 등이 있다. 이들 동물도상들은 대개 제기(祭器)와 와당(瓦當), 동경(銅鏡)(그림 1-8) 등에 새겨져 있다. 이들 동물들은 동물만 그려져 있는 경우도 있지만 인간과의 관계 속에서 존재하는 동물상으로도 많이 표현되고 있다. 인간을 등에 태우고 있는 동물만 하더라도 소와 말뿐만 아니라 용, 호랑이, 거북, 봉황, 난새 등이 있고, 기린과 비슷한 동물도 있다.

넷째는 인수(人獸) 혼합도상이 있다. 반인반수(半人半獸)의 수두신장(獸頭神將)이나 12지신상(地神象) 등이 그러하다. 도교적 도상에는 험악하게 생긴 신장과 더불어 동물의 머리를 하고 사람의 몸을 한 수

(그림 1-10) 부혜(鳧徯)
지리지로서의 〈산해경〉에는 수두인
신과는 반대인 인두수신의 도상들이
많이 보인다.

(그림 1-9) 능지탑의 십이신장상(좌:원숭이, 우:닭)
반인반수의 인수 혼합도상들은 우주적 질서를 성립시키는
방위와 시간의 기를 지녔다고 관념되었다.

(그림 1-11) (좌) 앞칸서쪽천장벽화(前室西側天井壁畵)
(우) 앞칸서벽벽화배치도(前室西壁壁畵配置圖)
고구려 고분벽화에도 〈산해경〉과 유사한 인두조신(人頭鳥身)의 도상이 보인다.

두신장들이 존재하는데(그림 1-9), 이들 동물들이 우주적 질서를 성립시키는 방위와 시간의 기(氣)를 지녔다고 관념되었기 때문이 아닌가 생각된다. 서왕모나 도교신 등과 같은 존재를 그린 화상석이나 화상전들을 보면 각종 동물들이 인간의 주변을 둘러싸고 있는 장면을 흔히 볼 수 있는데, 이는 도교가 동물적 존재와 친연관계를 갖고 있음을 증언해준다고 할 수 있다. 이는 도교가 토테미즘과 상당한 관계가 있음을 말해준다고 볼 수도 있다. 우리는 수두인신(獸頭人身)과는 반대의 형상도 이른 시기의 도교적 도상들에서 볼 수 있는데, 그것은 〈산해경〉에 그려진 존재들(그림 1-10)이나 고구려 고분벽화에 그려진

(그림 1-12) 안휘(顏輝), 〈불사신 유해섬(劉海蟾), 원(元)시대, 13-14C, Yuan dynasty, 141×79.8cm, Chion-ji, Kyoto. 두꺼비와의 친연관계를 보여주는 도교신 유해섬.

인두조신(人頭鳥身)의 모습들이다.(그림 1-11) 그리고 인수 혼합도상은 아니지만 인간과 동물의 친연관계를 다른 측면에서 보여주는, 유해섬(劉海蟾)과 같은 도교신적인 존재도 있다.(그림 1-12)

그밖에도 도교도상에는 부적문양(符籍紋樣)이나 별자리문양, 양생술(養生術)과 관련된 인체도, 그리고 도교적 제의와 밀접한 물건으로서의 향로와 관련된 도상이 있다. 부적은 그 형상이 우주를 형성하는 태초의 에너지를 흡입하고 방출한다는 의미를 가진 것으로 관념되었

다.4) 그런 점에서 부적은 우주의 기를 통제하고자 하는 도교적 의례에서 매우 중요시되었다.(그림 1-13) 도교적 수련 과정에서 우주적 질서를 장악하는 것이 필요한데, 거기에서 중요한 것이 별자리에 대한 정확한 파악이었던 듯하다. 이 점은 사람 인체에 대해서도 마찬가지라고 판단된다. 그래서 인체에 대한 내경도(內經圖)가 인체 각 부분들간의 연결을 산수자연의 장면들과 같이 결부시키고 있는 것을 우리는 보게 된다.

도교도상에서 매우 특별한 것이 향로와 관련된 것이라고 생각된다. 도교에서는 도를 추구하는 과정에서의 공간으로서도 중요하고, 그리고 그 자체도 도와 비슷한 성질이라고 해서 중요하게 관념되는 것이 있는데, 그것은 바로 산(山)이다. 그런데 향로는 그러한 산의 모습을 담고 있다. 향로 그 자체가 산의 모습을 형상화하기도 하며, 향로의 겉면에 삐쭉삐쭉 무수하게 솟은 것들은 바로 산의 모습인 것이다.(그림 1-14) 산은 하늘과 땅을 잇는 축으로서의 신성한 꼭지점의 이미지도 갖고 있고, 신적 존재와 교우할 수 있는 장소로서의 이미지도 갖고 있으며, 불사약의 구성성분인 광물질과 약용식물의 처소로서의 이미지도 갖고 있다.5) 그런 점에서 산은 도교적 의례나 수행 과정에서 핵심적인 의미를 담지하는 것으로 볼 수 있다. 그리고 향로에는 산 속에서 악기를 타는 인물들이 조각되어 있기도 한데, 그것은 도교적 수행 과정에서 도인들이 취하는 행동양식으로서 중요한 의미가 담겨 있다고

---

4) S. Little, 앞의 책, pp.201-202.
5) S. Little, 앞의 책, p.148.

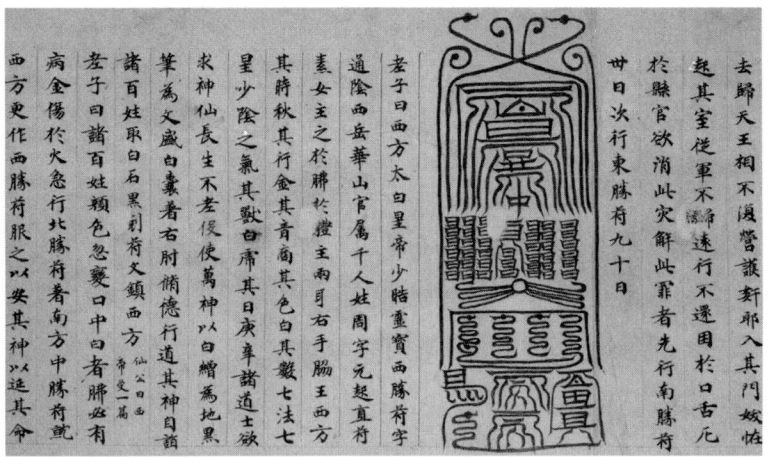

(그림 1-13)
(상) 〈돈황에서 나온 당(唐)시대의 부적〉, 7-8C,
26,2×1,173,6cm, Bibliothèque Nationale de
France, Paris
(하좌) 錢樂之, 〈星圖〉
(하우) 前漢, 〈天文圖〉, 湖南省長沙市馬王1號墓
우주의 기를 통어하고자 하는 도교적 의례
에서 중요시된 부적과 별자리도, 천문도.

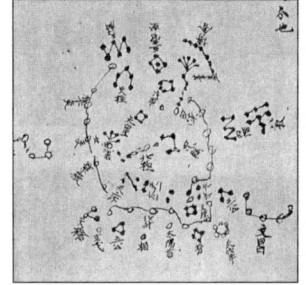
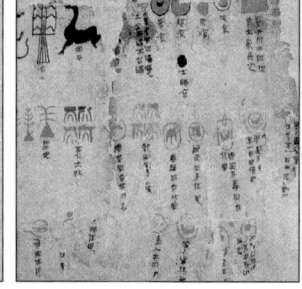

(그림 1-14) 백제 금동대향로, 7세기경, 높이 61,8cm, 충청
남도 부여군 능산리 출토, 국립부여박물관 소장.
도교에서 도를 추구하는 공간으로서의 산(山)을 도
상의 뼈대로 삼고 있는 향로.

할 수 있다. 그것은 산수화에서 수많은 소재로 그려지는, 도인의 악기 타는 광경과 관련하여 의미있는 시사를 주기 때문이다.

이처럼 도교도상은 다양한 층위로 구성되어 있는데, 여기에서는 이들 모두를 다루기보다는 고전문학과 전통회화와 관련있는 것들을 중심으로 보게 될 것이다.

(다) 고전문학

문학이 효용론적 측면에서는 항상 유교적 교리에 의해 견제받았던 데 비해 표현론적 측면에서는 도교적 관념체계로부터 무수한 영감을 받았다. 문학을 고취시킨 원동력으로 도교적 취향과 정신을 배제하고는 그 근원적 힘을 간과할 수밖에 없을 것이다. 무위자연과 소요유의 정신과 태도는 시와 소설의 모습을 갖추게 하는 데 핵심 요소로 작용했다. 자연 속의 은둔 생활을 찬미하고 자연과 더불어 살면서 신선을 닮아가려는 의지를 표현하는 시가들과, 신선 또는 방사들의 삶과 이적(異蹟)을 대상으로 소설화하는 관습은 초창기 시가 및 소설의 전통이었는데, 그것은 대부분 도교로부터 연원한 것이라고 봐도 무방할 것이다.[6]

도교담론과 도상의 상관관계 속에서 형성된 문학적 군집은 상당히 폭이 넓다. 중국의 경우, 〈산해경〉에 실려 있는 신화적 이야기들이나 육조시대의 지괴(志怪), 당의 전기(傳奇) 등이 산문작품에서는 도교

---

6) 정재서, 『도교와 문학 그리고 상상력』, 푸른숲, 2000, 286-290쪽 참조.

적 색채가 강한 것들이다. 그것들은 도교적인 정신세계로부터 자양분을 공급받고 나온 태생들이라고 할 수 있다. 〈산해경〉은 이국의 풍속과 사물, 괴물에 대한 묘사, 그리고 신들의 계보를 지니고 있는 신화서로서 방위관념에 따라 신수(神獸) 개념을 정립하고 태음숭배의 관념을 상징적으로 표현하고 있음에 비추어보면 도교관념을 강하게 함축하고 있는 것으로 보아 무방하다.[7] 지괴와 당 전기 또한 신선과 요귀, 기이한 행적의 방사들을 대상으로 그들의 일들을 담아 놓은 것으로 도교적 삶을 충실히 재현해놓고 있다고 볼 수 있다.

한국의 경우도 신화 속에 도교적 요소가 배어 있고, 나말여초부터의 전기류에 도교적 색채가 강하게 나타나고 있으며, 전기류와 멀지 않은 곳에 위치하고 있는 〈전기소설〉과 〈몽유소설〉을 비롯한 우리 고소설 전반에도 도교적인 요소가 곳곳에 묻어 있다.

우리의 신화에는 대개 천상세계가 설정되어 있거나 천상계와의 관계를 지닌 존재들이 등장하고, 그들의 행적과 의식지향이 신선이나 신선계에 맞닿아 있으며, 불사에의 의지나 성취가 드러난다. 그러한 내용이나 정조는 전기류의 인물형상들에도 나타나며, 본격적인 소설 장르들로 이어진다.

그러나 본격적인 소설들에서는 신화적인 세계가 지배적인 위치로부터 배제된 상태이기 때문에 지상인의 삶 속에 도교적인 취향이나 요소가 파편화되어 나타나는 경향을 보여준다. 간혹 본격적인 소설 장르이면서도 도교적 요소와 취향으로 가득찬 작품이 등장하는데, 허

---

7) 정재서 역주, 『산해경』, 민음사, 1985, 19-25쪽 참조.

균의 〈손곡산인전〉이나 〈장생전〉, 〈남궁선생전〉, 〈엄처사전〉 등과 같은 일사소설(逸士小說)이 그러한 것이다. 일사소설은 인물의 행적이나 정신적인 경향의 측면에서 도교적인 색채를 가장 강하게 지니고 있는 작품류로 판단된다. 연암의 〈신선전〉도 이와 비슷한 시선 속에서 이루어진 것인데, 이와 같이 신선 취향의 인물을 입전하는 것은 당시 하나의 유행하는 전통이었던 것이다.

우리 고전시가에도 도교적인 색채로 덧입혀지고 도교적인 요소가 함축된 작품들이 상당수 있는데, 유선시(遊仙詩) 또는 선취시(仙趣詩)라고 불리는 일군의 한시 작품들[8]과, 신선 모티프라든가 은일 취향, 또는 장생 및 자연회귀의식을 드러내는 일부 강호가도(江湖歌道) 작품들이 그러하다.

도교적인 색채를 띠고 있는 우리 고전문학 작품들은 그 제재적 취향뿐 아니라 세계인식 내지는 사유체계 측면에서도 도교에의 경사도를 보여준다. 이는 도교담론과의 친연성을 의미하는데, 우리는 많은 고전문학 작품들로부터 〈노자〉와 〈장자〉에서의 자유분방한 정신세계, 특히 〈장자〉에서 유추할 수 있는, 정신을 자유롭게 해방시켜 현실의 구속으로부터 벗어나고자 하는 지향을 읽어낼 수 있다. 고전문학 작품들과 도교도상과의 관계는 일부 소재적 측면이나 비유적인 표현 방식 등에서 감지할 수 있다. 고전문학은 당대의 회화 양식과도 밀

---

8) 도교와 관련된 한시는 遊仙詩, 玄言詩, 仙趣詩, 煉丹詩, 儀俗詩 등으로 나눌 수 있다고 한다. 정민, 「한국한시와 도교」, 한국고전문학회 편, 『국문학과 도교』, 태학사, 1998, 51-77쪽 참조.

접한 관계를 갖는데, 그들은 공간적 배경과 인물의 성격 설정 방식, 그리고 세계와 자연에 대한 정신적 성향이나 표현 방식 등에서 유사함을 나누어 갖고 있다.

(라) 전통회화

전통회화는 도교담론의 정신세계를 내면화한 측면이 강하고, 도교적인 도상을 수용한 흔적을 지니고 있으며, 도교적 요소를 갖고 있는 문학작품들과도 상상력 차원의 상호교섭을 하고 있다. 특히 문인산수화 내지는 수묵화 계통의 그림들이 그 재료와 제재, 그리고 창작정신상의 배경에 도교적인 요소를 많이 함축하고 있다. 산수화 또는 수묵화의 재료로서의 묵(墨)은 만물의 각종 색이 거기 함축되고 있는 것으로서 노장사상을 철학적으로 계승 발전시킨 위진 현학(玄學)의 궁극적 도(道)를 상징한다. 청담을 통해 현실 초월의 우주적 원리를 논변하는 일은 묵색에서 우주만물의 색을 발견하고 거기에 들어있는 철학적인 정신을 탐구해내는 일과 같은 것으로 치부되었던 것이다. 산수화 또는 수묵화의 제재 대상으로서의 산(山) 또한 천상세계에 가장 근접한 지소로서의 상징성과 도를 닦는 존엄한 장소로서의 공간적 이미지로 도교적 관념이 지향하고자 하는 바를 잘 보여준다. 그리고 산수화 또는 수묵화가 지니는 화의(畵意)는 무위자연과 소요유, 그리고 탈속과 은둔이라는 도교적 지향을 체현하는 방식으로 잘 나타나 있다. 그림 속에 신선 또는 도인이 있을 경우에는 그들은 직접적인 실천자로

(그림 1-15) 겸재 정선(1676-1759), 음양산수도 중 강언덕(남근)(좌) 폭포(여곡)(우), 18세기 중엽, 개인소장
음양사상을 상징적으로 기호화하여 화면에 직접적으로 나타낸 산수화.

보여지기 때문에 그러한 의식지향이 보다 더 뚜렷하게 나타난다.

산수화는 전통회화의 가장 큰 영역으로서 동양인의 영원한 정신적
안식처이자 불사와 자유를 희구하는 인간의 원망을 가장 잘 대변하는
대상이었다. 그래서 자연의 사시사철의 모습을 그린 수많은 사시사경
도는 물론이고 특정 대상의 산들도 반복적으로 그려졌으며, 나아가
실제 산을 대상으로 하지 않고 관념적으로 존재하는 산의 형상을 상
상해서 그리는 관념산수화도 무수히 그려졌던 것이다. 그러한 산수화
속에서 우리는 신선 또는 도인이 무위자연의 삶을 실천하는 모습을
볼 수도 있고, 일사(逸士) 또는 은사(隱士)가 풍류를 즐기면서 유유자
적하는 모습도 볼 수 있는데, 그런 사람들이야말로 도교적 삶과 가장
근접해 있는 존재들로 보인다. 그밖에도 도교적 관념이나 도교도상과
관계를 지닌 것으로 보이는 장생불사를 제재로 한 동식물화, 도교적
삶을 실천하는 군상(群像)으로 보이는 수많은 도석화(道釋畵)들, 정
선의 〈금강산도〉와 같이 음양사상을 상징적으로 기호화하여 화면에
배치한 산수화(그림 1-15), 기암괴석과 같이 배열된 난초도(그림 1-16) 등이

있다.

　전통회화와 도교도상 사이의 변별점은 그다지 분명하지는 않지만, 도교도상이 그림보다는 문양적 형상을 지향함에 반해 전통회화는 그림을 지향하는 경향이 좀더 강하고, 도교도상이 돌이나 제기(祭器), 그리고 동경(銅鏡)과 같은 질료 위에 나타나는 성향이 있음에 비해 전통회화는 종이나 비단을 바탕 재료로 하는 경향이 좀더 강하며, 그림이라 하더라도 도교도상이 놓여진 장소가 종교의례와 좀더 긴밀한 관계가 있는 곳임에 비해 전통회화는 예술적인 감상과 장식을 위한 곳이라면 어디든지 위치하는 특성이 있다고 말할 수 있겠다. 도교도상과 전통회화는 전반적으로 보면 그 생산 시대에 차이가 있지만 항상 그렇지만은 않기 때문에 시대 차이를 변별점으로 삼는 데에는 무리가 있다고 본다.

(그림 1-16) 정학교(1832-1914), ≪괴석난죽≫ 종이에 담채, 각 129.1×29.6cm, 국립중앙박물관 소장.
기암괴석과 같이 그려진 난초 그림은 음양적 사유체계에서 배태되어 나온 것으로 생각된다.

3. 고전문학·전통회화·도교담론·도교도상의 상호관계

1) 도교담론과 도교도상의 관계

여기에서 다룰 분야 및 범위는 위의 그림에서 보면 관계도식 ①(앞의 16쪽 참조)에 해당한다. 도교와 관련된 도상이 도교담론과 어떤 상관관계 속에서 형성되었는지를 살펴보고자 하는 것이다. 고대 동양에서 무엇을 그린다는 것은 대상을 사실적으로 그려내기 위한 단순한 외양 묘사나 색감 부여의 차원이 아니라 적어도 그 대상 속에 내재해 있는 정신을 파악하는 행위였다. 그러므로 '현상'이 아닌 '존재', '사실'이 아닌 '상징'의 구조를 그림은 필연적으로 갖게 된다.[9] 그것은 예술의 가치를 현상 너머의 유원한 시간성에 둠으로써 세계의 궁극적인 원리를 규명하는 동양미학 전반의 원리를 반영하기 때문이다. 전반적으로 볼 때 도교도상은 도교담론 이상으로 정신적인 가치들을 추상화하고 내면화하고 있어 둘 사이의 상관관계는 기저의 정신세계를 매개로 하여 접근할 수밖에 없다.

원시 도교는 복희(伏犧)의 팔괘설을 바탕으로 우주적 역리(易理)와 결부된 그림의 도상학적 근거를 형성하게 된다.[10] 복희가 배다른 누이 여와와 결합하여 천지가 발생되었고, 이것이 하도(河圖)와 낙서(洛書) 이후 괘상에 의해 자연계 및 인간계의 모든 현상을 대위적 속성의 음양(陰陽)으로 풀이하는 선(線)그림이 되었다. '하도오행상생지도(河

---

9) 김병종, 『중국회화연구』, 서울대출판부, 1997, 63쪽 참조.
10) 위의 책, 60쪽.

(그림 1-17) 마원(12C 후반-13C 초반), 〈산경춘행도(山經春行圖)〉, 27.4×43.1cm, 南宋, 대북 고궁박물원
노인과 동자의 대위적 형식을 보여주는 그림.

圖五行相生之圖)'나 '낙서오행상극지도(洛書五行相剋之圖)'와 같은 선(線)그림이 대표적인 것이다. 음과 양은 태극에서 나온 두 성격의 에너지로서 그것은 천지(天地)·춘추(春秋)·일월(日月)·주야(晝夜)·화수(火水)·남녀(男女)·부자(父子)·노소(老少)·군신(君臣) 등과 같은 대위적 속성을 지니면서 상생하고 상극한다. 음과 양의 대위적 성격은 도교도상에 수많은 대위적 요소가 생겨나게 되는 바탕이 되었고, 음양의 이원적 구조에 비해 오행은 모든 자연계에 미치는 근원적 힘의 작용으로서 더욱 세분화된 구체성을 띠고 방향성을 지니게 되었다.11) 하늘과 땅, 산과 물의 구도는 동양화의 기본이며, 동물의 암수 쌍이나, 노인과 동자와 같은 노소의 조화, 춘경과 추경과 같은 대련적

형식 등이 모두 그러하다.(그림 1-17)

동양화는 그 출발에 있어 상징적 문양체계와 추상적 선화(線畵)로서 반사실의 입장에 선다. 따라서 현상적 음영법이나 명암법이 아닌 기호화된 선(線)양식의 음양법(陰陽法)이 채용되고, 긋기에 용이한 모필과 같은 재료의 등장이 불가피하게 된 것이다. 선의 기호화가 극단적으로 채용되면 그림이 부적(符籍)과 같은 것으로 신비화된다. 이와 같이 생명의 이치 또는 존재의 이유를 선으로 부호화하려는 동양적 사고는 역학의 회화적 근간을 이룬다.[12]

태극은 음양의 이기가 작용한 것이다. 음양은 동(動)과 정(靜)의 이원적 순환을 하는데,[13] 이러한 생성 변화의 운동태는 변화가 통일에 해를 입히지 않고, 통일 중에 변화가 부족하지도 않은, 원곡(圓曲)한 형상을 지니게 되는데, 이것이 바로 태극인 것이다. 태극문양은 그 자체로도 도교도상의 주요한 요소이지만 그것이 응용되는 곳에 동양적 도상의 원형이라고 할 만한 것이 형성된다. 물고기가 유영하는 모습이라든가 용이 비상하는 모습을 보면 굴곡이 심한 곡선을 그리는데, 그것은 바로 태극도의 내부 곡선의 환치인 것이다.(그림 1-18) 노자가 〈도덕경〉에서 '도'를 설명하는 가운데 '혼돈'과 '황홀', 그리고 '현빈'

---

11) 위의 책, 71쪽.

12) 위의 책, 65쪽.

13) 주돈이(周敦頤)는 〈태극도설(太極圖說)〉에서 다음과 같이 말하고 있다. "태극(太極)이 동(動)하여 양(陽)을 발생하게 하고, 동(動)이 극(極)하면 정(靜)하게 된다. 정(靜)이 음(陰)을 낳고 정(靜)이 극(極)하면 다시 동(動)하게 된다. 한 번 동(動)하고 한 번 정(靜)함에 이로써 상호의 근원이 되고 나누면 다시 두 성향이 된다……두 성향의 기(氣)가 서로 교감함으로써 만물이 생하게 된다."

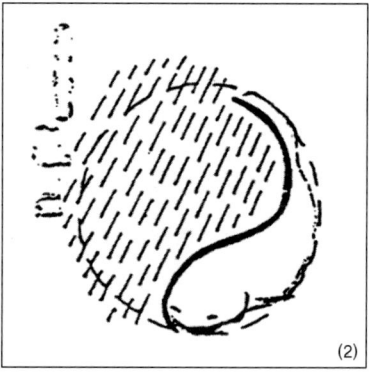

(그림 1-18) (1) 明末淸初, 八大山人, ≪雜圖册≫ 中 〈魚〉
(2) 八大山人의 〈魚〉를 太極圖象學의 곡선운동태로 해석해 본 그림

잉어가 유영하는 모습이나 용이 비상하는 모습에서 나타나는 굴곡선은 태극도의 내부 곡선의 환치이다.

등에 대한 진술은 아마도 태극의 정신적 근원을 이해하는 데 핵심이 되지 않을까 생각된다.14)

천상의 선관선녀에 대한 도교도상들은 속세에서 벗어나 불로장생 하면서 자유롭게 소요유할 수 있는 지인(至人) 또는 진인(眞人)에 대한 도교적 동경이 반영되어 있는 것으로 보인다. 그리고 도교도상에서 흔히 볼 수 있는 동물문양이나 인수 혼합도상들은 인간과 자연의 완전한 합치 내지는 융화를 주장하는 노장사상, 특히 장자의 사상과 매우 밀접한 관계를 지닌다고 판단된다. 〈장자〉에 보이는 많은 동물

---

14) <도덕경> 21장에서 "도라고 하는 것은 오직 있는 듯 없는 듯 황홀하기만 하다. 황홀 하면서도 그 안에 형상이 있고, 황홀하면서도 그 속에 모든 것이 있다. 유현(幽玄)하고 보이지 않지만 그 속에 생명의 본질인 정령(精靈)이 있고, 그 정령은 심히 진실하고 그 속에 신험(神驗)이 나타난다."(장기근/이석호 역, 『노자/장자』, 삼성출판사, 1990, 80-81쪽 참조) 또 <도덕경> 6장에서는 "골짜기의 여신(谷神)은 영원히 죽지 않고 만 물을 창조해낸다. 이를 현빈(玄牝)이라 한다. 유현하고 신비스러운 여신의 문이 바로 천지만물의 근원이다. 곡신은 보이지 않고 없는 듯하면서 있고, 그 작용은 무궁무진하 다."(장기근, 이석호 역, 위의 책, 46쪽 참조)

우언이나 인간과 동물 사이의 대화를 보여주는 일화들[15]은 대자연의 위대성 및 자연과의 융합을 역설하고 있는 것으로 보아도 좋을 것이기 때문이다. 한편 동물과의 의사소통이라는 원형적 심상은 원시 토테미즘의 잔영일 수도 있는데, 동물과의 영적 소통을 믿고 수호동물의 존재를 믿었던 토테미즘적 사고가 원시 도교의 상상력에 그 흔적을 남기고 있는 것으로 보인다.

2) 고전문학에서의 도교담론과 도교도상

한국고전문학 속에 도교담론과 도교도상이 어떻게 내면화되어 나타나는지를 탐구하게 되는 이 부분은 위의 관계도식 번호로는 ②와 ⑤에 해당한다. (앞의 16쪽 참조)

문학 행위 그 자체를 도가적 취향의 소산으로 볼 수 있다. 현실생활에 몰두해 있을 때보다는 속세를 초탈하고 소요유할 수 있을 때 문학 행위의 바탕이 마련되는 경향이 있기 때문이다. 그것은 문학 행위가 도가의 은일자적(隱逸自適)의 취향이나 무위자연(無爲自然)의 정신적 경향과 상통하는 것임을 의미한다. 도교담론에서 우리가 흔히 볼 수 있는 지인이나 진인, 그리고 은일자들이 취하는, 음풍농월하면서 소요유하는 자세는 문학 예술이 추구하는 태도와 합치된다. 노장이 언어의 한계를 설파한 것이 문학을 근본적으로 부정한 것처럼 보이지만, 실은 도교의 이러한 삶의 자세야말로 문학 창작의 기본정신을 고

---

15) <장자>에서 붕새를 비웃는 매미와 까치, 그리고 종달새, 그림자끼리의 대화, 가죽나무의 꾸짖음, 기, 노래기, 뱀, 바람 사이의 대화, 장주와 붕어의 대화 등등.

취한 것이었다.16) 그러나 문학 행위 자체가 도가적이라고 할 수 있을 지언정 우리가 문학 속에 내면화된 도교담론의 성격을 보아내기 위해서는 미적 관조가 성립되는 도교적 담론의 근거들이 무엇인지에 대한 탐구가 요구될 것이다.

우리는 일부 자연시가들에서 시인의 인식론적 상태가 '물아일체'니 '주객합일'이니 하는 데 놓여 있음을 표명하는 담론을 대하게 되는데, 이는 〈장자〉의 〈소요유〉나 〈제물론〉, 그리고 〈인간세〉와 〈대종사〉 등에 보이는, '상아(喪我)', '무기(無己)', '허정(虛靜)', '심재(心齋)', '좌망(坐忘)', '망지(忘知)' 등의 개념과 유사한 데가 많은 것으로 보인다.17) 이들 개념들은 크게 보면 자신의 존재 자체를 잊어버린 상태임을 나타내는 것들로서, 사사로움에 얽매이지 않고 사물들을 자유자재로 받아들일 수 있는 경지인데, 이는 곧 예술정신의 경지라고 할 수 있을 것이다. '심재'란 마음의 활동을 하나로 통일시켜 잡념을 떨쳐버리는 것이다. 지각에 의해서 대상을 판단하는 것이 아니라 우주적 직관에 의해 파악하는 것이다. '좌망'은 손발이나 몸을 잊고 귀나 눈의 작용을 물리쳐서 형체를 떠나고 지식을 버리고 도와 하나가 되는 것이다. '망지'는 분석적이고 개념적인 성격을 띤 지식활동을 잊고 허(虛)의 상태에서 모든 심적 작용을 괄호 속에 집어넣고 판단을 중지하는, 순수한 지각활동을 의미한다.18) 장자는 이러한 개념들을 그 유명

---

16) 정재서, 『도교와 문학 그리고 상상력』, 푸른숲, 2000, 287쪽 참조.
17) 물론 도가에서의 그러한 상태는 자아와 세계 사이의 거리가 무화됨과 동시에 그것을 갖고 '노는'[遊] 경지가 추가 감안될 필요가 있을는지도 모른다. 김원중, 『중국문학이론의 세계』, 을유문화사, 2000, 103-150쪽 참조.

한 '호접지몽(胡蝶之夢)'이나 〈달생〉편에서의 '재경의 이야기'[19] 등의 우언을 통해서도 제시한 바 있다.

동물과의 교감이라는 모티프를 지닌 민담이나 고소설(동물우화소설도 포함)도 장자식의 '순수한 공감'과 상통하는 바가 있다. 순수한 공감이란 정신이 철저하게 해방되면 사물과 마주칠 때 항상 천지만물과 내적 생명체 또는 인격 형태로 만남으로써 천지만물을 유정화(有情化)시키게 되는 정신적 상태를 의미한다. 즉, 무정(無情)이 유정(有情)을 유발한다는 것인데, 장자가 말하는 무정이란 개인의 생리적 욕망 속의 감정을 속박하지 않고 초월함으로써 천지만물과 서로 통하는 '대정(大情)'을 낳을 수 있는 바탕이 된다는 것이다.[20] 그래서 〈장자〉에는 인격적 형태를 지니고 있는 동물들이 많이 등장하고 있으며, 인

---

18) 서복관, 앞의 책, 103-113쪽 참조.

19) <장자> <달생>편에 이런 얘기가 있다. <재경(梓慶)이라는 노나라의 목수가 나무를 깎아 거(鐻)를 만들었는데, 그것을 본 사람들은 놀라면서 귀신같다고 했다. 노나라 임금이 보고 물었다. 그대는 무슨 비술로 만들었는가? 재경은 대답하기를 "臣은 목수에 지나지 않습니다. 무슨 비술이 있겠습니까. 그렇지만 한 가지 이런 것은 있습니다. 신이 거를 만들려 할 때는 감히 심기를 소모시키지 않고 반드시 재계하여 마음을 깨끗이 합니다. 사흘을 재계하면 상을 받거나 벼슬을 얻는다는 따위의 생각을 품지 않게 되고, 닷새를 재계하면 세상의 비난이나 칭찬, 잘하고 못함 따위의 생각을 갖지 않게 되며, 이레를 재계하면 전혀 마음이 움직이지 않고 내가 사지와 육체를 지녔다는 것조차 잊고 맙니다. 이 때가 되면 이미 조정의 권세는 마음에 없고, 그 기술에 전념하여 밖에서 마음을 어지럽히는 것이란 모두 없어지고 맙니다. 그런 뒤에야 산의 숲으로 들어가 나무 본래의 자연스런 성질이나 모습이 이를 데 없이 좋은 것을 찾아봅니다. 그리고나서 마음 속에 이제 만들 거의 모양을 그려보고 그러고는 나무에 손을 댑니다. 만약 뜻대로 안되면 만들지 않습니다. 이렇게 하면 나무의 자연스런 본성과 제 자연스런 본성이 하나가 됩니다. 제가 만드는 기물이 귀신 같다고 하는 까닭도 여기에 의한 겁니다."라고 했다.> (안동림 역주, 『장자』, 현암사, 1993, 478-479쪽)

20) 서복관, 앞의 책, 125쪽 참조.

43

간과의 교감 형식을 취하는 경우도 많은 것이다.[21] 정신을 철저하게 해방시켜 공감의 순수성에 이르면 미추(美醜)의 구별도 초월하게 된다. 그래서 〈장자〉에서는 절름발이, 앉은뱅이, 꼽추, 언청이, 혹부리 등의 존재들도 순수한 공감의 상상력에 의해 모두 미화되고 있다. 이는 시인이나 예술가가 투시와 통찰, 그리고 상상력에 의해 대상의 본질과 참된 의미를 꿰뚫어볼 수 있다는 시각과 유사하다.

고전문학의 도교담론적 성격을 조명할 때 고소설과 민담, 시가를 전반적으로 조명할 수도 있지만 일사소설(逸士小說)이나 유선시(遊仙詩)와 같은 특정 영역이나 특정 작품을 대상으로 할 수도 있다. 그리고 이야기(story) 층위와 담화(discourse) 층위 모두를 조명하는 것이 필요하다. 왜냐하면 사건과 인물, 배경, 그리고 모티프 등의 이야기 층위도 중요하지만 도교담론이 진술방식 속에 내면화된 양상을 깊이있게 보아내기 위해서는 이야기되는 방식에 대한 조명이 필수적이라고 생각되기 때문이다. 고소설의 경우만을 들어 잠시 살펴보기로 한다.

---

21) 하나의 예로서 〈장자〉 〈추수〉편에 있는 장자와 혜자 사이의 다음과 같은 대화이다. 〈장자가 혜자와 함께 호수의 징검돌 근처에서 노닐고 있었다. 문득 장자가 말했다. "피라미가 한가롭게 헤엄치고 있소. 이게 바로 물고기의 즐거움이라는 거요." 그러자 혜자가 말했다. "당신은 물고기가 아니오. 어찌 물고기의 즐거움을 안단 말이오?" 장자가 받았다. "당신은 내가 아니오. 어찌 물고기의 즐거움을 알지 못한다는 걸 안단 말이오?" 혜자가 다시 말했다. "나는 당신이 아니니까 물론 당신을 알지 못하오. 당신은 물론 물고기가 아니니까 당신이 물고기의 즐거움을 알지 못한다는 게 확실하단 말이오." 장자가 대답했다. "자, 처음으로 돌아가 말해 봅시다. 당신은 '어찌 당신이 물고기의 즐거움을 안단 말이오?'라고 했지만, 이미 그것은 내가 안다는 것을 알고서 내게 물은 거요 [당신은 내가 아니면서도 나에 대해 그렇듯 알고 있지 않소!] 나는 호수가에서 물고기의 즐거움을 알았단 말이오."〉 (안동림 역주, 앞의 책, 443쪽)

고소설과 도교담론 사이의 이야기 층위상의 공통점은 사건으로는 재생·이계체험·인귀교환·신비체험·변신·신통술 등의 모티프이며, 인물의 성격은 선관선녀·술사·이인·도사·혼령·은일자 등이고, 배경으로는 천상계·신선계·용궁·명계·속세와 절연된 강호자연·안개 낀 산하 등이다. 이러한 요소들은 도교담론에서 '도'를 '무'와 '혼돈', '황홀'과 '현묘' 등과 연결시키는 사유체계(〈노자〉와 〈장자〉)와, 지인·진인·신인·도인 등의 인물유형이 존숭되는 사유체계(〈장자〉)가 반영된 것이라 할 수 있다. 도교담론이 고소설 속에 내면화되는 양상을 담화 층위에서도 구해볼 수 있는데, 그것은 어휘의 의미론적 자질이라든가, 서술자의 서술위치와 시각 등을 가리키는 서술상황이라든가, 일련의 비유법 등을 통해 사유체계상의 상동성을 추구하는 것이다. 예컨대 도교적인 사유체계가 내재되어 있는 어휘들의 의미론적 자질을 보아내기 위하여 환상적인 정조를 불러일으키는 서술어라든가 부사어들, 안개·연기·구름·비 등과 같은 시공간적인 지표들, 담장·주렴·병풍·사창·휘장 등 시선을 가림으로써 환상성을 강조하는 담화표지들, 그리고 시각뿐 아니라 청각과 후각, 그리고 촉각 등의 오감을 통해 환상적인 정조가 인지되는 방식 등을 조명할 수 있을 것이다. 인지불능 또는 판단중지의 서술상황을 만들어내는 회색 시점이나 무정향 시점의 담화표지들도 도교적 사유체계와 관련이 있다고 판단되며, 과장과 추상화를 지향하는 비유체계 또한 도교담론의 속성에서 비롯되는 것으로 보인다.[22)]

---

22) 이에 대해서는 김현주, 「고소설의 환상담론과 도가담론의 상관관계」, 『고소설연구』

고전문학은 도교도상으로부터도 간접적이긴 하지만 어느 정도 영향을 받았다고 생각된다. 고전문학이 초월적이고 환상적인 내용과 분위기를 띠고 있다고 할 때, 그것은 물론 도교담론의 영향에서 비롯된 측면이 많지만 다른 한편으로는 선관선녀와 도교신전과 같은 도상들이 주는 천상적인 분위기, 종규나 유해섬과 같은 귀신류 도교도상이 주는 초월적인 정조, 동물도상이나 인수 혼합도상들이 주는 동물과의 교감적 분위기 등도 고전문학의 환상성의 형성에 영향을 끼쳤으리라고 본다. 용과 봉을 타고 구름 위를 비행하는 신선이나, 탈속의 자연 속에서 유유자적하는 도인을 그린 도상, 무릉도원류의 신선 세계와 그 배경으로서의 기암괴석과 운룡문, 장생불사를 제재로 한 동식물 도상화와 도석화와 같은 도교도상의 이미지들은 인물과 배경을 묘사하거나 사건적 정황을 그림에 있어 수많은 비유적 정형구들을 생성시키면서 고전문학 속에 아로새겨져 있는 것이다.

문학은 언어를 표현 수단으로 하기 때문에 언어적 형상에 대해서는 도상만큼 직접적으로 인식하기 어렵다. 문학 창작에서 시각적 비유를 중시하는 이유가 상당 부분 여기에 있지 않나 판단된다. 시각적 비유는 감상자가 예술적 형상에 대해 비교적 깊은 감동과 이해를 얻게 만드는 작용을 하기 때문이다. 시각적 비유를 통해 형상의 특징을 돋보이게 하여 깊은 인상을 남기는 것이다.[23] 그런데 비유가 형성되는 인식론적 기반은 연상이라고 할 수 있다. 비유는 문학가의 뇌리에서 본

21집, 2006, 481-513쪽 참조.
23) 김원중, 앞의 책, 150쪽 참조.

체(本體)와 유체(喩體) 사이의 연상을 통해 연계를 수립하는 것인데, 만약 문학가의 뇌리에 포착된 시각적 도상이 이미 존재한다면, 그것은 연상을 통해 문학적 비유로 발전될 가능성이 그만큼 높게 될 것이다.[24] 이러한 점에서 도교도상은 연상적 상상력을 통해 문학적 비유로 전이되어 고전문학 전반에 흩뿌려져 있으리라고 생각된다. 그리고 그것은 주로 묘사 대상을 환상적으로 색칠하는 기능을 담당했으리라고 판단된다.

3) 전통회화에서의 도교담론과 도교도상

전통회화 속에 도교담론과 도상이 어떻게 내면화되어 있는지를 탐구하는 이 영역은 위의 관계도식 번호로는 ③과 ④에 해당한다.(앞의 16쪽 도식 참조) 전통회화에는 도교담론의 정신적인 취향이라든가 사유체계상의 바탕기질 등이 반영되어 있고, 그 사유체계가 환기하는 시각적 이미지들이 화면의 구성원리로 채용되기도 하며, 도교적인 도상들이 그대로 또는 변형되어 수용되기도 한다.

도교담론에서의 인물은 초탈적인 언행을 하는 신인이나 진인, 도인, 은사 등과 같은 존재들로서 이러한 인물 유형은 산수화 속에 흔히 등장하는 제재적 요소이다. 또한 그러한 인물들이 위치하는 배경으로서의 탈속적이고 관념적인 자연도 우리 회화에서 흔히 볼 수 있는 배경적 제재이다. 그리고 그러한 인물들이 행하는 자연관조나 음풍농

---

24) 위의 책, 151쪽 참조.

월, 한조(閒釣), 탄금(彈琴), 탁족(濯足), 견우(牽牛) 등은 우리 회화
가 애호하는 소재로서 그것은 도교담론 속의 인물 유형이 취하는 생
활자세 또는 상징행위와 일치한다. 이러한 제재적 동일성은 비단 표
면상의 행위적 동일성에 그치는 것이 아니라 형이상학적인 깊이를 환
기한다. 다시 말해 화면에 그려진 인물과 배경, 그리고 행위는 도교담
론에 들어 있는 심오한 철학적인 사유까지를 내포한다.

　산수화에서의 여백과 수묵이라는 것은 애당초 도교적 관련성을 지
닌다. 산수화에서 안개와 연기로 형상화되어 여백으로 처리된 부분은
'무(無)'로서의 '도(道)'와 관련되어 매우 중요한 의미를 갖는다. 도가
적 형상관에 의하면, 양(陽)인 필(筆)과 음(陰)인 묵(墨)이 조우하는
곳은 무극(無極)의 순백(純白) 위에서이다. 이 순백은 空(vacuum)이
아니라 포괄자로서 유무의 차별이 없는 상태로서 '무위이무불위(無爲
而無不爲)'[25]의 경지라고 할 수 있다. 여백은 나타나 있는 것이기도
하지만 나타날 수 있는 잠재적 가능성이기도 하다. 동(動)의 가능성을
내포한 정중동(靜中動)의 상태인 것이다.[26] 노자는 언어로 표현할 수
있는 도는 진정한 도가 아니라고 했는데, 그러한 점에서 여백은 '도가
도(道可道) 비상도(非常道)'[27]를 가장 회화적으로 보여주는 것이라
하겠다. 이와 유사한 진술은 〈노자〉의 여러 곳에서 볼 수 있다. "도의
본체는 공허하다. 그러나 그 작용은 항상 무궁무진하다"[28]거나, "천

---

25) 노자 〈도덕경〉 37장 '爲政'편.
26) 김병종, 앞의 책, 72-73쪽 참조.
27) 노자 〈도덕경〉 1장 '體道'편.
28) 노자 〈도덕경〉 4장 '無源'편. "道沖, 而用之或不盈"

하만물은 유에서 나오고 유는 무에서 나온다"[29]거나, "가장 완전한 것은 마치 덜 된 것 같다. 그러나 아무리 써도 부서지거나 닳지가 않는다. 가장 알찬 것은 마치 빈 것 같다. 그러나 아무리 써도 끝이 없다"[30]와 같은 진술들이 그러하다. 그밖에도 도가 흔히 황홀과 혼돈, 허정, 염담, 적막, 무위 등과 동일시되면서도 그렇지만 진실된 것이라는 관점은 산수화에서의 여백의 기능과 관련하여 시사적일 수밖에 없다. 수묵 또한 위진시대 현학(玄學)의 예술사조나 장자의 은일허정적(隱逸虛靜的) 세계관과 밀접한 관계가 있으며, 도가에서 '도'의 정체를 '유미심원(幽微深遠)'의 현묘(玄妙)한 존재로 묘사하는 것과도 상통한다.[31]

전통회화에서 대부분을 차지하는 산수화 내지는 수묵화 그 자체는 '도'개념과 밀접한 상관관계를 갖고 있다. 사변적이고 형이상학적인 '도'개념을 시각적 가치로 현현해낼 수 있다는 믿음에서 나온 것이 산수화 또는 수묵화이기 때문이다. 그러므로 산수는 물질이면서 동시에 영적(靈的)인 상태를 지향한다. 산수화는 도가적 인식체계 속에서 형성된 소우주이자 삶의 심정적 귀의처였다. 고난의 현실 너머에서 바라보는 자연은 구원의 안식처로 인식되었으며, 산수자연을 삶의 도량으로 삼아 양신(養神)함으로써 장생불사할 수 있다는 의식에 의해 그것은 피안의 신비로운 세계로 묘사되었던 것이다.[32] 산수화에서는

---

29) 노자 <도덕경> 40장 '去用'편. "天下萬物生於有, 有生於無"
30) 노자 <도덕경> 45장 '洪德'편. "大成若缺, 其用不弊, 大盈若沖, 其用不窮"
31) 최병식, 『수묵의 사상과 역사』, 현암사, 1985, 65쪽 참조.
32) 김병종, 앞의 책, 82-84쪽 참조.

인간과 자연이 융합된다. 세속을 초월한 허정한 마음가짐으로 산수를 대함으로써 산수는 곧 그 순정한 모습 그대로 허정한 마음의 이면에 진입하여 인간의 생명과 더불어 하나로 융합된다. 그리하여 인간과 자연은 서로 동화되면서 대립을 해소하는 경지에 들어서게 된다.[33] 인간을 의자연화(擬自然化)[34]하였듯이 자연 또한 의인화되고 인격화되었던 것이다. 산천은 비록 물질이지만 그 나아가는 바는 정신적인 세계이다. 그러므로 산천은 현자가 마음을 맑게 하여 음미할 수 있는 대상이 될 수 있었던 것이다. 현자는 산수라는 대상을 감상하고 음미함으로써 도와 상통할 수 있다.[35] 산수화를 그리는 일은 비록 기술이지만 그 기(技) 속에 도(道)가 있음을 장자는 여러 곳에서 우언의 형식을 빌려 밝혀 놓고 있다.[36] 기와 도가 합일된 상태는 예술가가 추구해야 하는 궁극적인 목표인 것이다.

전통회화는 도교적 도상으로부터는 보다 직접적으로 이미지들을 수용한다. 그러나 도교도상과 전통회화가 시각적 이미지상으로 항상 동질적인 것은 아니다. 전통회화는 도교도상을 변형과 통합, 축약과

---

33) 서복관, 앞의 책, 264쪽 참조.

34) <世說新語>에 나타난 인륜감식의 평들이 그 예가 될 수 있다. 예컨대, "천 길이나 되는 소나무처럼 높다랗고 무성하여 비록 울퉁불퉁 옹이가 있다고는 하지만 대저택을 짓는 데 쓰인다면 기둥이나 대들보로 사용될만하다"거나, 또는 "깊은 소택지에 우는 학이고, 그윽한 계곡에서 노니는 흰 망아지이며……창공을 배회하는 큰 기러기와 고니이고, 북채로 치기를 기다리는 매달린 북이다"와 같은 것들이다. (劉義慶 撰, 『世說新語』·중, 살림, 1997)

35) 서복관, 앞의 책, 267쪽 참조.

36) <장자> <養生主>편의 '庖丁解牛'나, <天道>편의 '輪扁'의 고사, <達生>편의 매미잡는 꼽추 이야기와 악기깎는 목수 재경의 고사 등이 모두 그러하다.

확장 등의 과정을 거쳐 수용하기 때문이다. 예컨대 고구려 고분벽화에는 음양적 도상, 방위적 도상, 별자리문양, 동물도상, 운룡문, 천상계와 신선계를 상징하는 도상 등등 많은 도교적 도상들이 통합적으로 표현되어 있다.(그림 1-19) 음양적 도상은 하나의 원리가 되어 자연이나 산수를 그림에 있어서도 작용하기 때문에 산수도나 화조도, 조충도 등 많은 그림의 구성과 기법, 그리고 내용 속에 그 그림자를 드리우고 있다. 그밖에도 도교적 도상으로 확립된 도상들, 예컨대 동물도상이나 기암괴석, 그리고 신선과 도인에 대한 도상들은 하나의 모티프로서 산수화나 문인화, 그리고 민화에까지도 활용되고 있다.

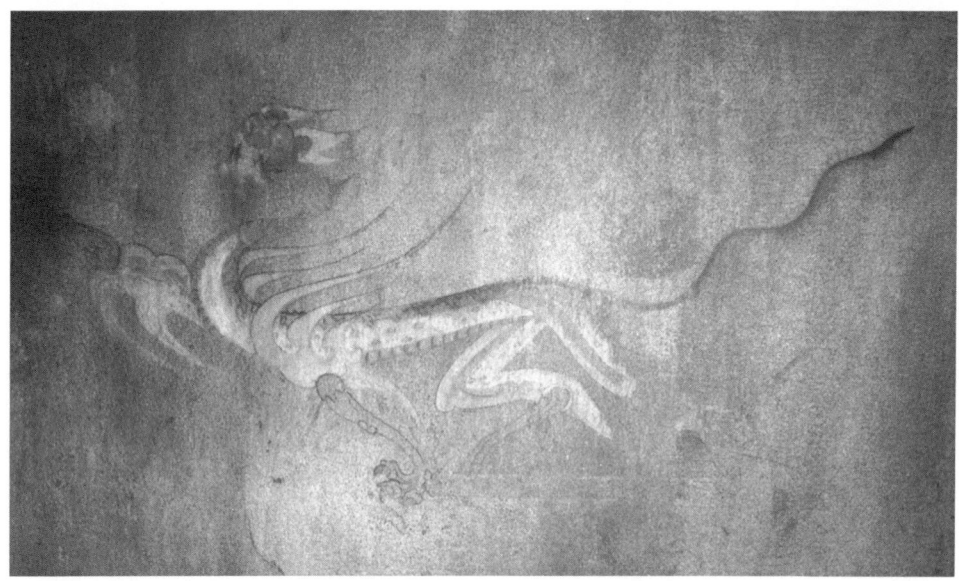

(그림 1-19) (상) 강서대묘의 '동쪽'을 나타내는 청룡 / (하) 강서대묘의 '서쪽'을 나타내는 백호
고구려 고분벽화에는 방위에 따른 사신(四神)으로서의 동물상이 그려졌다.

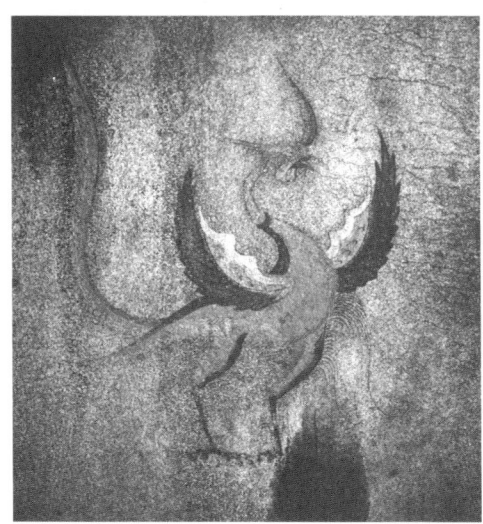

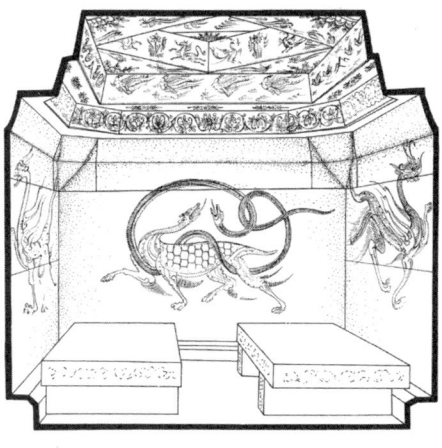

(그림 1-19) (상) 강서대묘의 '북쪽'을 나타내는 현무
(하좌) 강서대묘의 '남쪽'을 나타내는 주작
(하우) 강서대묘의 무덤칸 투시도

4) 고전문학과 전통회화의 관계

고전문학과 전통회화 사이의 상호텍스트 양상을 살펴보는 이 영역은 위의 관계도식 번호로는 ⑥에 해당한다.(앞의 16쪽 도식 참조) 철학적인 담론이든 문학적인 담론이든 간에 담론은 다른 양식들과의 관계 속에서 존재한다. 담론이란 어떤 신념이나 이념, 또는 믿음의 형태를 띠게끔 실행적 힘을 갖는 언어조직체인데, 담론의 그 실행적 힘은 도상과도 연결되어 있기 때문이다. 담론 속에 도상이 함께 결합되어 그 실행적 힘 또는 효력을 증대시키는 현상을 우리는 종종 목도할 수 있으며,[37] 개별적으로 경우마다 다르기는 하겠지만 담론과 도상 사이에는 서로 변환할 수 있는 통로가 있기 마련이다.

고전문학과 전통회화 사이의 상호텍스트 현상을 범박하게 말하자면 상상력의 상호 교류라고 할 수 있다. 즉, 고전문학에는 회화적 상상력이 작용하고, 전통회화에는 문학적 상상력이 작용하는 것이다. 회화적 상상력이 작용하게 되면 고소설의 진술방식에서 축약적 설명보다는 눈 앞에 보일 듯하게 자세하게 그리는 묘사가 많아지는 현상이 일어난다든가, 시각소(視覺素)적인 어휘와 구체적인 이미지를 환기하는 비유, 시지각을 자극하고 안내하는 역할을 하는 시각 매개어 등이 활성화되는 현상이 벌어지는 것이다.[38] 이런 현상이 특히 강하게 나타나고 있는 〈춘향전〉과 같은 판소리 문학은 18세기 당대에 유

---

37) '행실도'류나 '고사도'류의 책에서 도상이 그림으로 곁들여져 이해를 돕는 경우를 우리는 볼 수 있다.
38) 김현주, 『판소리와 풍속화 그 닮은 예술세계』, 효형출판, 2000, 253-275쪽 참조.

행했던 풍속화와 민화에서 회화적 상상력의 영향을 많이 받은 것으로 생각된다. 한편 전통회화에 문학적 상상력이 작용하게 되면, 기존 문학작품의 내용에 토대를 둔 설화도(說話圖)와 고사인물도(故事人物圖) 등이 많이 그려지게 될 것이다. 그러나 이러한 종류의 상상력은 직접적이고 표면적이라고 할 수 있다. 문학적 상상력이 보다 간접적이고 이면적으로 작용하는 경우는 화면에서 동선(動線)이 강조되고 구도가 역동적으로 변함으로써 시간성이 은근히 환기되면서 이야기성을 띠게 되는 현상이 일어나기도 한다. 또는 문학적 모티프가 수용되기도 하고, 정조상으로 문학적인 정서가 은밀하게 환기되기도 할 것이다.

도교담론과 도상의 측면에서 볼 때, 고전문학과 전통회화는 이미 도교담론과 도상의 영향을 받고 성립된 터이기 때문에 양자 사이의 도교적 요소의 유사성은 상당한 정도에 이를 수도 있다. 하지만 그런 선험적인 영향 관계를 제외하고 자체적인 성립 이후에도 양자 사이에는 상호교류가 있게 된다. 이를테면 전통회화에서의 자연 속 은일자들의 탈속 지향적 성격은 고전문학에서의 귀거래풍의 자연회귀의식이라든가 삽화적 요소로서의 음풍농월하는 도인류의 형상과 밀접하게 상호교섭했으리라고 판단된다. 양자는 어느 것이 먼저랄 것도 없이 서로가 서로를 유발하고 강화시키고 동기부여하는 차원이었을 것이다. 전통회화에 배경으로 그려지는 신선계와 천상계, 그리고 거기에서의 장생불사의식은 고전문학에서의 하강과 상승을 통한 천상계의 설정과 선계적 묘사, 그리고 불로사상과도 상통하는 주제였을 것

이다. 그리고 전통회화의 화면 구성의 정신적 토대로서의 음양오행사
상과 정중동(靜中動)의 이념적 경향은 고전문학에서의 음양적 이항대
립소의 설정이나 인물의 양면적 성격 등과도 밀접하게 맞물리는 것으
로 생각된다. 즉, 고전문학의 서사적 패턴이 선/악, 미/추, 강/약, 흥
성/쇠망, 충신/간신, 만남/이별, 기쁨/슬픔, 망(忙)/한(閒) 등의 상보
적 양극성의 자질들이 순환반복되는 형식으로 되어 있다는 점39)은
전통회화에서 볼 수 있는 하늘과 땅, 자연과 인간, 자웅(雌雄) 관계
및 각종 상징적인 장치를 통한 음양적 표현 등과 관련된다. 특히 이러
한 표현의 순환론적 발생은 영원히 계속되는 우주적 순환 주기를 환
기한다는 점40)에서 양자 사이의 심원한 정신적인 상호교류를 짐작할
수 있게 한다.

4. 맺음말

  이 글은 우리 고전문학과 전통회화에 도교담론과 도상이 어떤 의미
화 작용을 하고 있는지를 전반적으로 검토하는 일련의 과정에서 나온
논의이다. 그러나 이에 대해 정련되고 완전한 성과를 제출했다기보다
는 연구의 방향과 연구과정상의 방법론적 전제들, 그리고 일부 영역
의 사례 분석을 통해 앞으로의 본격적인 연구를 위한 거시적인 틀을

---

39) 앤드류 플락스, 「중국서사론」,(김진곤 편역, 『이야기 소설 Novel』, 예문서원, 2001,
    140-142쪽 참조).
40) 위의 글, 142쪽 참조.

마련하는 데 더 많은 관심을 기울였다고 할 수 있다. 이렇게 예비적이고 시론적인 연구임에도 불구하고 동양의 고대 종교 담론인 도교담론이 우리 문학과 예술 전반에 미친 영향에 대해서는 충분히 강조했다고 생각된다. 물론 영향의 심대함을 지적하는 것만으로는 부족하다. 그것이 어떻게 스며들고 어떤 의미화 작용을 거쳐 어떤 형상으로 나타나고 있는지를 세부적으로 그리고 심층적으로 논의하는 것이 앞으로 필요하다는 점은 이 연구에서 충분히 드러났는데, 어찌보면 그것이 이 글에서 얻은 성과라면 성과라고 할 수 있다. 그리고 이러한 연구를 축적시켜 간다면 보다 광대한 영역의 미학적 연구, 즉 문학과 회화 내지는 담론과 도상 사이의 관계에 대한 일반 미학 이론 연구로 이어질 수 있으리라고 본다.

마지막으로 이러한 종류의 연구가 갖는 의의에 대해 언급하는 것으로 마무리를 짓고자 한다.

첫째, 고전문학 연구는 주변 장르들과의 경계를 무화시킬 필요가 있다. 문학적 요소가 완전히 독립된 요소가 아니라 항상 주변적 자질들과 상호소통하면서 존재하고 존재할 수밖에 없는 것이 사실이라고 할 때, 문학과 예술을 포함하는 전체 문화적 지형 속에서 고전문학을 해석해주는 방식이 주변이나 전체와의 연관성을 부각시키면서 이해하기도 쉬워지고 그리하여 대중성도 획득할 수 있는 방법이 아닌가 생각된다. 고전문학 연구가 다학문적 통합을 통해 전통문화의 큰 테두리 속으로 진입하는 것이 요구된다고 할 수 있다.

둘째, 이제 한국학은 동양학 또는 동아시아학의 영역 속으로 깊이 침투하여 학문의 자국 중심주의를 벗어나 동력적 관심을 확장해야 한다. 이때 관심 동력의 나선형적 확장 운동에 중국이나 일본쪽의 담론 체계들이 얽혀 들어갈 수 있도록 할 필요가 있다.

셋째, 문학적 논의의 틀을 미학적 논의로 확장시킬 필요가 있다. 문학적 논의의 틀이 생산하는 성과를 제고하기 위하여 논의의 틀을 새롭게 하는 것도 필요한 것이다. 여기서 미학적 논의는 예술과 철학, 사상과 종교, 담론과 도상 등등 문학의 상하좌우에 위치해 있는 영역들이 상호교차하는 지점에서 그 안목이 구해져야 할 것이다. 이러한 미학적 논의의 틀은 그 적용 대상이 광활해서 문학 텍스트는 말할 것도 없고 미술, 건축, 무용, 음악, 조각, 민속, 풍습, 의례, 신앙 등등 문화 전반의 텍스트로 확장 적용될 수 있을 것이다.

넷째, 한국적 미의식의 배후에 위치해 있는 도교적 배경이 갖는 의미를 한국문화 속에서 도출하는 작업을 수행할 수 있는 바탕을 마련해야 할 것이다. 도교적인 담론과 도상은 한국문화와 한국인의 의식 심층에 깊이 각인된 하나의 문화적 원형(archetype)이라고 할 수 있을 것이기 때문이다. 예컨대 한국의 고건축이나 정원 양식 등에서 볼 수 있는 자연과의 조화 내지는 소박미의 존숭은 한국적 미의식의 하나인데, 그것의 원류는 아마도 그 어떤 것보다도 도교쪽에 있지 않나 생각되는 것이다. 물론 그것은 아주 한국적으로 변모된 것이다.

제2편
고소설과 문인산수화의 도인(道人)、
그 심리적 의미와 도가적 사유체계

고소설과 문인산수화의 '도인(道人)', 그 심리적 의미와 도가적 사유체계

1. 머리말

현실로부터 초탈하여 여유있는 삶의 자세를 지닌 것은 물론이고, 문제들을 해결하는 방법을 꿰뚫고 있으며, 미래를 예언하는 능력까지 겸비하고 있는 존재가 우리 문예 장르에 표현되어 있는데, 이들을 포괄적인 명칭으로 묶는다면 '도인(道人)'이라고 할 수 있을 것이다. 도인은 고소설과 같은 문학작품에 자주 등장할뿐더러 문인화 또는 산수화 같은 시각예술 장르에도 등장하고 있다. 이들 도인이 이렇게 다방면의 문예 장르에 등장하게 된 이유는 무엇일까? 아마도 그것은 도인의 성격과 불가분의 관계를 맺고 있을 것으로 짐작된다. 도인으로부터 우리는 해결사·예언자적인 능력뿐만 아니라 동양적 이상향으로서의 자연 또는 전원을 배경으로 한 여유있는 탈속자 내지는 은일자로서의 초연함까지 느낄 수 있는데, 이러한 도인의 성격이 문예 작품 속에서 어떤 모종의 심리적인 기능을 행사하기 때문에 도인이라는 존재를 등장시키고 있지 않나 판단되는 것이다. 이 글은 바로 문예 장르에서 도인이 행하는 기능을 심리적인 차원에서 집중 조명해보고자 하는 목적으로 쓰여진다.

여기에서 살펴보고자 하는 장르는 고소설과 문인산수화[1]인데, 이들 이질적인 장르를 함께 보려는 이유는 이러한 비교문예적 시각이 서로를 상호보완해주는 역할을 함으로써 고소설과 회화를 보는 데 유의미한 사유 각도를 제공해주리라고 기대하기 때문이다. 한 장르만 독립적으로 볼 때에는 가려져 보이지 않던 측면이 두 장르를 함께 봄으로써 보일 수 있고, 나아가 거기에 한층 심도 있는 해석이 가능해질 수 있으며, 하나의 관점으로 여러 장르들을 비교적인 시각에서 함께 봄으로써 일종의 통문화론적 접근도 가능해질 수 있는 것이다. 이 글은 도인을 대할 때 일어나는 심미의식에도 일정한 관심을 투여할 예정인데, 그것은 도가사상과의 구체적인 접맥점이 찾아질 수 있지 않을까 기대하기 때문이다. 그것은 피상적으로 도인의 행위나 외양이 도가적 취향과 관련된다는 차원이 아니라 도인을 통해 일어나는 독자나 수용자 쪽에서의 심미의식이 도가적 사유체계와는 어떤 관련이 있는지 조망하고자 하는 것이다. 그럼으로써 각 문예 장르들에서 도인

---

1) '문인산수화'는 문인인 사대부 선비들의 사의(寫意)가 수묵담채로 표현된 '문인화'와, 자연산수를 대상으로 하여 그린 '산수화'가 결합된 개념이다. 다만 여기에서는 작가가 꼭 문인 사대부가 아니더라도 수묵담채로 산수자연을 문인취향으로 그린 것을 통칭하고자 한다. 그리고 이 글의 목표와 관련하여 그림 속에 도인이 등장하는 회화를 대상으로 하기로 한다. 필자의 능력상 엄밀한 유형 분류는 불가능하나 도인이 삽입된 문인산수화는 대략 산수유람도류(山水遊覽圖類)를 의미하는 것으로 보고자 한다. 여기에는 춘하추동과 설경산수도가 포함되며, 행위 형태로는 유거도(幽居圖)와 소요도(逍遙圖)로 구분할 수 있겠다. 다시 소요도류에는 기려도(騎驢圖), 탐매도(探梅圖) 또는 심매도(尋梅圖), 관폭도(觀瀑圖), 취면도(醉眠圖) 또는 오수도(午睡圖), 조어도(釣魚圖), 관월도(觀月圖), 관수도(觀水圖), 대기도(對碁圖), 청담도(淸談圖) 또는 한담도(閑談圖), 탄금도(彈琴圖), 탁족도(濯足圖), 취적도(吹笛圖) 또는 청적도(聽笛圖), 귀가도(歸家圖) 등등이 있을 것이다.

이 초점화된 심층적 배경이 좀더 명확하게 드러날 수 있게 되기를 기대한다.

본격적인 해석에 들어가기에 앞서 도인을 유형화하여 그 특징적 형상을 정리하고, 각 문예 장르에서는 어떤 유형이 두드러지게 나타나는지를 점검하는 것이 필요할 것이다.

2. 도인의 유형과 특징적 형상

도인은 한 마디로는 정의할 수 없는 존재인데, 그것은 도인과 관련된 유사개념들이 너무 많고, 그것들이 편차를 지님에도 불구하고 항용 착종되어 사용되고 있기 때문이다. 도인에는 여러 가지 형상들이 혼입되어 있기 때문에 본격적인 연구에 앞서 큰 줄기를 따라 유형 분류를 하는 것이 필수적이라고 판단된다. 여기서는 도사(道士)형과 은사(隱士)형, 그리고 신선(神仙)형, 이렇게 세 유형으로 나누어 살펴본다.

1) 도사형

도인 중에는 천문지리나 음양술에 해박한 사람들이 있다. 이들은 대개 둔갑술이나 축지법 등과 같은 도술에도 정통하며, 검법 내지는 병법을 통달하고 있는 경우가 흔하다. 그래서 이들은 시공간을 마음대로 이동하면서 신출귀몰하고 미래사를 환히 읽을 수 있는 초능력을 보여주곤 한다. 그들이 술법이나 비책을 직접 행동으로 보여주지 않고 책으로만 전해 주어 주인공 인물이 그것을 통해 비법을 터득하는 경우도 많은데, 그 책들이 그들의 경험과 지식을 통해 이루어졌다고 보아야 하기 때문에 그들의 초인간적인 능력은 이미 그들에게 내재되어 있다고 봐야 할 것이다. 이러한 성향을 보여주는 인물군은 보통 '도사'라는 이름 외에도 '도승', '대사', '신승', '술사' 등으로 불리는데, 도사라는 이름이 가장 보편적인 것으로 보인다.

도사형 인물의 거주처는 깊은 산 속에 있는 절이나 암자로서 이것은 이들이 불교 승려와 어떤 모종의 관계를 지닌 것으로 파악하도록 만든다. 도사의 별칭으로도 불리는 도승(道僧)이나 신승(神僧)이라는 어휘 속에는 이미 그러한 불교적 관련성이 내재되어 있기도 하다. 그러나 그들의 외양이 비록 승려와 같고, 거주처가 암자라고 하더라도 도술과 술법 등과 같은 실용적 비술에 정통하다는 것은 그들이 불교적인 성향뿐만 아니라 도교적인 성질도 혼재하고 있는 인물임을 말해준다. 오히려 천문지리나 환술과 같은 비술에 능한 모습은 도교적인 데로 더욱 경사된 인물임을 보여준다고 하겠다.[2]

도사형 인물이 사는 시공간은 현실세계의 그것과는 상당히 이질적이다. 먼저 그들의 공간은 현실계와는 완전히 절연되어 있다. 그 곳은 현실세계의 인간이 정처없이 떠돌아다니다가 끝간 데까지 가서 이르

---

2) 이종은은 지금까지는 '승'이거나 '대사'라는 명칭으로 인하여 도인소설을 불교소설의 한 양상으로 파악했으나, 그같은 해석은 유보되어야 한다고 주장한다. 소설에서는 수도한 천상적 능력을 갖춘 도사가 거처하는 곳을 막연히 명산대천 또는 암자라 표현하고 이들을 도승이나 대사로 불렀던 것이다. 그래서 이들은 승려보다는 초능력의 신선에 가깝다고 보고 있다. 이종은, 「한국소설상의 도교사상 연구」(『도교와 한국사상』 I, 1987, 312쪽)

(그림 2-1) (좌) 대진(戴進), 〈洞天問道圖軸〉,
15세기(明), 211×83㎝
(우) 부분 확대
한 도인이 깊은 산 속 어디론가 향하고 있
는데, 일상인이 범접할 수 없는 이질적인
공간에 그가 처해 있음을 알 수 있다.

른 곳이며, 그래서 현실세계의 힘이나 통제력이 전혀 닿지 않는 곳이다.(그림 2-1) 그러한 측면에서 보자면 그것은 민담이나 고소설에서 흔히 묘사되는, 걸어서 가거나 배타고 가기도 하는 지하계나 용궁, 심지어 천상계와도 흡사한 공간이다. 이와 같은 공간적 이격성은 거기에 사는 도인의 성격을 더욱 신비롭게 채색하는 동시에 그들의 초능력에 대한 배경이 되어 주기도 한다. 현실세계와의 완전한 단절이야말로 비인간(非人間)적 성격을 위한 필수조건인 것이다. 이 공간에서는 시간의 흐름도 지상세계와는 다르다. 흔히 얘기되듯이 이 곳에서의 시간은 현실세계의 시간과는 다른 비율과 밀도를 갖고 있는 것이다.[3] 이러한 시간의 이종성(異種性)도 그 곳에 사는 도사형 인물의 탈인간적이고 초인간적인 능력을 담보해주는 요소가 된다. 현실계와 다른 종류의 시간 속에서 사는 존재가 특이한 능력을 보여주리라는 것은 가정 이상의 것일 수 있다. 도사형 인물들은 현실계와 절연된 이질적인 시공간에서 시종 거주하는 것으로 보인다. 이들이 현실세계로 하생하는 경우란 좀처럼 보기 힘든 것이다.

2) 은사형

은사형 인물은 무위자연의 철리적 삶의 태도를 지니고 탈속과 표일

---

3) 초월계에서의 시간의 밀도는 현실계와는 다르다. <구운몽>에서 양소유가 남전산 도사와 함께 지낸 시간은 기껏 하룻밤에 불과하나 세속세계의 시간은 춘삼월이 추팔월이 된 것으로 묘사되고 있다. 흔히 말해지듯이 바둑을 두다 도끼자루 썩는 줄도 모른다는 얘기는 신선계의 잠깐 동안이 현실계에서는 매우 긴 시간에 해당된다는 것을 말해준다.

의 세계를 지향하는 존재라고 할 수 있다. 이들은 사상적으로는 어떤 사상보다 도가사상에 공감하고 그것을 실천하는 사람들이다. 도가사상의 철리를 몸소 실천함으로써 자유와 자적을 추구하고자 하는 것이다. 물론 그들이 도가를 의식했는지의 여부는 알 수 없지만 그들이 취하고 있는 행동과 지향이 도가적 취향과 부합한다고 할 수 있는 것이다. 중국의 '죽림칠현(竹林七賢)'이나 고려의 '죽고칠현(竹高七賢)'[4]을 이러한 은사형 인물들로 볼 수 있을 것이다.

은사형 인물이 실제로 자연 속에서 어떻게 살아가는지는 구체적으로는 알 수 없지만 그들의 특징적 행위 또는 기호로는 대체로 낚시(그림 2-2), 바둑, 탄금(彈琴)(그림 2-3), 음주(飮酒), 청담(淸談)(그림 2-4) 등을 들 수 있다.[5] 이들 행위들은 대체로 속세의 번거로움을 떠나 자연 속에서 유유자적하는 생활을 하는 사람의 행동양식과 부합한다고 할 수 있다. 위에 언급된 행위들 이외에도 견우(牽牛)[6], 탁족(濯足)(그림 2-5),

---

4) 이종은, 「죽림칠현과 죽고칠현의 대비적 고찰」, 『한국도교사상의 이해』 총서 4, 1990, 9-55쪽 참조.

5) 우리는 고전시가를 통해 은사형 인물의 이러한 삶의 방식을 어느 정도 엿볼 수 있다.
"靑山이 寂寥ᄒᆞᆫ듸 麋鹿이 버지로다/藥草에 맛드리니 世味를 이즐노라/碧波로 낚시대 두러메고 漁興 겨워 ᄒᆞ노라"
"바둑에 줌착ᄒᆞ야 히지ᄂᆞᆫ 줄 모르다가/靑山에 길 느젼 나귀 밧비 모니/牧童이 날다려 니르되 그림갓다 ᄒᆞ더라"
"葛巾을 졋게 쓰고 竹裏에 홀노 안ᄌᆞ/冷冷 七弦琴을 閑暇히 집허시니/山鳥도 知音ᄒᆞᄂᆞᆫ지 오락가락ᄒᆞ더라"
박을수 편, 『한국시조대사전』上下, 아세아문화사, 1992 참조.

6) 물론 그들이 살아가기 위해서는 농사를 지어야 하겠고, 또 그러기 위해서는 소를 다루기도 해야겠지만 그러한 행위들은 겉으로 표명되지 않는 것이 보통이다. 오히려 소 등에 올라타고 길을 가는, 노동 행위의 연장선상에 있으나 노동 행위 그 자체는 아닌 행위들이 그들의 행동양식으로 언급되곤 한다.

(그림 2-2) (상좌) 이경윤(李慶胤;1545-1611)-조옹도(釣翁圖)
(그림 2-3) (하좌) 이경윤(李慶胤;1545-1611)-탄금도(彈琴圖)
(그림 2-4) (우) 이인문(1745-1821), 〈송하한담〉, 1805년, 종이에 수묵담채, 121.2×93.2cm, 국립중앙박물관 소장.

은사형 도인들이 행하는 취미생활로서 흔히 언급되는 낚시, 탄금, 청담.

(그림 2-5) (상좌) 이경윤(李慶胤)-고사탁족도(高士濯足圖)
(그림 2-6) (상우) 마원, 〈대월도(對月圖)〉, 남송, 대북, 고궁박물관
(그림 2-7) (하) 이경윤, 관폭도, 16세기, 종이에 수묵담채, 27.8×19.1
cm, 국립중앙박물관.
은사형 도인들의 자연 속 유유자적한 생활 태도를 보여주는 취향
으로서의 탁족, 망월, 관폭.

망월(望月)(그림 2-6), 취적(吹笛), 관폭(觀瀑)(그림 2-7), 독서(讀書), 끽다(喫茶) 등등의 모습들이 제시되곤 한다. 그런데 이러한 행동양식들이 은사형 인물만의 고유한 것이라고는 볼 수 없을 것 같다. 우리가 위에서 살펴본 도사형 인물이 이러한 행위를 한다고 해도 전혀 이상하지 않기 때문이다.[7] 다만 도사형 인물들은 술법에 능한 모습이 강조되는 데 비해 은사형 인물들은 자연 속에서 자적하는 행위들이 강조되는 차이에서 유형이 갈라지는 것이라고 봐야 할 것이다.

은사형 인물들이 거주하는 공간은 도사형 인물의 그것과 비교해볼 때 보다 현실세계에 가까운 곳으로 그려진다. 높은 산 속이라기보다는 산 아래쪽이고, 현실세계에서 그리 멀리 떨어지지 않은 공간으로 보이며, 그래서 속세인들도 충분히 도달할 수 있는 지척에 있는 것으로 판단된다. 왕이 사람을 보내 은사에게 관직을 제안하기도 하고, 속세인이 학문이나 정치에 대해 조언을 구하러 찾아가기도 하고 있음은 바로 그 때문인 것이다. 거기에서의 시간의 성질도 현실세계와 다름없어 보인다.

은사형 인물은 도사형 인물에 비해 낚시, 탄금, 바둑, 청담, 취적 등의 자유자적 행위와 보다 밀접한 관계로 맺어져 있다고 할 수 있다. 물론 도사형 인물이 이러한 자적의 생활을 영위하는 것이 전혀 이상하지 않음에도 불구하고 그들의 행동적 지향이나 잠재능력을 감안해 보면 도사형 인물은 초월적이고 비일상적인 술법의 연마나 수련에 보

---

7) <구운몽>에서 남전산 도사가 바둑을 즐기고 거문고를 타며 피리를 분다는 점 등은 이를 잘 말해준다.

다 생활의 초점이 맞춰져 있으리라고 판단된다. 그래서 위의 자유자적의 행동양식들은 일상화되었다기보다는 휴식과 여가생활의 차원에서 간혹 채택되는 것이라고 생각된다. 이에 반해 은사형 인물은 무위자연의 철리를 실천에 옮기며 탈속적인 삶을 지향하기 때문에 자유자적의 행동양식들은 그들에게 체화되어 일상화된 양식이 되어 있다고 봐도 좋을 것이다. 반면 초월적이고 비일상적인 술법 등에는 그들은 관심이 없다. 도사형 인물이 자연 속에 은거하는 까닭도 그들의 철리적 속성에서 말미암았다고 하기보다는 어떤 현실적인 이유에서의 피세(避世)와 비밀의 유지, 그리고 어떤 초월적인 명령에의 복무 등과 같은 이유 때문이라고 판단된다. 도사형 인물이 외양의 행동양식으로는 은사형 인물과 동일한 모습을 보일지라도 육체적인 민첩성이나 단련도에 있어서는 비할 수 없이 뛰어날 것이며, 정신적으로는 은사형 인물에게는 부재한 초인적인 예지력이나 초월적인 환술력을 지닐 것으로 판단된다.

3) 신선형

신선형 인물은 선계오유 내지는 입도학선을 추구하는 일단의 무리이다. 그들은 선계를 마음껏 환유하기를 희구하고 도교적 방술을 실제로 생활 속에서 수련하고자 한다. 그들은 단약(丹藥)의 제조와 복용, 벽곡(辟穀)과 태식(胎息) 등을 통해 연년익수하고 불로장생을 꾀하기도 하며,[8] 치병하는 능력과 요괴를 퇴치하는 능력을 보여주기도 한다.

신선형 인물은 도사형 인물이나 은사형 인물이 사는 산간벽소보다는 더욱 현실세계와 가까운 곳에 위치한다고 볼 수 있다. 그것은 그들의 직업을 통해 어느 정도 규지할 수 있는데, 〈열선전(列仙傳)〉에 나타나는 그들의 직업은 매약상, 채약부, 목공, 목부(牧夫), 걸인, 어부, 신기료장수, 점장이, 마경인(磨鏡人), 초부(樵夫) 등등이다.[9] 그들이 학질 등 병을 고칠 수 있었다는 얘기나 주술적 능력을 통해 요괴를 퇴치한다는 얘기,[10] 그리고 이곳저곳 벗들을 찾아다니기 좋아한다는 얘기[11] 등을 통해 볼 때에도 그들이 인간의 현실생활과 완전히 유리된 존재가 아니라는 점을 알 수 있다. 이와 같이 그들의 직업을 보거나 그들의 행위를 보면 산 속 깊이 기거하기보다는 속세와 가까운 곳에 기거한 것으로 보는 것이 보다 타당한 것 같다.[12] 행동에 거리낌이 없으며, 술만 마시면 여러 동물들의 울음소리를 내고, 또 거리에서 구걸하기도 했다는 장생의 모습을 보면 더욱 더 그러하다.[13] 그들은

---

8) 정민, 「16,7세기 유선시의 자료 개관과 출현 동인」, 『한국도교사상의 이해』, 총서 4, 1990, 100쪽 참조.

9) 유향, 『열선전』, 예문서원, 1996 참조.

10) 장산인이 그러한 능력을 보여주고 있다. 〈張山人傳〉, 『성소부부고』 II, 민족문화추진회, 1967, 124쪽 참고.

11) 김신선이 그러하다. 〈金神仙傳〉, 『국역 연암집』 2, 민족문화추진회, 2004, 243-248쪽 참조.

12) 그러나 신선과 산의 관계는 각별한 것으로 이해된다. 〈석명〉에는 신선을 불로장생하려고 산에 들어가 수행하는 자라고 되어 있으며, '仙'의 字意 또한 산과 인간의 관계를 보여준다. 산의 정상은 하늘과 맞닿아 있기 때문에 그곳은 하늘로 가는 통로로 상정되었고 그곳에 신선이 위치한다고 자연스럽게 상상되었던 것이다. 문영오, 「김신선전에서의 도교사상 요소 연구」, 『한국도교사상의 이해』, 총서 4, 1990, 216-217쪽에서 재인용.

(그림 2-8) 김홍도(1745-1816), 〈포의풍류도(布衣風流圖)〉, 18세기말, 종이
에 수묵담채, 27.9×37cm, 개인 소장.
신선이 되고자 하는 욕망을 자화상으로 나타내보인 듯하다.

오히려 현실을 구제하고자 하는 성향을 아울러 갖고 있다. 다수의 신선들은 채약 혹은 매약을 직업으로 삼고 있고, 나아가 구빈과 치병 활동을 하고 있으며, 인륜에 대한 의무를 강조하고 있기도 하다.[14)]

신선형 인물은 은사형 인물이나 도사형 인물과 그 외양이나 일상적인 행동에 있어서는 차이가 별로 나지 않을 것이다. 신선들이 흔히 즐기는 바둑이나 거문고, 술 등은 은사형 인물도 기호하는 대상들이다. 물론 신선들이 갖는 기호 품목에는 다른 인물들의 그것과 구분되는 것들이 있는데, 이른바 기서고검(奇書古劍)을 소유하고 감상하기를 즐긴다던가, 회향(茴香)과 같은 한약재를 재배한다던가,[15)] 내단술과 외단술과 관련된 각종 양생술이나 방중술을 행하는 것 등이다.[(그림 2-8)] 그러므로 은사형 인물이나 도사형 인물과 마찬가지로 신선형 인물도 그들의 내적인 지향의식을 살펴보아야 그 변별

---

13) <蔣生傳>, 『성소부부고』, 143쪽 참고.
14) 남궁선생은 상선의 극치를 이루려면 행선적덕(行善積德)을 해야 한다고 말하고 있다.
   <남궁선생전>, 『성소부부고』, 48쪽 참고.
15) 김신선은 방랑벽이 있어 자신이 직접 그것들을 소유하고 경작하는 것은 아니지만,
   그런 벗들을 찾아다니는 것을 통해 신선의 성향을 규지할 수 있다. <金神仙傳>, 위의
   책, 4, 243-248쪽 참조.

점이 드러날 것이다. 신선형 인물은 은사형 인물이나 도사형 인물과 달리 세상에 대한 비판의식과 저항정신을 다분히 내재하고 있는 경우가 많다고 보인다. 많은 신선설화에서 세속적 역사에서의 희생자들을 득선한 인물로 묘사하는 까닭이 바로 그것이라고 생각된다. 그들을 불멸의 존재로 미화하고 예찬함으로써 권위주의적 현실에 대한 초역사적 존재의 우월성을 은근히 강조하는 것이다.[16]

그렇다면 이상에서 살펴본 세 가지 도인 중에서 고소설과 문인산수화에는 어떤 유형의 도인이 주로 나타나는가?

고소설에는 도사형 인물이 많이 나타나는 것으로 판단된다. 도사형 인물은 고소설에서 초인적인 능력을 발휘하는 장면을 통해 주로 그려지게 되는데, 그들의 초인적인 능력은 그들 자신보다는 그로부터 그러한 능력을 품수받은 인물들에 의해 더욱 더 잘 발휘되는 측면이 있다. 이와 같이 그들의 능력은 외향화된 형식으로 나타나는 경향이 있어서 인물의 행위와 사건의 선이 뚜렷하게 부각되는 고소설에 그들의 출현이 빈번하다고 할 수 있다. 예컨대 〈조웅전〉에는 도사형 인물이 여럿 등장하는데, 미래사를 꿰뚫고 있으면서 조웅에게 신통한 술법을 가르쳐주는 월경대사, 보검을 조웅에게 전해주는 화산도사, 천기를 볼 수 있도록 육도삼략과 천문도를 주어 익히게 하고 술법을 가르치기도 하며 용총마와 환약을 건네주는 천관도사 등이다. 전쟁을 피해 벽지에 들어선 양소유에게 거문고와 퉁소를 가르치고, 방서를 주며 방술을 익히게 하며, 속세의 사정은 물론이고 미래사까지 훤히 꿰뚫

---

16) 정재서, 「신선과 사회」, 『도교와 한국문화』, 총서 2, 1988, 402-409쪽 참조.

고 있는 〈구운몽〉의 남전산 도사도 신선적인 면모를 보여줌에도 불구하고 전체적으로는 도사형 인물에 가까운 것으로 보인다. 그밖에도 학업과 병법과 신술을 주인공에게 가르쳐주는 도사형 인물들이 많이 보이는데, 이를테면 〈어룡전〉의 통천도사, 〈양소저전〉의 지리산 학당의 처사, 〈옥루몽〉의 백운도사, 〈기화기몽〉의 청허도인 등등이다. 그리고 가르침을 직접 행하지는 않지만 단서 또는 병서, 보검이나 말을 전해주어 그것을 사용하게 하는 도사형 인물들도 많이 보인다. 〈소대성전〉의 영보산 노승이라든지 〈옥선몽〉의 부옥산 도사, 〈오선기봉〉의 숭산도인 등이 바로 그들이다.

반면 문인산수화에는 은사형 인물이 주로 나타난다고 판단된다. 물론 문인산수화에 나타나는 도인이 도사형이나 신선형이 아니라 은사형 인물이라고 판단할 외관상의 징표는 없다. 다만 문인산수화 속의 도인, 또는 도인을 매개로 한 회화적 요소가 환기하는 것이 외적 활동 능력이나 신비적 상황이라기보다는 어떤 정신적 취향 또는 심미적 정조가 주가 되고 있고, 그림 속에서 도인들이 취하고 있는 행동 양식이 주로 낚시나 탄금 등 앞에서 언급한 유형들이기 때문에 이러한 측면과 가장 어울리는 존재는 아무래도 은사형에 가까울 것으로 보인다. 은사형 인물은 도덕적인 우월성이나 천석고황(泉石膏肓)과 같은 그의 정신세계가 주로 초점화되는 인물이다. 그래서 그는 주관적 사유 또는 지향의식을 주정적으로 표출하는 시가 장르에도 등장하는 경향이 있다. 그들이 추구하는 자유자적의 생각들이 지닌 낭만적인 성격도 시가 장르에 적합한 배경이 되어준다.[17] 아무튼 문인산수화 속의 도인은 외적 행위나 신비한 행적을 드러내기 위해 등장하기보다는 내적 지향의식이나 정신적 분위기 또는 정조 등을 표상하는 경향이 강하기 때문에 그를 은사형 인물에 근접한 존재로 봐도 좋을 것이다.

한편 신선형 인물은 외적 행위와 내적 의식을 함께 표현할 수 있는 중간적 존재라고 할 수 있다. 그래서 신선형 인물은 〈신선전〉과 같은 고소설류에도 많이 등장하고, 유선시(遊仙詩)와 같은 시가 장르에도 그 서정적 주체로서의 모습을 드러낸다. 그러나 신선형 인물은 보편적인 형상이 아니라 특수한 자질의 존재이기 때문에 여러 문예 장르에 걸쳐 나타나는 존재이면서도 상당히 파편화된 요소로 여러 장르에 등장하는 것으로 보인다. 문인산수화 속에 신선형 인물이 없다고 단언할 수는 없을 것이지만 신선적 징표를 명징하게 나타낼 수 없는 회화의 매체적 한계까지 감안해 볼 때 신선형 인물은 문인산수화 속의 도인을 대표할 수 있는 위치에까지는 이르지 못한다고 할 수 있다.

3. 도인의 심층심리적 의미

도인이 각 문예양식들에 빈번하게 등장하는 것은 도인이 그 텍스트 내에서 특별하고도 중요한 기능을 하기 때문일 것이다. 그러나 각 문예양식들마다 도인이 행사하는 고유한 기능 영역이 있기 마련인데, 서사 장르에서는 도인이 결정적인 조력자로서의 역할 모델을 맡고 있

---

17) 시가 장르와 문인산수화에서의 도인의 심리적 기능은 본고의 관심사에서 벗어나 있다. 그 점은 따로 자세하게 다룰 필요가 있다.

음에 비해, 서정 장르에서는 자연 속의 유유자적함이라는 심리적 안정을 주는 역할을 주로 수행한다. 그것은 문인산수화도 비슷하다고 판단된다. 도인의 텍스트 내적 기능과 의미를 살피기 위해서는 도인이 그려지는 서술상황 또는 도인에 대한 시각적인 투시 상황에 대한 면밀한 분석이 요구되는데, 이때 필요한 것이 수용자의 의식 속에 형성되는 모종의 심리적 관계에 대한 심층적인 해석일 것이다.

이를 각 장르별로 살펴보기로 하겠는데, 먼저 고소설의 경우이다.

고소설에서 도인은 극중인물이나 독자의 욕망이 치환되어 나타난 것으로 보인다. 그것은 작중 세계 속의 인물과, 그 인물의 상황을 따라 읽어가는 독자의 욕망이 그만큼 강렬하기 때문인데, 이들의 강렬한 욕망이 발산되어 그 목표물을 찾은 것이 도인이라는 존재로 나타난 것으로 생각된다.18) 그런 점에서 그것은 일종의 욕망의 객관적 상관물이라 할 수 있을 것이다. 작중 세계 속의 인물이나 그 인물에 감정이입이 된 독자를 위안 내지는 구원해주는 존재가 바로 도인이기 때문이다. 그 사례를 몇몇 고소설 작품을 통해 살펴보기로 하자.

〈구운몽〉의 남전산 도사는 양소유의 입장에서나 양소유에 동화된 독자의 입장에서나 필요한 순간에 적시에 나타난 구원자이자 계시자이며 해결사이다. 그는 먼저 역적 반도 무리들의 노략질과 도륙으로부터 양소유가 몸을 안전하게 피할 수 있는 피난처를 제공한다. 이는 독자의 심리를 안정시키는 기제로 작용하였을 것인데, 여기서 도사는

---

18) 고소설의 작가는 등장인물이나 독자의 욕망을 자신의 작품 속에 당연히 반영시키는 존재이므로 작가의 심리적 국면은 여기서 따로 다루지 않는다.

그러한 심리적인 안정기제의 핵심에 위치한다. 또한 양소유와 도인과의 만남은 학을 타고 봉래산으로 올라간 이후 돈절된 부친의 소식을 듣는 계기가 되기도 한다. 부친은 나중에 양소유가 세상에 나아가 공명을 구하고 가문을 빛내리라는 것을 믿고 있었기 때문에 자유분방하게 신선이 될 수 있었다. 그런 부친의 믿음에 부응하여 유부인과 양소유는 과거 시험을 보기로 했고, 그래서 상경하던 차였던 것이다. 부친을 사모하는 마음이 간절하던 때에 도사를 만나 부친의 소식을 듣게 된 것은 양소유의 입장에서는 자신의 행위에 대한 정당성을 추인받고, 책임과 의무에 대한 수행의지를 선언하는 절차이기도 하다는 점에서 인물의 심리적인 국면과 관련된다. 그리고 도사가 양소유에게 가르쳐준 거문고와 통소는 나중에 정경패를 비롯한 여인들과의 결연 시에 아주 유용한 도구가 되는데, 이러한 사전 징후 내지는 복선의 방법은 도사의 예언적 발언[19]과 합해져 앞으로 전개될 상황에 대한 예상 기대치를 발동하게 함으로써 심리적인 안정을 기하는 데 기여한다. 그런 점에서는 미래사에 대한 예언들도 마찬가지의 기능을 한다고 볼 수 있다. 도사는 자신의 제자가 되겠다는 양소유에게 산에 은거할 운수가 아니라 인간 부귀의 영욕을 경험할 운수라는 것을 예시하고 있고, 바로 도피하기 전에 결연을 약속한 진채봉의 안위와 후일 결연 여부를 궁금해하는 양소유에게 인연이 여러 곳에 있으니 혼사를 외곬으로 생각지 말라고 하고 있으며, 역적 무리가 정리되었다는 점, 과거는 내년 봄으로 연기되었다는 점, 그리고 모친이 근심으로 기다

---

19) 도사는 거문고와 통소가 후일에 틀림없이 쓰일 곳이 있으리라는 것을 언명하고 있다.

리고 있다는 점 등 바깥 세상의 진행 상황에 대해 꿰뚫어보고 알려준다는 것은 벽에 부딪쳐 꼬여버린 양소유의 일들을 해결하고 예상하게 함으로써 심리적인 안정에 봉사한다.[20]

고소설에서 도인은 흔히 인물이 가장 난처한 상황에 처했을 때 등장하는 경향이 있다. 그래서 그 험난한 상황을 타개해줄 뿐만 아니라 운명을 반전시키는 계기를 마련해준다는 점에서 극중 전환점의 역할을 수행한다고 할 수 있다. 앞에서 살펴본 〈구운몽〉의 남전산 도사가 그런 역할을 수행하고 있으며, 〈조웅전〉의 도인들 역시 그런 역할을 해내고 있다. 〈조웅전〉에서 일찍이 조승상의 화상을 그렸던 강선암의 월경대사는 조웅의 모자가 이두병 일파의 압박과 추격, 그리고 오랜 기갈에 거의 기력을 탕진할 즈음에 나타나 구활을 해주는 것은 물론이고, 조웅에게 글도 가르치고 신통한 술법을 가르쳐 세상에 나가 입신공명을 이뤄 간적 무리를 소탕하고 부친의 원수를 갚도록 그 바탕 자질을 마련해주는 존재이다. 천관도사 역시 조웅에게 경전과 육도삼략, 천문도를 전해주고 지모장략을 가르치며, 보검과 용총마를 주어 전장에서 승승장구할 수 있는 바탕을 마련해주고, 장소저가 죽을 지경에 빠진 것을 통찰해내고 환약을 주어 구해내게 하는 등 위험한 상황을 타개하고 운명의 반전을 위한 계기를 마련해주는 역할을 한다.[21] 〈오선기봉〉의 숭산도인은 세 살 때 헤어진 부모를 찾아 온 세상을 편력하는 황태을이 마지막 연줄로 찾아가 만나게 되는 인물이

---

20) 『구운몽』(완판 105장본), 고전소설 1집, 고려서림, 1986, 597-611쪽 참조.
21) 『조웅전』, 한국고대소설총서, 3권, 통문관, 1960, 1-177쪽.

다. 그는 산중에서 약을 캐고 운간에 밭을 갈아 세간의 영욕으로부터
벗어나 있는 신선 같은 도인이지만 황태을이 천기가 차면 부모를 찾
게 되어 있다는 점과, 지금이 세상에 나아가 입신할 적기라는 점을 알
려주고, 병법이 적혀 있는 단서(丹書)를 전해주어 이를 바탕으로 황태
을이 공명을 이루고 부모를 만나게 되는 계기를 마련해준다.[22] 이와
같이 이들 도인들은 한결같이 극중인물이 가장 절실하게 필요할 때
나타나서 가장 핵심적인 문제를 해결해주거나 방책을 알려주는 역할
을 수행하는 존재들이다. 극중인물들이 온갖 방황과 숱한 고생을 거
쳐 만나게 되는 이들 도인들은 인물들의 입장에서 보면 활로 개척의
기회이자 인생 반전의 계기가 된다. 그리고 인물의 심리에 적재되어
있는 독자의 심리도 그동안 핍박되어온 상태에서 해방되어 심리적 안
정을 기하게 된다.

　도인은 자아의 무의식이 키운 존재라고 할 수 있다. 정신분석학에
의하면 내적 욕망을 밖을 향해 굴절 또는 왜곡시켜 분출하는 이러한
현상을 외향 투사(projection)라고 한다. 자신의 욕망을 밖을 향해 비
춤으로써[23] 자신이 원하는 형상을 갖춘 존재를 대리 상상하는 것도
외향 투사의 한 양상이라고 할 수 있다. 이것은 주체가 대상에게로 나
아가는 것으로 이렇게 되면 대상 속에 주체가 원하는 형상이 반영되
는데, 이때 많은 왜곡과 굴절이 나타나게 된다. 이것이 바로 투사될

---

22) 『오선기봉』, <활자본 고전소설전집> 권4, 아세아문화사, 1976, 369-433쪽.
23) 여기서 '욕망'은 잃어버린 대상을 무의식적으로 추구하는 것을 통칭하는 의미범주로
　　사용된다.

때의 무의식적인 변형 과정이다. 말하자면 욕망의 강렬함이 편집증적 투사를 낳는 것이다.[24) 앞에서 살펴본 고소설의 도인들이 그러한 심리적인 투사체이다. 그들은 양소유와 조웅, 그리고 황태을이 어려운 상황에 처해 구원의 손길이 절실하게 필요할 때 등장해서 방책을 제시해주는데, 작중인물의 심리적인 욕망의 입장에서 볼 때. 이들 도인은 그러한 욕망이 투사된 환영적 존재로서 나만 외피만 실재 인물로 나타났을 따름이다. 그리고 이들 작중인물에게 감정을 의탁하여 온 독자들에게도 도인은 초조함으로부터 벗어나 심리적인 안정을 꾀하게끔 해주는 심리적인 투사체로서 기능한다.

이러한 점에서 도인은 현상적으로 보면 타자이지만 자아의 일부이다. 그것은 무의식적인 분신이 현현화한 것이며, 자아로부터 빠져나간 또 다른 자아이기 때문이다. 인간에게는 고래로부터 동일시라는 유추 과정을 통해 다른 사람들과 동물들, 그리고 무생물들로 전이할 수 있는 심리적 능력이 있는 걸로 알려져 왔다.[25) 자아의 욕망을 충족시키기 위해 외부 대상을 자신과 같은 것으로 보기도 하고, 외부 대상으로 아예 전입하여 자기 맘대로 대상을 조정하기도 하는 것이다. 원시인들은 자신이 사용하는 언어에는 마술적인 힘이 들어있다고 생각하기도 하고, 생각하는대로 이루어진다는 사유의 전능성을 믿기도

---

24) 정신분석학에서 '투사'는 원래 받아들일 수 없고 참을 수 없는 생각을 다른 사람이나 외부세계에 옮겨 놓는 다소 부정적인 정신과정이지만(그래서 '바가지 씌우기'라고도 한다) 여기서는 방어기제로서의 투사를 좀더 광역적으로 해석하여 자신의 강렬한 흥미와 욕망을 주체할 수 없어 그것을 외부세계로 옮기는 행위 전체를 가리키는 것으로 보고자 한다.

25) 프로이트, 「무의식에 관하여」, 『정신분석학의 근본 개념』, 열린책들, 1997, 166쪽 참조.

하는 등,[26] 소망과 정신작용의 힘에 대해 과대 평가하는 경향이 있었던 것이다.[27] 이러한 과대망상은 자아에 대한 강한 집착에서 비롯되는 것으로서 일종의 나르시시즘이라 할 수 있다. 나르시시즘은 모든 살아있는 생명체가 보유하고 있는 자기 보존 본능이라는 이기주의의 소산이다.[28] 이를 고소설의 도인과 관련시켜 본다면, 고소설에서 고난에 처한 주인공은 자신의 내부에 위대한 능력이 있음을 증명하기 위해 자신을 돕는 외부의 초능력적 존재를 대리 상정한 것이라고 할 수 있다.[29] 이는 주인공 자아의 과대망상증이 불러일으킨 현상이라고 하지 않을 수 없다. 그러나 고소설에서는 신화적 인물처럼 자신의 능력만으로도 모든 걸 해결할 수 있다고 과대포장하거나, 신이나 하늘과 같은 절대자에게만 의존하지 않고, 지상적 인물을 설정한다. 그렇지만 따지고 보면 도인이란 것도 주인공 자아의 나르시시즘적인 과대망상이 낳은 산물인 것이다.[30] 그것은 무의식적 분신이 외부로 현

---

26) 프로이트, 『토템과 금기』, 경진사, 1993, 111~145쪽 참조.

27) 프로이트, 「나르시시즘 서론」, 『정신분석학의 근본 개념』, 48쪽 참조.

28) 프로이트, 위의 글, 46쪽 참조.

29) 이스트호프는 이안 플레밍의 영화 <닥터 노>에서 M을 '동일시하는 아버지'와 '거세하는 아버지' 중 동일시하는 아버지로 해석한다. M은 제임스 본드를 임무지로 보내고 각종 정보를 주는 등 마치 고소설의 도인과 같이 주인공을 돕는 역할을 하고 있는 존재이다. Antony Easthope, 『무의식』, 한나래, 2000, 179~181쪽 참조.

30) 프로이트에 의하면 어린 시절 자아는 이상적 자아를 자기애의 목표로 삼는다. 그러나 성장하면서 그것이 다른 사람의 훈계나 스스로의 비판적 판단에 의해 장애에 부딪히게 되면, 그것을 새로운 형태로 회복하고자 한다. 그래서 이제는 상실하고 없는 그 어린 시절의 나르시시즘을 되찾게 해주는 대체물로 투사한다.(위의 책, 74쪽 참조) 고소설의 주인공도 자기 내부의 능력으로 모든 일을 처리해나갈 수는 없는 상황에 봉착했기 때문에 자신의 원망을 외부로 투사하여 얻은 이상적인 대체물이 바로 도인이라고 할 수 있다. 본능의 승화 내지는 이상 자아의 대리 표상이라고 볼 수 있다.

현화된 존재이기 때문이다. 그것은 자신의 행동과 표현들이 내 자신의 정신의 나머지 다른 부분들과 어떻게 연결되는지 모르기 때문에 그것들을 마치 다른 사람들의 행동과 표현인 양 취급하는 정신적 과정과도 같다.31) 다른 사람의 행동과 표현은 동일시에 의해 얼마든지 나의 행동과 표현이 될 수 있는 것이다. 사실 주체의 자아란 것은 대상 속에 그의 형체가 반영된 것이다. 그러므로 자기정체성이란 것도 타자로부터 생성되는 것이다. 나를 둘러싸고 있는 기표들의 조직인 타자가 내면화되어 나로 간주되는 것이다. 그래서 '나는 타자이고, 타자는 곧 나인 것이다'.32)

욕망을 대상에 투사하여 동일시를 통해 대상을 생성시키는 방식으로 등장한 존재가 고소설의 도인이라면, 동일시의 다른 국면, 즉 대상을 받아들여 자신의 욕망을 내향 투사(introjection)하는 방식은 전통회화의 감상에서 일어난다고 보인다. 특히 문인산수화 속에 그려진 도인을 어떻게 바라보느냐 하는 문제는 이 내향 투사와 관련된다고 판단된다. 내향 투사란 자아에게 제시된 대상들이 쾌락의 근원이 되는 한, 자아는 그 대상들을 받아들여 동일시를 이루게 되는 것을 의미한다. 자아 속에 그 대상을 동일시를 통해 설정함으로써 자아는 대상 존재가 된 것처럼 착각하게 된다.(그림 2-9)

문인산수화 속의 도인은 정신분석학에서의 초자아라는 존재와 관련된다. 프로이트에 의하면 아이가 지닌 이드의 리비도적 충동은 그 첫

---

31) 프로이트, 위의 책, 166쪽 참조.
32) 이스트호프, 위의 책, 103-107쪽 참조.

(그림 2-9) 沈周(1427-1509), 廬山高圖, 台
北故宮博物院

이 그림이 우리에게 쾌락을 주는 까닭은
우리가 그림 속 도인이 되어 자연 경물
앞에 실제로 서 있다는 착각을 느끼기 때
문이기도 하다.

번째 대상으로서 부모를 향하게 되는데, 아이는 부모를 자아 속에 내향 투사시킴으로써 초자아가 생기게 된다. 그래서 아이의 초자아는 내향 투사된 자기 부모가 갖고 있는 기본적 특징들, 말하자면 그들의 힘이라든가, 엄격함이라든가, 감시하고 벌주는 태도 등을 간직하게 된다.[33] 이것이 아이에게 있어 리비도적 충동이 함부로 분출되는 것을 막는 장치가 되는 것이다. 그런데 인간은 차츰 사회화되면서 부모만이 아니라 선생님이나 사회적 권위자, 그리고 공적으로 인정되는 영웅들을 자신의 초자아 속에 결합시키게 된다.(그림 2-10) 물론 내향 투사로 인해 동일시된 대상 존재에 대해서는 항상 존경과 미움이라는 양가성아 존재하지만, 문인산수화 속에 그려진 도인에 대해서 감상자들은 대개 도인이 자신이 진정으로 되고 싶은 모델이라는 점에서 자신의 긍정적 초자아로 간주하고 쉽게 거기에 빠져 들게 된다.(그림 2-11, 2-12)

(그림 2-10) 査士標(1615–1698), 秋景山水圖軸, 1673년, 180×74㎝
그림의 감상자들은 자연 속의 도인을 자신의 초자아 속에 결합시키길 좋아한다.

---

33) 프로이트, 「마조히즘의 경제적 문제」, 위의 책, 427쪽 참조.

(그림 2-11) (상) 석도(1642-1707), 靑綠山水畵册에서
(그림 2-12) (하) 石濤, 山水册에서
그림의 감상자들에게 도인은 위치를 전가하고 싶은
긍정적인 모델로서 기능한다.

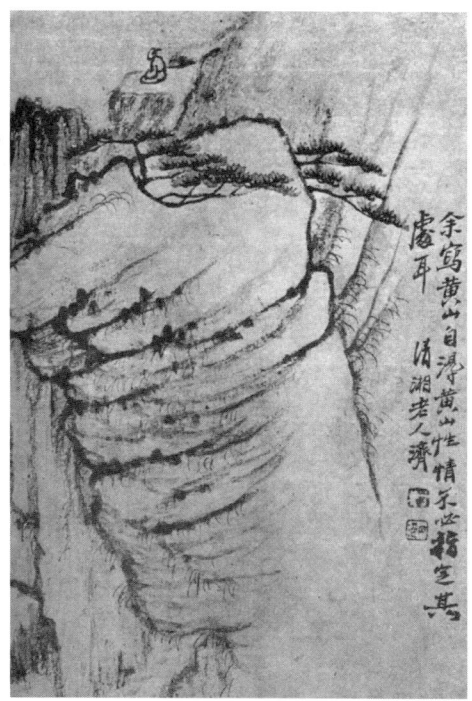

(그림 2-14) 石濤, 靑綠山水畫册에서

그림의 감상자는 처음에는 화면을 응시하지만 다음에는
도인 속으로 이입되어 도인의 눈으로 자연을 보게 된다.

(그림 2-13) 장풍, 〈관풍도〉 축(위가 잘림). 1660. 지본담채, 가로 45cm. 야마토 문화관, 나라.

도인과 동일화를 이루게 되면 도인과 심리적 거리가 전혀 없는 신여물유(神與物遊)의 경지로 이동하게 된다.

문인산수화의 감상자는 처음에는 자연과 자연 속에 그려진 도인을 함께 보지만 도인과의 동일화를 이룬 다음에는 도인을 통해 자연을 보고 느끼는 경지로 이동하게 된다. 이는 도인과의 심리적 거리가 전혀 없는 상태인 '신여물유(神與物游)'의 경지라고 할 수 있다.(그림 2-13) '신여물유'는 원래 작자의 주관적 의경과 객관적 물상이 서로 구분이 없이 교유하는 상태에서 창작에 임해야 한다는 창작론적 규범을 뜻하지만,34) 작자나 독자 혹은 감상자의 심미적 관점을 구분하지 않는 동양적 미의식 하에서는 수용론적 차원에서도 적용된다고 할 수 있다. 작자가 자연이나 세계와 공존하면서 무한한 생명력과 영원성을 추구하듯이 독자 혹은 감상자 또한 자연이나 세계와 교융하면서 물아일체가 되어 심미적 체험을 공유하고자 하는 것이다. 자아와 세계 사이의 거리 소멸의 경지가 바로 '유(游)'인 것이다.35)

산수화 화면을 보는 감상자는 처음에는 화면을 응시하지만 다음에는 곧 도인 속으로 이입되어 도인의 눈으로 자연을 보게 된다.(그림 2-14) 화면에 그려진 산수 자연은 외부 관찰자의 시선에 의해 포착된 것이 아니라 이제는 내부 응시자의 시선으로 보여지는 세계가 된다.36) 내

---

34) 김원중, 『중국문학이론의 세계』, 을유문화사, 2000, 104쪽 참조.
35) 김원중, 위의 책, 121-130쪽 참조.
36) 내부 응시자의 눈으로 산수 자연을 보고 느끼는 이와 같은 방식은 자연 속의 감흥을 노래하는 자연시가 또는 전원시가의 감상자세와 비슷하다. 다만 자연시가의 경우는 초점 화자의 매개 작용 없이 화자가 처음부터 주어져 있고, 감상자는 화자의 말을 엿들으면서 그 말의 의미적 자장 또는 진폭 내에서 정서를 조절하지만, 산수화의 감상자는 도인을 매개로 하여 자연 속에 전입한 이후로는 자유분방하게 주관적으로 자연의 모든 것을 체험할 수 있다는 점에서 차이가 있다고 하겠다.

(그림 2-15) 石濤, 山水冊에서
외부 관찰자는 화면 밖에 존재하지 않고 화면 속으로 전입된다.

부 응시자는 마치 도인이 된 것처럼 산수 자연 속에 위치하여 그 산수 자연을 보고 느낀다. 그는 다만 눈으로 볼 뿐만 아니라 산수 자연의 냄새를 맡을 수도 있고, 산수 자연이 어우러지며 빚어내는 소리를 들을 수도 있으며, 주변의 모든 것을 촉감으로도 느낄 수 있다. 그것도 그 산수 자연을 처음으로 경험하는 세속인의 차원이 아니라, 산수 자연미에 정통해 있는 존재의 차원에서 보고 느끼고 호흡한다. 그러므로 이 때의 산수 자연은 감상자가 평소 보던 그 산수 자연이 아니다. 아마도 몇 단계는 격상된 수준의 감상을 할 수 있게 되는 것이다. 외부 관찰자는 화면 밖에 존재하지 않고 화면 속으로 전

입된다.(그림 2-15) "나는 내가 존재하지 않는 곳에서 생각한다. 고로 나는 내가 생각하지 않는 곳에 존재한다."[37] 화면 속의 도인의 눈으로 전입한 감상자는 자기 자신도 볼 수 있는 특수한 위치에 있다. 도인의 눈으로 산수 자연을 볼 수 있을 뿐만 아니라 산수 자연으로부터도 보여지는 위치에 있기 때문이다. 자신의 의습과 행위가 외부 시선으로

---

37) 이는 라캉이 데카르트의 명제를 공격하면서 한 패러디이다. 이스트호프, 위의 책, 261쪽.

부터 비춰지는 것이다.[38]

문인산수화의 감상자가 화면 속의 도인이 되어 자연 속을 노니는 경지는 주체와 객체 사이의 구분을 없애는 것이라는 점에서 바로 '신여물유'의 상태라고 할 수 있으며, 나아가 주체를 버리고 객체 속으로 전입한다는 점에서 볼 때에는 '신여죽화(身與竹化)'의 경지라고 할 수 있다.[39] '신여죽화'란 '신여물유'와 마찬가지로 창작론적 관점에서 말하는 것인데, 대상을 그릴 때 자기 몸을 버리고 대상 속으로 함입되어야 한다는 점을 강조하고 있는 개념이다. 그러나 동양미학에서 창작자나 감상자의 행위에서 감정이입적 정신수양을 전제한다는 점에서 볼 때 이는 감상 행위에도 그대로 적용된다.(그림 2-16)

(그림 2-16) 石濤, 山水花卉册에서
작가가 주체를 버리고 객체 속으로 들어가듯이 감상자 또한 나를 버리고 대나무 속으로 들어가 대나무가 되어 버린다.[신여죽화(身與竹化)]

---

38) "내가 볼 수 있다는 것은 내가 보여질 수 있다는 것을 의미하기도 한다"는 라캉의 말은 이러한 점에서 충분히 이해할 수 있다. 이스트호프, 위의 책, 240쪽 참조. 동양의 전통 회화 감상에서 내외적으로 감상자의 엄정하고도 격식 있는 감상 태도를 강조하는 것은 이와 관계가 있을 것이다.

39) 이는 소동파가 문동이라는 자기 친구의 대나무 그린 그림을 보고 한 말이다. 김원중, 위의 책, 126쪽 참조.

4. 도인에 대한 심미의식과 도가적 사유체계 사이의 접점

도인은 도가적 사유체계에서 분비된 존재일 것이다. 그의 행동과 사고를 볼 때 도가사상의 신념과 행동방식을 체현하고 있는 존재라고 할 수 있기 때문이다. 그러나 도인이 도가사상을 구현하는 인물이라는 단순한 사실을 증명하는 것이 여기에서의 목적은 아니다. 여기서는 앞 장에서 논의한 고소설과 문인산수화에서의 도인에 대한 심층심리적 해석이 도가적 사유체계와는 어떠한 관계로 맺어져 있는지 고찰하는 데 목적이 있다. 이러한 생각은 도인의 성격만이 아니라 도인을 통해 세계를 보는 눈까지도 도가적 사유와 관련이 있으리라는 판단에 근거를 두고 있다.

도가적 사유는 주체와 타자 사이의 구분 의식에 있어 항상 애매모호하고 불분명한 입장을 취한다. 확고한 주체란 것도 없고, 확고한 타자란 것도 없다. 주체가 어느 틈에 타자로 화해 있기도 하고, 타자가 어느새 주체의 자리에 틈입해 있기도 하다. 그래서 도가사상에는 상대주의적 관점과 타자와의 연루 의식이 강도 높게 나타난다. 나는 나이기도 하고, 나 아니기도 하기 때문에 상대주의적 시각과 전도된 시각이 언제나 허용된다.

그래서 이 세상에 추호(秋毫)보다 더 큰 것이 없고, 태산보다 작은 것이 없다. 어려서 죽은 아이보다 더 장수한 자가 없고, 600년을 살았다는 팽조(彭祖)보다 더 적게 산 것은 없다고 할 수 있는 것이다.[40]

---

40) 『장자』, <제물론>. 앞으로 나오는 『장자』 인용문은 다음 두 책을 참고로 하여 이루어졌음을 밝힌다. 안동림 역주, 『장자』, 현암사, 1993 ; 장기근/이석호 역, 『노자/장자』,

이처럼 대/소는 어떤 판단기준에 의한 재단일 뿐 절대적으로 통용되는 진실이 아니다. 이것은 미/추도 마찬가지다. "모장(毛嬙)과 여희(驪姬)는 사람들이 아름답다고 하지만 물고기가 그들을 보면 깊이 숨고, 새들이 그들을 보면 높이 날며, 순록과 사슴이 그들을 보면 결사적으로 도망치니, 이 네 가지 중에 어느 것이 천하의 아름다운 것인지 누가 알겠는가"[41] 유/무도 마찬가지다. '무용지용(無用之用)'이다. 그릇이 유용한 것은 그릇 안면의 파인 '무'인 부분이 있기 때문이고, 바퀴가 바퀴로서 제 기능을 하는 것은 바퀴살의 채워지지 않은 부분이 있기 때문인 것이다.

이러한 상대주의적 시각에서 주체는 타자의 위치로 옮겨가서 사유한다. 바꾸어 생각하는 역설과 전도의 사유가 가능해짐으로써 우리가 그동안 관습적으로 생각해왔던 고정화된 사유방식의 단견성이 부각된다. 우리는 박을 물을 푸는 바가지로 쓰는 것만 생각하기 때문에 닷섬짜리 커다란 박을 쓸 줄 몰라 부수고 마는 것이다. 그것을 강호에 띄우고 놀 생각을 하지 못하는 것이다. 이는 큰 박의 입장에서 사유하는 것을 의미한다. 구불구불한 가죽나무를 목재로 사용할 수 없어 쓸데 없다고 걱정하는 사람은 그 나무를 광막한 들에다 심고 그 주위를 소요하고 드러눕는 것을 생각해본 적이 없는 것이다.[42] 그것은 도끼에 베어질 염려가 없는 가죽나무의 입장이기도 한 것이다.

삼성출판사, 1990. 앞으로는 소속 편명만 밝히기로 하며, 원문의 사유체계의 윤곽만을 보고자 하므로 한문 원문은 생략한다.
41) 『장자』, <제물론>.
42) 『장자』, <소요유>.

상대주의적 시각에는 언제나 타자와의 연루 의식이 내재되어 있다. 장자는 자기도 모르는 사이에 타자와 연루된 자신을 발견하고 깜짝 놀라고 있다.

장자가 어느 날 조릉이라는 밤나무 숲의 울타리에서 놀다가 한 마리 이상한 까치가 남쪽으로부터 날아오는 것을 보았다. 그 까치 날개의 너비는 7척이나 되고 눈동자의 직경도 한 치나 되었는데 장자의 이마를 스치고 날아가 밤나무 숲에 가 앉았다. 장자는 속으로 '이것은 어떤 새인가? 그렇게 큰 날개를 가지고도 높이 날지 못하고, 그렇게 큰 눈을 가지고도 사람을 보지 못하나?' 하고서 바지를 걷어올리고 재빨리 걸어가 화살을 잡아 끼우고 있었다. 그때 살펴보니, 한 마리 매미가 기분 좋게 나무 그늘에 앉아 자신도 잊어버리고 신나게 놀고 있었다. 그리고 그 곁에는 한 마리 사마귀가 나뭇잎에 숨어 그 매미를 노리고 있는데 자신마저 잊고 있었다. 그런 그 곁에는 그 이상한 까치가 기회를 타서 이 사마귀를 잡으려고 눈독을 들이느라고 자신도 잊고 장자에게 잡히는 것도 모르고 있었다. 장자는 이를 보고 놀라, '아, 만물은 서로 해치고 이해는 서로 얽혀 있구나' 하면서 활을 버리고 돌아왔다. 그러자 밤나무 숲을 지키는 사람이 장자가 밤을 따가려는 도둑인 줄 알고 뒤를 쫓아오면서 욕을 하였다.[43]

서로 이해관계가 얽히고설킨 이 이야기에서 우리는 타자와 연루되어 살아갈 수밖에 없는 현실 세계를 만날 수 있다. 자신이 타자와 연

---

43) 『장자』, <산목>.

루되어 존재한다는 이러한 깨달음은 인간의 삶이 근본적으로 갖고 있는 유한성에 대한 통찰이 바탕에 깔려 있다.[44] 그런데 인간은 이러한 유한성을 극복하기 위해 적극적으로 타자와의 연대 의식을 강화하고자 한다. 그것은 무의식적으로 주체의 내면에서 이루어진다.

이러한 타자와의 위치 전도와 타자와의 연루 차원에서 고소설의 도인이라는 존재를 생각해볼 수 있다. 타자와의 자리바꿈과 연루 의식은 고소설의 도인과 관련하여 작동되는 심리적인 메커니즘이다. 그런데 그 메커니즘이 도가적 사유체계의 근간을 이룬다는 점에 우리는 착목하지 않을 수 없다. 도인은 그 존재론적 성격이나 지향의식에 있어서도 도가사상과 가장 가깝다고 생각되지만, 도인을 대면할 때 극중 인물이나 독자의 심층심리에서 일어나는 과정도 도가적 사유체계와 닮아 있다. 고소설의 도인은 등장인물이 상위 차원의 타자와 연루되어 있다는 의식의 산물이면서 일종의 자리바꿈의 결과로 나타난 존재이다. 여기에서 타자와의 연루는 개체 대 개체의 연합이 아니라 한 개체 내의 분신들끼리의 심리적인 결속의 차원이다. 자신을 상위 차원에 있는 타자의 분신으로 인식한다면 그러한 존재와의 연대의식은 무의식 속에서 강화될 것이다. 상대방과의 연루 의식이 강할수록 타자의 위치로의 전환도 쉽게 이루어질 수 있다. 고소설 속에서 등장하는 도인들이 결정적인 순간에 주인공 인물에게 가장 결핍된 부분을 보완해주는 존재라는 점에서 도인들은 우리의 무의식 속에서 연루된 무엇일 가능성이 높은 것이다. 독자 또한 주인공 인물의 연장선 위에서 무

---

44) 강신주, 『장자 : 타자와의 소통과 주체의 변형』, 태학사, 2003, 40쪽 참조.

의식적인 연루체로서의 도인을 대면하게 되는데, 자신의 바람을 적재시켜 도인의 위치로 자신을 전환시킨다.

한편 도가적 사유는 항상 자의식의 해체라는 데에 관심을 둔다. 그것은 자의식이 어떤 인위적인 것을 낳게 하고, 어떤 절대적인 것을 상정하게 함으로써 우리의 눈과 의식을 가둬버리기 때문이다. 자의식을 버림으로써 우리는 세상이 작위성에 의해 흘러간다는 것을 알 수 있고, 따라서 자연스러움에 깃들 수 있게 되는 것이다. 주체와 타자 사이의 구분 같은 것도 여기에는 없다. 타자가 설정되지 않으므로 욕망도 없다. 곧, 무아의 경지인 것이다. 무아의 경지에 들기 위해서는 타자가 존재하지 않아야 하는 것이 선결과제이다. 〈장자〉의 다음 일화는 그 점을 말해준다.

남백자규가 여우에게 도를 배울 수 있는지 물었다. 여우는 자신이 복량의란 자를 도로 인도한 경우를 예로 들면서 복량의는 사흘이 지나자 우선 세계의 존재를 잊게 되었고, 이레가 지나자 우주만물의 존재를 잊게 되었으며, 아흐레가 지나자 자신의 존재마저 잊는 경지에 도달했다고 한다.[45]

이 외에도 꼽추가 물건 줍듯이 매미를 잡을 때라든지,[46] 어떤 자가 폭포 밑에서 수영을 할 때라든지,[47] 자경이라는 목공이 악기 받침대

---

45) 『장자』, 〈대종사〉.
46) 『장자』, 〈달생〉.
47) 『장자』, 〈달생〉.

를 만드는 데[48]서도 자신의 존재를 버리고 타자와 일심동체가 되는 경지가 중요하다는 점을 〈장자〉는 여기저기서 표명하고 있다. 도가에서는 주체의 자유분방한 경지를 추구한다. 정신의 절대자유를 추구하는 것이다. 이러한 정신 자세에서 미적 관조가 가능해지기 때문이다. 도가는 이와 같이 주체의 심경이 자유로우면 자유로울수록 더욱 더 미적 향수를 얻게 된다는 점을 누누이 말하고 있다. 그래서 〈장자〉에는 욕망과 지식의 속박으로부터 해방되는 것과 관련된 개념들이 빈번하게 출현한다. 이들은 상아(喪我), 심재(心齋), 좌망(坐忘), 허정(虛靜), 무기(無己) 등의 개념들이다.[49]

상아(喪我)는 형체를 마른 나무 같이 하고 마음을 식은 재와 같이 하여 자신의 존재를 잊어버리는 경지[50]이고, 좌망(坐忘)은 손발이나 몸이란 것을 잊고, 귀나 눈의 작용을 물리쳐서 형체를 떠나는 경지이다.[51] 그리고 심재(心齋)는 마음의 활동을 하나로 통일시켜 잡념을 떨쳐버리는 것으로 귀로 듣지 않고 마음으로 들으며, 마음으로 듣지 않고 기로 듣는 경지를 말한다. 기는 허해서 온갖 걸 다 포용하기 때

---

48) 『장자』, 〈달생〉. "제가 장차 악기를 올려놓는 도구를 만들 때는 일찍이 기운을 소모함이 없이 반드시 재계(齋戒)하여 마음을 평온하게 갖습니다. 이렇게 3일을 재계하면 포상과 작록에 대한 생각이 없어지고, 5일 동안 재계하면 비방이나 명예나 교묘하고 졸렬함을 생각지 않게 되며, 7일 동안 재계하면 문득 제게 사지가 있고 형체가 있는 것도 잊게 됩니다. 이런 때가 되면 조정의 권세에 대한 생각도 없어지고, 교묘한 기술에만 전일(專一)해져 마음을 어지럽히는 외물의 유혹도 완전히 사라집니다. 그런 뒤에야 산림 속으로 들어가 나무의 천성을 살펴 형태가 최고인 것을 찾아낸 뒤......이렇게 만들면 나무의 천성과 저의 천성이 일치되어집니다."

49) 서복관, 『중국예술정신』, 동문선, 1990, 106쪽 참조.

50) 『장자』, 〈제물론〉.

51) 『장자』, 〈대종사〉.

문이다.[52] 이러한 개념들이 갖고 있는 공통적인 주지는 지각에 의해서 대상을 판단하고 음미하는 것이 아니라 지각을 갖지 않는 어떤 우주적 직관에 의하여 대상을 파악한다는 것이다. 우주적 직관은 스스로 아무런 내용도 갖지 않으므로 천변만화하는 일체의 사물들을 자유자재로 받아들일 수 있다.[53] 주체는 자연의 마음과 상통하고자 하며, 자아를 확대시켜 무한 속으로 해방되고자 한다.[54]

　이러한 경지는 장자의 '물화(物化)'의 개념과도 통하는 것이다. 물화란 자기 자신의 일을 잊게 될 때, 주관적 의식과 객관적 실체 사이의 장벽을 느끼지 않게 되는 상태를 의미한다. 의식과 물상 사이의 심리적 거리가 영(零)인 상태이다. 그래서 나비의 꿈을 꾼 장주가 꿈에 나비가 된 것인지, 나비가 꿈에 장주가 된 것인지 구분할 수 없는 상태에 이른 것이다. 꿈 속에서 자신이 나비가 되어 훨훨 날면서 스스로 즐겁고 모든 게 뜻대로라 장주인 줄을 몰랐다고 한 것은 그만큼 자아와 세계 사이의 거리가 영(零)에 이르렀음을 보여준다. 나아가 그것은 이미 나비의 눈을 통해 세계를 바라보기 시작했음을 의미한다. 완전한 감정이입이고 절대 몰입의 상태인 것이다. 물화는 주객을 함께 잊어버리는 예술 정신의 경계이다. 이는 나를 상실하고 나를 잊어버리면 필연적으로 나타나는 경계이다.[55] 무엇에 의존하지 않고 자기라는 현실적 존재를 완전히 잊게 되면 무한의 세계와 무위자연의 경지

---

52) 『장자』, <인간세>.
53) 서복관, 위의 책, 104쪽 참조.
54) 위의 책, 119쪽 참조.
55) 위의 책, 122쪽 참조.

에서 한가롭게 노닐 수 있게 되는데, "그 자신의 간과 쓸개를 잊고 자신의 귀와 눈도 잊어버리고 끝과 시작을 반복하면서 그 발단을 알지 못하니 그저 멍하니 아득히 속세 밖에서 방황하고 무위의 경지에서 소요할 수 있다."[56) 그야말로 일체의 육체적·정신적 느낌과 생각을 잊어야만 비로소 만물과 하나가 되어 노닐 수 있고, 천락(天樂)을 획득할 수 있다는 것이다.[57)

산수화를 감상하는 방법도 이와 같은 주객합일과 무아의 경지를 요구한다. 대상 속에 잠입하여 대상과 하나가 되는 심리적 상태가 이루어져야 비로소 산수화를 제대로 감상할 수 있게 되는 것이다. 엄밀하게 말하면 산수화는 감상이 아니라 체험의 대상이다. 화면 밖에서 뻣뻣하게 팔짱을 끼고 바라다볼 것이 아니라 화면 속으로 정서를 이동시키려는 마음이 필요한 것이다. 이는 〈장자〉에서 장자와 혜자 사이의 유명한 논쟁에서 핵심 사단이 되어 나타난다.

장자가 혜자와 함께 호수에 있는 다리 위에서 놀고 있었다. 이때 장자가 말하기를, "피라미가 나와 조용히 노네. 이것이야말로 저 물고기의 즐거움이네." 하자, 혜자가 말하기를, "자네가 물고기도 아닌데 어떻게 물고기의 즐거움을 아는가?" 하였다. 이에 장자는 다시 말하기를, "그렇다면 자네는 내가 아닌데, 어떻게 내가 물고기의 즐거움을 모르는 것을 아는가?" 하자, 혜자가 말하기를, "본디 나는 자네가 아니니 자네를 모르네. 마찬가지로 자네도 본디 물고기가 아니니 자네가 물고

---

56) 『장자』, 〈대종사〉.
57) 이택후, 『화하미학』, 동문선, 1990, 118-119쪽 참조.

기의 즐거움을 모르는 것은 확실하네." 하였다. 이에 장자는 이렇게 대답했다. "그러면 그 근본으로 올라가보세. 자네가 내게, '자네가 어찌 물고기의 즐거움을 알겠는가'라고 말한 것은 이미 내가 그것을 안다고 여겨 물은 것이네. 나는 지금 이 호수의 다리 위에서 저 호수 밑의 물고기와 일체가 되어 마음 속으로 통해서 그 즐거움을 알고 있는 것이 되네."[58]

여기에서 장자의 입장은 물고기가 보여주는 운동 형태가 사람의 정감 운동과 조응 관계에 있기 때문에 사람에게 '이정(移情) 현상'을 일으켜 물고기의 즐거움을 알 수 있다는 것이다. 논리적으로 보면 그것은 물고기의 즐거움이 아니라 사람의 즐거움으로 귀속되어야 하겠지만 장자는 그러한 논리적 사변을 버리고 직관적 심미의식을 발동시켜 그것을 사람의 즐거움이 물고기의 즐거움을 통해 나타난 것이라고 보고 있다.[59]

산수화의 감상에 있어서도 정서를 대상에 이동시키는 '이정 현상'이 나타난다. 산수화를 바라보는 사람이 산수화에 그려진 자연 산수 속에 전입하여 침잠하는 것이다. 그런데 그렇게 잠입하게 만드는 데 있어 어떤 매개항 내지는 촉진제가 필요할 수 있다. 그런 역할을 하는 것이 바로 산수화 속의 도인이다. 산수화에 그려진 자연산수 속에 침잠하게 되는 과정에 대해 곽희(郭熙)는 그의 화론 〈임천고치(林泉高

---

58) 『장자』, 〈추수〉.
59) 이택후, 위의 책, 121-2쪽 참조.

致)〉에서 시사한 바가 있다.

　　군자가 산수를 사랑하는 까닭은 그 취지가 어디에 있겠는가? 산림과
정원에 살면서 자신을 수양하는 것은 누구든지 언제나 그렇게 바라는
바이고, 샘물과 바위에서 노래하며 자유로이 거니는 것은 누구든지 언
제나 그처럼 즐기고 싶은 바이다. 세상을 피해 물고기 잡고 땔나무하며
한가하게 사는 것은 누구든지 언제나 취미에 맞는 바이고, 원숭이 울고
두루미 나는 광경은 누구든지 언제나 친하고 싶어하는 바이다. 속세의
풍진사에 구속받는 것은 인정상 누구든지 언제나 싫어하는 바이고, 안
개 피어오르고 구름 감도는 절경 속에서의 신선이나 성인은 인정상 누
구든지 언제나 동경하는 바이지만 그들을 만나볼 수는 없는 형편이다.
그렇다면 임천(林泉)을 사랑하는 뜻과 구름과 안개를 벗삼으려는 것은
꿈 속에서도 그리는 바일 것이다. 그러나 실제로는 눈과 귀가 보고 듣
고 싶은 것이 단절되어 있는 형편이므로 지금 훌륭한 솜씨를 가진 화가
를 얻어 그 산수 자연을 울연(鬱然)하게 그려낸다면, 대청이나 방에서
내려가지 않고도 앉아서 샘물과 바위와 계곡의 풍광을 한껏 즐길 수 있
으며, 원숭이 소리와 새 울음이 흡사 귀에 들리는 듯하고 산빛 물빛이
어른거려 시야를 황홀하게 빼앗을 것이니 이 어찌 남의 마음을 유쾌하
게 하고 자신의 마음을 완전하게 사로잡는 것이 아니겠는가! 이것이 바
로 세상사람들이 그림 속의 산수를 귀하게 여기는 근본 뜻이다.[60]

곽희는 여기에서 산수화의 의의 내지는 취지에 대해 아주 간명하게

---

60) 김기주 역주, 『중국화론선집』, 미술문화, 2002, 126-127쪽.

설파하고 있는데, 인용문의 뒷부분에 보이듯이 화면 속으로 전입하여 그 산수자연의 내부를 체험하는 것이 산수화의 감상에서 당연한 일이라고 여기고 있다. 산수화를 그리는 사람이 반드시 '가슴 속에 대자연을 품고 있'어야 하듯이 '흉중구학(胸中丘壑)'이라는 명제는 대상과 혼연일체를 이뤄야 하는 감상자에게도 통용되는 것이다. 마음이 맑고 고요하게 비워지는 허정의 상태가 되어야만 주관적인 주체가 부재한 경지에 이를 수 있고, 몸과 대가 혼연일체가 될 수 있는 것[신여죽화(身與竹化)]이다.

이상에서 살펴본 바와 같이 문인산수화에서는 감상자가 도인을 매개로 하여 자신을 잊고 산수자연에 참획하게 되는데, 나를 버리고 대상에 침잠함으로써 진정한 산수자연의 맛을 만끽하게 된다. 이는 자의식의 해체와 대상과의 합일을 통해 무아의 경지를 추구하고 절대자유를 희구하는 도가적 사유체계와 연결된다. 이러한 도가적 사유체계는 도인이 있는 산수자연의 모습을 포착하여 화면에 그것을 구성하고 표현하고자 하는 화가의 의식세계 속에서도 작동할 것이고, 도인을 매개로 산수자연을 감상하는 수용자의 의미작용 속에서도 작동하는 메커니즘이다.

5. 맺음말

이 글은 고소설과 문인산수화에 등장하는 도인이라는 존재를 이야기와 화면상의 유기적이고 필연적인 구조 차원에서 발생한 캐릭터라고 보기보다는, 작품 내부의 극중 인물의 욕망 내지는 작품 바깥의 수용자의 욕망을 대리 표상하는 일종의 환영적 존재라고 볼 수 있지 않을까 하는 쪽으로 심리학적인 해석을 해본 것이다. 그렇다고 해서 도인을 작품에 나타난 대로의 현상적 존재로 봐서는 안된다는 뜻은 절대 아니다. 텍스트란 해석상의 열린 공간이기 때문에 여러 시각에서 조망할 수 있으며, 될 수 있는 한 다양한 해석의 스펙트럼 위에서 구체화되는 과정이 필요한 것이다. 그러한 점에서 극중 인물이나 독자의 욕망을 대리 표상하는 작품 내 존재를 상정해볼 수 있는 것이다. 이 글에서는 도인을 초점화하여 그 심층심리적 의미를 추출해봤지만, 고소설의 캐릭터 중 극중 인물에게 나타나 영향을 미치는 선관선녀나 동물들의 경우에도 심층심리적으로 해석해볼 필요가 있으리라고 본다.

우리는 텍스트 속의 도인을 대면할 때 극중인물이나 독자에게 일어나는 의미작용의 메커니즘을 해석하면서 도가적 사유체계와의 관련성에 주목했다. 도인이 도가사상을 체현하는 인물이라면 그가 행위적 의식적 차원에서 보여주는 도가적 취향도 물론 중요하겠지만, 이 글에서 착목한 바와 같이 그로 말미암아 일어나는 창작과 수용의 제 심리적인 과정이 도가적 사유체계를 바탕으로 하고 있음을 증명하는 것도 마찬가지로 중요한 것이라고 생각한다.

문학을 매개로 한 연구 시선의 확장은 이 글이 겨냥한 또 다른 목표물이었다. 문학 연구가 주변의 예술과 문화를 포섭하고, 전통사상적 담론들과의 접점을 모색하는 방향으로 문학적 담론을 확장할 때, 문학 연구는 문학만의 연구에 그치는 게 아니라 문화론을 지향하게 되고, 그럼으로써 문학적 지평을 확대할 수 있지 않을까 생각한다. 이는 연구 영역의 확대라는 단순한 의미에 그치지 않고 심화된 해석과 교육적 효과, 그리고 대중성의 모색 등 여러 차원에서 다원적 효과를 기대할 수 있는 측면이 있다고 본다.

제 3 편

고소설에서 기운생동(氣韻生動)의 구현 양상

고소설에서 '기운생동(氣韻生動)'의 구현 양상

1. 머리말

고소설은 산수화와 어떤 관련이 있을까? 관심이 고소설의 내용 속에 나오는 그림 얘기 차원이거나 두 장르 사이의 직접적인 영향관계에 대한 실증적 증명 차원이 아니라면, 우리는 그 둘 사이의 어떤 심층구조나 사유체계상의 관련성 같은 것에 주목하게 된다. 문학과 회화는 그 표현 매체상으로는 확연하게 다르지만 이면의 심층구조에서는 유사한 측면이 발견된다. 그것은 주로 어떤 정신상의 조류나 인식론적인 계기 또는 미학적 사유체계가 여러 예술 장르들에 침투하여 그것이 각 장르의 예술 조형상의 원리가 되었기 때문일 테지만, 부분적으로는 두 문예 양식 사이에 어떤 상상력 차원의 간접적인 영향 및 교섭이 이루어졌기 때문이기도 하다. 그래서 많은 예술 장르들이 서로 주고 받은 듯이 상동적인 요소들을 갖고 있는 것이다. 고소설과 산수화도 비록 오랫동안 예술상의 독자적인 경로를 걸어와서 서로 모른 체 하고 있지만, 그들이 동양 예술 전반에 퍼져 있는 동양 고유의 미학적 사유체계 내지는 상상력을 바탕으로 형상화된 존재일진대 그 고태의 혈연관계를 숨길 수는 없는 것이다.

산수화와의 관계 파악에 있어 고소설의 경우는 시와는 다른 차원의 접근방법이 필요하다고 보인다. 시의 경우는 시인과 화가 사이의 경물 파악 방식, 즉 물(物)과 나, 또는 경물과 정감의 통일을 가리키는, 이른바 의경(意境) 또는 정경교융(情景交融)의 내용에 대한 분석[1]이 중요하지만, 고소설을 대상으로는 정조상의 분위기나 작자의 심리적인 국면과 같은 미세한 요소들을 분석해내기도 어려울 뿐더러 설사 그것이 가능하다고 하더라도 소설 장르 고유의 특성과 연결시키기가 어려울 것이기 때문이다. 따라서 고소설의 경우는 시와는 달리 구성 또는 구도 차원이나 담화 차원의 분석을 통해 산수화와의 비교 가능성을 타진해보아야 할 것이다. 이 글에서는 산수화와 고소설의 구도 상의 상동성에 착목하고자 한다.

시와 그림 사이의 상호관계에 대해서는 많은 언급이 있어 왔지만[2] 소설과 회화 사이의 관련성에 대해서는 논의가 그리 많지 못하다. 이러한 빈궁한 사정 속에서도 김성탄(金聖嘆)과 모종강(毛宗崗)의 서사론이 내재하고 있는 회화적인 발상법은 매우 주목할만한 가치가 있다. 그들은 자신의 서사론을 구축하는 과정에서 산수화의 방법론적

---

1) 김원중, 『중국문학이론의 세계』, 을유문화사, 2000, 91-160쪽 참조 ; 周來祥, 『중국고전미학』, 미진사, 2003, 12-17쪽 참고.
2) 중국에서는 蘇軾이 唐의 王維의 시에 대해 "詩中有畵 畵中有詩"라고 평한 이래 그것이 여러 사람들에 의해 확대 재생산되어 하나의 문학 이상이 되었고, 회화 비평의 한 기준이 되어 왔다. 우리 시가의 경우에도 詩中有畵의 관점에서 평가되고 해석되어 온 한 경향이 있었다. 예컨대 고려의 陳澕와 金九容의 한시, 조선조의 成侃과 李達, 그리고 申緯의 한시 등등이 그러하다. 류성준, 『한국한시와 唐詩의 비교』, 푸른사상, 2002, 161-473쪽 참고.

전제들과 기법들을 차용하여 중국소설들의 플롯 구조와 서술방식상의 특징을 설명하고 있기 때문이다.3) 우리는 〈광한루기〉에서도 김성탄류의 본을 삼아 회화적 발상법에 기대어 소설에 대한 비평을 가하는 모습을 볼 수 있다.4) 그러나 그것들은 산수화와 고소설을 비유적

---

3) 김성탄은 〈水滸傳〉을 읽는 독법으로서, 어떤 장면에는 필묵을 아끼지 않고 아주 구체적인 묘사를 투입할 필요가 있다는 大落墨法, 대단락이 갑자기 멈추는 것을 피해 그 여파가 출렁거리게 해야 한다는 獺尾法, 사건 묘사를 길게 하면 단조롭고 지루하기 때문에 중간에 다른 삽화를 삽입한다는 橫雲斷山法, 정과 반의 대비적인 방법으로 간접적으로 인물의 성격을 드러내는 背面鋪紛法 등을 언급하고 있는데, 이들은 산수화의 회화기법과 관련이 있는 것들이다. 또 〈西廂記〉 비평에서는 달을 그리기 위해 붉게 물든 구름을 이용한다는 烘雲托月法, 한 차원의 필묵을 써서 두 차원의 의미를 이끌어낸다는 '只用一層筆墨而有兩層筆墨', 핵심적인 대상에 단계적으로 접근해간다는 月度回廊法 등을 제시하고 있는데, 이들 또한 회화적 발상에 근거하고 있다. 모종강도 김성탄의 비평방식을 이어 받아 〈삼국지연의〉의 특징으로서 橫雲斷山橫橋鎖溪之妙, 浪後波紋雨後霺霂之妙, 近山濃墨遠樹輕猫之妙, 奇峯對揷錦屛對峙之妙 등을 제시하고 있는데, 이 또한 회화기법에 기대어 고소설의 구도를 설명하는 것이다. 김성탄과 모종강의 이러한 서사이론에 대해서는 민혜란, 「김성탄의 소설기법론에 대하여」, 『중국학연구』 7집, 1992, 269-292쪽 ; 조숙자, 「第六才子書 西廂記 연구」, 서울대 박사학위논문, 2004, 178-213쪽 ; 정재량, 「모종강의 인물형상론 초탐」, 『중국문학연구』 26집, 2003, 103-128쪽 ; 왕평(王平), 「중국소설 평점가의 서사이론」, 임형택·진재교 편, 『동아시아 서사학의 전통과 근대』, 2005, 157-200쪽 ; D. Rolston ed., 『How to read the Chinese Novel』, Princeton Univ. Press, 1990, pp.146-195 참조 ; 조선의 김성탄 수용에 대해서는 한매, 「조선후기 실학파의 김성탄 수용」, 『한중인문연구』 10집, 2003, 27-55쪽 ; 정선희, 「조선후기 문인들의 김성탄 평비본에 대한 독서담론 연구」, 『동방학지』 129집, 2005, 305-343쪽 참조.

4) 〈광한루기 序〉의 첫머리에 '문장은 그림과 같다'(文章如畵)는, 소설과 회화 사이의 직접적인 관계에 대한 언급이 나온다. 그리고나서 〈금강산도〉와 〈춘향전〉의 구성과 표현을 비교하고 있다. 즉, 금강산을 그릴 때 바로 일만 이천봉을 그리지 않고 동해바다, 주변 봉우리, 계곡, 돌, 절, 구름 등을 그려 넣고, 맨 나중에 우뚝 솟은 비로봉을 그려야 하는데, 마찬가지로 〈춘향전〉도 남원의 빼어난 경치를 먼저 서술하고, 이도령의 풍류를 서술하고, 정과 이별을 서술하고, 변사또 등 여러 인물들을 서술하고, 여러 기생들을 서술하고, 그리고나서 초점의 핵심인 춘향의 아름다운 자태와 곧은 정절을 서술해야 한다는 것이다. 성현경 외, 『광한루기 역주 연구』, 박이정, 1997, 11-13쪽 참조. 〈광한루기〉는 김성탄류의 회화적 상상력이 가장 강하게 각인된 경우에 해당되고,

차원에서 연결시키는 데 그치고 있을 뿐, 보다 본질적인 상동성에 대해서는 구체적이고 체계적인 언급이 없다. 고소설의 서술방식을 설명하는 과정에서 회화적 전제 내지는 기법들을 지엽적으로 원용하고 있기 때문에 그들의 서사론은 회화원리와 밀도있게 접맥되지는 않고 있는 것이다.

　고소설과 회화 사이의 어떤 상동구조를 가정하는 우리의 입장에서 궁금한 것은 고소설의 작가나 독자들이 회화적 전제들이나 원리들에 대해 과연 얼마나 알고 있었고 염두에 두고 있었을까 하는 점이다. 어느 정도 그런 측면이 있어야지만 고소설과 회화 사이의 상동성이 담보될 수 있다고 판단되기 때문이다. 앞서 보았듯이 몇몇 작가와 독자들—비평가도 일종의 독자이다—이 고소설과 회화의 관련성을 언급하고는 있지만 그것이 어느 정도 전면적이고 광역적인지가 문제인 것이다. 그러나 의식적이 아니라 무의식적인 차원에서라도 회화적 상상력은 고소설의 작가와 독자들에게 일정 함량 이상은 작동되었으리라고 판단된다. 그것은 어떤 정신적인 조류나 미학적인 사유체계가 모든 예술 장르의 창작과 감상에 물꼬를 대고 있었을 가능성이 농후하기 때문이다. 그리고 어떤 특정 원리들은 심층적인 맥을 따라 다른 예술 장르와 연결되어 있었을 것으로 판단된다. 물론 직접적인 영향이

겉으로 드러나지는 않지만 김성탄의 영향이 내면화된 경우는 보다 광역적이었을 것으로 판단된다. 한 예로 연암 박지원의 소설들은 김성탄의 회화적 발상법 내지는 소설작법의 영향에서 자유롭지 못한 것으로 보인다. 이에 대해서는 이승수, 「김성탄의 사유와 글쓰기 방식」, 『한국언어문화』 26집, 2004, 341-372쪽 ; 이승수, 「호질과 허생전의 독법 하나」, 『고소설연구』 20집, 2005, 179-204쪽 참조.

라든가 수수관계라든가 상호교섭이라든가 하는 실증적 차원에서 논하는 것은 고소설과 산수화 사이에서는 매우 어려운 일이다. 하지만 동질적인 미학적 기반 위에서 은근하게 소통되는 상상력 차원의 교섭이 산수화와 고소설 사이에 존재했을 가능성을 부정할 수는 없을 것이다.

그렇다면 산수화의 어떤 미학적 원리가 고소설과 관계되는지 특정 지점을 한정할 필요가 있는데, 고소설의 구도와 관련하여 우리가 주목하는 것은 '기운생동(氣韻生動)'이라는 산수화의 핵심적인 미학 원리이다. 기운생동은 선진시대 인물화에서부터 후대의 산수화 전통에 이르기까지, 그리고 그 이후 현재까지도 거의 모든 동양화의 창작과 감상에 있어서 가장 중요한 미학적 지배원리가 되어 왔다. 그런데 그것은 근본적으로는 동양의 시원적 사유체계로서의 음양사상에 맥을 대고 있는 것으로 판단된다. 그러므로 이 글은 고소설의 구도상의 문제를 다룸에 있어 그것을 산수화의 기운생동의 원리에 비추어 봄과 동시에, 나아가 그 미학적 기반으로서의 음양적 가치 또는 음양적 사유체계까지 연결함으로써 이 모두를 통관해보는 자리를 마련해보려고 한다.

이러한 작업은 비단 고소설과 인접 예술 장르 간의 소통 회로를 진단하는 데에만 의의가 있는 게 아니라, 고소설에 내재되어 있는 구성상의 원리라든지 플롯 배치상의 여러 문제들을 밝히는 데에도 도움이 될 수 있다고 본다. 특히 고소설의 구성에서 잉여의 문제라든지 비유기성의 문제라든지 과도한 도식성의 문제라든지 하는 것들에 대해 다른 시각에서 볼 수 있는 여지가 생기게 될 것으로 기대한다. 하지만 고소설의 이러한 구성적 문제들만 해도 간단치 않고 광활하기 때문에 여기서는 고대의 전통적인 음양적 사유체계와 기운생동의 회화적 원리가 고소설의 구도적 국면에 영향을 끼쳤을 가능성 및 개연성을 확보하는 데에 더욱 치중하고자 한다. 고소설의 구도적 문제에 접근하기 전에 먼저 산수화에서 기운생동이 어떤 의미를 갖고 있는지, 그리고 거기에 동양의 음양적 가치 또는 음양적 사유체계가 어떻게 그 미학적 기반을 제공하고 있는지에 대해 논의하기로 한다.

2. 산수화에서의 기운생동과 그 미학적 기반

회화에서 '기운생동(氣韻生動)'이란 사혁(謝赫)의 육법(六法)에 처음 등장한 이래 점점 그 의미의 폭과 깊이를 넓히고 깊게 하여 마침내는 동양미학의 핵심 술어가 된 것이다. 사혁은 육법으로 '기운생동(氣韻生動)'을 맨 처음에 놓고, 차례대로 '골법용필(骨法用筆)', '응물상형(應物象形)', '수류부채(隨類賦彩)', '경영위치(經營位置)', '전이모사(傳移模寫)' 등을 꼽고 있다.[5] 이들 미학기준들은 기운생동을 제외하고는 선(線)의 역동적이고 기세있는 표현, 사물에 따른 형상 묘사 방식, 색채의 적절한 운용, 화면상의 구성 문제, 습작시의 자세 등 회화 창작시의 방법론에 대한 분해적 서술들이다. 그러나 기운생동은

---

5) 謝赫, 『古畫品錄』(임어당 편, 『중국미술이론』, 한명, 2002, 44쪽 ; 서복관, 『중국예술정신』, 동문선, 1990, 175쪽 ; 최병식, 『동양회화미학』, 동문선, 1994, 76쪽 등에서 재인용함)

전체를 포괄하는 어떤 추상적이고 관념적인 진술로서 이는 창작 기교 이상의 어떤 회화적 진리에 대해 말해주고 있는 것으로 보인다.

기운생동은 앞선 시대에 등장한 '전신(傳神)' 개념의 구체화 또는 정밀화라고 할 수 있다. 고개지(顧愷之)가 고대 인물화에서 제기한 '전신사조(傳神寫照)'론은 "작자가 관조한 대상의 형상을 묘사함으로써[寫照] 대상이 지닌 어떤 정신적인 것을 전달한다[傳神]"는 고전미학적 원리인데, 여기서 전신 개념을 좀 더 구체적으로 설명한 것이 기운생동이

(그림 3-1) 고개지(343-406), 여사잠도(女史箴圖) 부분, 당나라, 비단에 채색, 24.8×348.2cm, 브리티쉬 박물관, 런던. 전신사조론을 최초로 제기한 고개지의 작품으로 전해지는 여사잠도 부분.

라는 것이다. 그렇다면 '전이모사'와 '경영위치'를 제외한 나머지 세 원리들은 사조(寫照)에 대한 분해적 서술이라고 볼 수 있을 것이다.[6] 만약 이와 같은 관점이 옳다면, 기운생동이란 나머지 법칙들이 모두 적절하게 운용되었을 때 최종적으로 그림에서 발산되는 어떤 최고의 정신적인 국면을 얘기한 것이 된다. 전신이나 기운생동 모두 그림에서 정신적인 요체를 획득하여 생명력을 지니게 된 상태를 진술한다는 점에서는 공통되나 아무래도 전신 개념은 인물화 계통에 좀더 알맞은 개념인 데 비해(그림 3-1) 기운생동은 산수화 계통의 그림에 어울리는 개

---

6) 서복관, 위의 책, 189-191쪽.

념이라고 할 수 있다.[7] 그것은 당대(唐代)에 '수운묵장(水暈墨章)'이라는 관념의 등장 이래 묵(墨)이 산수화에서 주목을 받은 것[8]과 기운생동이 함축하고 있는 의미적 자장이 서로 잘 호응하기 때문이다. 즉, 필묵의 묵이 당대에 흥기한 이후부터 산수화의 필에서는 기(氣)를, 묵에서는 운(韻)을 논하게 되는 계기가 마련되는 것으로 보인다.[9] 동기창은 남종화와 북종화를 가르는 데 기와 운을 기준으로 삼고 있다. 즉, 송의 북종화는 기가 뛰어나고(그림 3-2), 원의 남종화는 운이 뛰어나다고 한 것이다. (그림 3-3)

(그림 3-2) 곽희, 〈조춘도(早春圖)〉, 158.3×108.1cm, 1072년 北宋, 대북고궁박물원.
산수의 기세(氣勢)가 잘 표현된 북종화의 한 예.

기운생동에서 기는 작자의 품격이나 기개로부터 작품 속에 부여되는 힘차고 강한 감각으로서 흔히 골기(骨氣)로 표현되곤 한다. 그래서 골법용필의 골법과 동일한 것으로 보일 수 있으나 골법은 선의 역동감에 국한

---

7) 물론 인물화에서는 기운생동이라는 개념이 유효하지 않고, 산수화에서는 전신 개념이 유효하지 않다는 말은 아니다. 많은 사람들이 고대 인물화적 미학 관습이 산수화적 관습으로 그대로 이어지고 있다고 주장하나, 단지 여기에서는 기운생동이 산수화적 미학 원리에 보다 가깝다는 점을 환기하고자 하는 것이다.

8) 최병식, 앞의 책, 139-144쪽.

9) 서복관, 앞의 책, 214쪽.

(그림 3-2) 고극공(1248-1310), 〈청산백운(靑山白雲)〉, 원,
대북, 고궁박물원

원화(元畵)는 산수의 운치를 표현하는 데 좀더 신경을
쓰는 경향을 보여준다.

되는 부분적이고 기교적인 것이어서 작품의 통일로부터 형성되는 기와는 약간의 의미상의 층차가 있다. 기교적인 골법이 기운의 기를 형성하기 위해서는 정신적인 승화와 화면상의 각 부분들의 통일을 거쳐야 하는 것이다.[10] 그럼에도 불구하고 기운의 기에는 필선상의 감각이 주요 구성성분으로 자리잡고 있는 것은 부정하지 못한다. 기운의 운은 필선을 넘어선 그 이상의 정신경지이다. 운은 화면에서 느껴지는 일종의 음향으로서 작자의 개성이나 지향의식과도 무관하지 않다. 운을 서양의 선에 대한 운율이나 율동과 비교할 수는 없겠지만 내적 감각을 통해 느끼는 음향과 유사한 것으로 본다면, 유협이 말하는 "다른 음이 서로 따르는 것을 화(和)라 이르고, 같은 성(聲)이 서로 대응하는 것을 운(韻)이라 이른다"[11]는 명제를 따를 때, 운은 필선이 지나간 언저리에서 분비되는 묵의 자취나 필선의 직접적인 터치 없이 이루어지는 묵채(墨彩)가 불러일으키는 정신경지라고 할 수 있을 것이다.[12] 그러

---

10) 위의 책, 197쪽.

11) 劉勰, 『文心雕龍』, <聲律> "異音相從謂之和 同聲相應謂之韻"

12) 수분을 듬뿍 함유한 붓을 흐트러뜨리거나 쓸어나가면서 묵채가 종이나 천에 스며들게 하는 발묵법(潑墨法)이나, 淡墨으로 濃墨을 깨쳐 나가면서 음과 양의 상호 보완을 해나

한 점에서 보면 '골법용필'은 기운의 기와 밀접한 관계가 있고, '수류부채'는 기운의 운과 비교적 관계가 깊다고 할 수 있다.

 기와 운은 원래 밀접한 관계로 맺어져 있는 것이다. 기가 있으면 어느 정도 운이 있는 것이고, 기가 없으면 운이란 존재하기 어려운 것이다. 기만 있고 운이 없기는 어려울 것이고, 운만 있고 기가 없기도 어려울 것이다. 이렇게 기와 운은 상호 불가분의 관계에 있다. 어느 정도 한 쪽으로 치우침이 없을 수는 없겠지만 한 쪽의 부재와 다른 쪽만의 존재는 있을 수 없다. 그런데 운과 관련하여 묵의 측면만 강조하게 되면 문제가 발생할 수 있다. 최소한 산수화에서의 운이란 속세를 초월한 순결성과 청원(淸遠)함, 그리고 담백함과 허정(虛靜)성을 바탕으로 삼는 것인 바, 이러한 자질이 용묵의 묵채에서만 발생한다고는 할 수 없기 때문이다. 그러므로 산수화에서의 운은 탈속의 자유경지를 추구한 노장의 예술정신과도 그 맥을 같이 한다. 물론 묵을 운용하는 과정에서 그러한 바탕 자질이 마련될 개연성은 많으나 여백의 운용이나 어떤 구도상의 배치 문제와도 상당히 밀접한 관계를 맺을 것임이 분명하다. 운이란 감춤과 생략에 의해 표현되기도 하기 때문이다.13)

 기와 운을 양강(陽剛)의 미와 음유(陰柔)의 미로 파악하는 관점14)

가는 파묵법(破墨法), 그리고 물 먹은 천이나 종이에 濃淡의 붓을 찍어 배어들고 번져 나가게 하는 선염(渲染) 효과 등등 많은 用墨 기법이 있다. 최병식, 앞의 책, 139-140쪽 참조.

13) 지순임, 『중국화론으로 본 회화미학』, 미술문화, 2005, 193-215쪽.
14) 서복관, 앞의 책, 207쪽.

에 설 때 우리의 논의는 좀더 나아갈 수 있다. 기와 운은 실제로 음양적 가치 또는 음양적 사유체계에서 배태된 것으로 믿어진다. 그런데 이러한 음양적 사유체계에서는 반대관계보다는 오히려 둘 사이의 의존관계가 더욱 중요하다. 그것은 음양이 서로 대립하면서도 서로 끌어당기는 관계, 즉 대대(對待)관계에 있듯이 기와 운도 상호대립하면서 동시에 상호의존하는 것으로 보는 관점이다. 이러한 관점은 화(禍) 속에 복(福)이 있고 복(福) 속에 화(禍)가 있듯이 양(陽) 속에 음(陰)이 있고 음(陰) 속에 양(陽)이 있다는 주역의 관점과도 같다.15) 기와 운이 서로 대립하면서도 서로 기대는 관계를 우리는 산수화에서의 실(實)과 허(虛), 강(剛)과 유(柔), 밀(密)과 소(疏), 다(多)와 과(寡), 농(濃)과 담(淡), 건(乾)과 윤(潤) 또는 습(濕) 등등의 어우러짐으로 생각해볼 수 있을 것이다.16) 그림에는 상세하고 세밀한 곳이 있으면 또한 반드시 성기고 생략된 곳도 있어야 하고, 가깝고 진한 표현이 있다면 멀면서 흐린 표현이 있어야 하고, 촘촘하게 그린 데가 있다면 자연스럽게 탁 트인 부분도 있어야 하고, 마른 붓으로 거칠게 그린 부분이

---

15) 『주역』에는 그러한 대대관계적 시선이 전편에 걸쳐 나타나 있다. "자벌레의 구부림은 몸을 펴기 위한 것이다"(<繫辭下傳>) 또는 음효로만 된 곤(坤)괘를 설명하면서 건(乾)괘에서 사용하는 '용'자를 쓴다. 순전히 음으로만 된 곤괘에도 양의 성질이 숨어 있다는 것이다. "양괘에는 음이 많고, 음괘에는 양이 많다."(<繫辭下傳>) "군자는 편안해도 위태로움을 잊지 않고, 살아 있어도 죽음을 잊지 않으며, 다스려져도 어지러움을 잊지 않는다."(<繫辭下傳>) 이러한 대대관계는 비단 『주역』의 관점에 그치는 게 아니라 『중용』 사상에도 나타나고, 시문의 대구나 대우적 표현 체계에도 두루 나타나는 동양의 보편적 사유체계라고 할 수 있다. 음양의 대대관계에 대해서는 金谷治, 『주역의 세계』, 한울, 1999, 173쪽 참조. 또한 김석진, 『대산 주역강의』, 한길사, 1999. 68-70쪽 참조.
16) 서복관, 앞의 책, 218쪽.

있다면 습하고 윤기있는 표현도 있어야 한다. 이런 것들이 서로 조화롭게 어울려야 운치가 솟아나고 멋과 맛이 무궁무진해지는 것이다.[17)]

　이러한 음양의 조화로운 관계는 비단 주역에서만 강조하는 것은 아니다. 중용사상도 음양적 조화를 바탕으로 하고 있으며, 노장사상은 대립되는 두 자질의 대대관계에 그 사유적 바탕을 두고 있다. 이와 같이 음양적 조화는 동양인의 정신세계에서 중추를 이루는 사유체계로서, 이것은 미학적 사유체계로 언제든지 전용 또는 전화될 수 있는 것이므로 예술의 전반적인 국면에 나타날 수 있는 틀거리인 것이다. 이것은 산수화의 기운생동으로도 표출되고 있다. 그러나 산수화에서의 기와 운의 조화로운 관계는 이런 미학적 사유체계가 보다 직접적으로 표현된 경우가 될 것이다. 그것은 그림과 같은 도상은 음양적 가치를 직접 표층의 시각적 차원으로 나타낼 수 있기 때문이다. 이렇게 산수화에 표현된 동양의 미학적 가치로서의 기와 운의 상상력은 고소설과 같은 문학 장르에도 어떤 식으로건 투영되어 있으리라고 믿어진다. 그것은 고전 음악의 편성이나 시가의 구조, 그리고 시문의 대우적 구성 등 수많은 문예 양식이나 형식들에도 투영되어 있는 것으로서 같

---

17) 董其昌의 『畵旨』에서는 서로 대립되는 회화적 표현 요소들의 조화를 곳곳에서 말하고 있다. "자세해야 할 곳이 있으면 반드시 생략해야 할 곳이 있다. 허실이 함께 쓰여야 한다.(有詳處必要有略處 虛實互用)" "멀리 있는 산은 한 번은 일어나고 한 번은 엎드리게 하면 기세가 있게 되고 성근 숲은 혹은 높게 하고 혹은 낮게 하면 정취가 있게 된다.(遠山一起一伏則有勢 疎林或高或下則有情)" "그 묘미는 나무 끝부분과 사방이 들쑥날쑥해서 하나가 나오면 하나가 들어가고, 하나가 비대하면 하나가 수척하게 하는 데 있다.(其妙處在樹頭 與四面參差 一出一入 一肥一廋處)" 김기주 역주, 『중국화론선집』, 미술문화, 2002, 198-208쪽 참조.

은 문예 양식인 고소설에 그 흔적이 없을 수는 없을 것이기 때문이다.

고소설에서 나타나는 양과 음의 어울림 또는 기와 운의 조화 양상은 산수화와는 분명 다른 표현 차원일 것이다. 그것은 고소설이란 언어적 재현 장르로서 언어조직과 배열에 의해 그 모든 것을 말할 수밖에 없기 때문이다. 그렇다면 양과 음이나 기와 운처럼 서로 대대관계를 형성하고 상호의존관계에 있으면서 고소설 특유의 구도적 자질을 대변할 수 있는 요소는 어떤 것이 있을까? 우리는 동양의 음양적 사유체계와 동질관계에 있고 산수화의 기와 운과도 대응관계에 있으면서 특히 선과 묵의 관계를 함축하는 자질들로서 동(動)과 정(靜), 명(明)과 암(暗), 그리고 직(直)과 곡(曲)이라는 양항 개념을 고려할 수 있지 않을까 생각한다.[18]

3. 고소설의 구도에 나타나는 기운생동적 원리

1) 동(動)과 정(靜)

고소설의 구성에서 우리는 사건과 비사건이 교체 반복되는 패턴을 흔히 볼 수 있다. 인물들의 외면적 행위들로 구성된 부분은 동적인 이야기선을 형성하는 데 비해 인물들의 내면풍경을 조망한다거나 한가

---

18) 앤드루 플랙스는 중국 소설들에서 흔히 나타나는 상보적 양극성을 양식적 구조로 이해할 수 있다고 주장한 바 있으며, 그것을 음양사상과 연결시키고 있다. 그러한 점은 이 글에 많은 시사를 주었다. Andrew H. Plaks, 「중국서사론」, 김진곤 편역, 『이야기 소설 Novel』, 예문서원, 2001, 105-163쪽 참조.

롭게 시간을 보내는 장면을 그릴 때는 정적인 국면을 형성하게 된다. 그래서 동(動)과 정(靜)은 시간적인 밀도로 보면 망(忙)과 한(閒)의 국면과도 밀접하게 관련된다. 물론 엄밀하게 말한다면 정(靜)과 한(閒)의 국면이 전적으로 비사건인 것만은 아니다. 정적이고 한적한 평화로운 상황이라고 해서 그것이 사건이 아닌 것은 아니기 때문이다. 그러나 여기서 말하고자 하는 사건과 비사건은 시간적인 밀도가 강화 혹은 이완되어 있는가, 또는 인물이나 상황이 얼마나 역동적이고 굵은 행위의 선을 그리느냐 아니면 행위의 선이 미약하고 정태적인 분위기 조성에 비중을 두고 있느냐 하는 상대적인 관점이라고 해야 할 것이다.

고소설에서 동(動)과 정(靜)이 가장 보편적으로 나타나는 국면은 전쟁과 평화의 상황일 것이다. 군담소설이나 영웅소설에서 주인공은 출장입상(出將入相)을 통해 가문과 자신의 명예를 빛내고 여유로운 삶을 경영하는 인물로 그려진다. 그는 전쟁 상황에서는 급변하는 전황 속에서 긴박하게 행동하는가 하면, 평화로운 국면에서는 가족이나 지인과의 한담과 각종 연회, 그리고 음악 연주 등을 통해 안락한 삶을 추구한다. 고소설에서 동(動)의 국면이 전쟁을 통해서만 현현되는 것은 아니다. 동(動)의 국면은 균형 상태가 깨져 있는 불균형의 상태나, 무엇이 결핍된 상태일 때 나타나는 성질의 것이므로 정치적이거나 경제적이거나 또는 사회적인 모든 원인과 배경을 갖고 있는 일이나 현상은 원래부터 동적인 원인자를 갖고 있는 셈이다. 그래서 동(動)의 국면에서는 벌어지는 사건과 더불어 인물의 심리적인 압박과 긴장의 모습들도 언제나 함께 그려지는 것이다. 그에 비해 정적인 국면은 심리적인 안정 상태에서 형성될 수 있는 성질의 일이나 현상이기 때문에 한적하고 평화로운 분위기와 자연스럽게 어울리게 된다. 심리적인 긴장의 끈이 느슨해져 있고 시간적인 템포가 늘어져 있어 이러한 정적인 국면은 서술이 꽤나 길어지는 경향이 있다. 이러한 정적인 국면은 불균형이니 결핍이 완전히 해소된 상태에서만 형성되는 것은 아니다. 불균형이나 결핍이 완전히 해소되지 않은 상태에서도 중간중간 정적인 국면은 빈번하게 환기된다.[19]

동(動)과 정(靜)은 이념적 경향이나 삶의 자세와도 밀접한 관계를 이룬다. 고소설에서는 출사(出仕)로 대표되는 유교적인 지향의식과, 은일로 대표되는 도가적 지향의식이 팽팽하게 균형을 이루는 경향이 있는데, 이것이 동(動)과 정(靜)의 국면을 형성하는 기본 동력이 된다. 출사와 은일의 교체 반복 그 자체가 하나가 되어 유가적 지향으로 포괄될 수도 있겠지만, 은일 또는 피세의 탈속적 지향은 원래 도가적 사유체계로부터 배태된 것으로 보아야 할 것이다. 고소설의 주인공들은 출사와 은일을 계속 반복하면서 삶을 영위하는 경향을 보여준다. 하나의 이념적 지향만을 고수한 채 일생을 보내는 경우는 흔하지 않으며, 의도적이건 비의도적이건간에 그들은 출사와 은일을 교체 반복한다. 아무래도 출사시에는 공적 사회활동을 영위하는 까닭에 동적인 국면이 부각되는 반면, 은일시에는 사적인 정감의 세계가 표출되는 경향으로 인해 정적인 국면이 주로 환기된다.

---

19) 불균형이나 결핍이 완전히 해소되면 작품은 끝나게 되기 때문이다.

(그림 3-4) 몽유도원도, 안견, 1447년, 비단에 수묵담채, 38.7×106.5cm, 일본 텐리대학교 중앙도서관. 산수화는 필선이 야기하는 양강의 기와, 묵의 번짐과 깨침이 야기하는 음유의 운치가 조화롭게 어울리도록 하는 데 그 묘미가 있다.

고소설에서 동(動)과 정(靜)의 국면은 양강과 음유의 관계[20]를 이루면서 대립하면서도 서로 끌어당기는 대대관계를 형성한다. 서로 배척하고 용납할 수 없는 관계가 아니라 상대가 존재함으로써 자기도 존재할 수 있는 그런 관계이다. 그것은 한 번 내쉼이 있으면 한 번은 들이마심이 있는 호흡의 원리이기도 하고, 높은 음과 낮은 음, 강함과

---

20) 『周易』, <繫辭傳>上, "動靜有常 剛柔斷矣"(동과 정에는 변하지 않는 규칙이 있어 강함과 부드러움이 구분된다)

부드러움이 교차하는 음악적 리듬의 원리이기도 하다. 리드미컬하게 교차하면서 동과 정은 자체 안에 서로를 내함하는 그런 관계이기도 하다.21) 그러한 내함관계는 기운생동의 원리로 산수화에 가장 잘 구현되어 있다. 산수화에서 각종 필선이 양강의 기를 형성한다면, 필선 근처에서 펼쳐지는 묵의 번짐과 깨침은 음유의 운치를 발산한다.(그림 3-4) 그들 자체의 본질적인 성격은 다르지만 서로 상대방에 의존하고 상대방을 품으면서 산수화를 살아 숨쉬게 만든다. 만약 그들이 상대방을 경원시하고 멀리서 등을 돌리고 있다면 산수화는 죽은 그림이 되고 말 것이다.

동(動)과 정(靜) 사이에 존재하는 대립과 의존관계의 공존 현상은 둘 사이의 변환 관계가 매우 자연스럽다는 것을 의미한다. 어떤 의미에서는 상대방을 자기 안에 포함하고 있다고도 할 수 있다. 그래서 어느 한 쪽으로 완전히 기울거나 어느 한 쪽만이 오래 지속될 수는 없는 것이다. 그것은 동양사상 곳곳에 침투해 있는 '중(中)'의 입장22)이기도 하다. 양 속에 음이 있고, 음 속에 양이 있듯이23) 동(動)과 정(靜) 사이에도 상대를 자기 안에 포함하는 관계가 형성되어 있다. 그것이 이른바 '정중동(靜中動)'이요 '망중한(忙中閒[閑])'이다. 고소설의 정

---

21) "動靜相因"(동과 정은 서로 원인이 되니 동한 즉 정이 있고, 정한 즉 동이 있다는 정이의 역철학 명제) "靜而無靜"(無極 자신은 정지이면서 능히 사물의 운동을 추동할 수 있으므로 靜이면서도 靜이 아니라는 주돈이의 역철학 명제) 김승동 편저, 『易思想辭典』, 부산대출판부, 1998 참고.

22) 『주역』뿐 아니라 『중용』, 『손자』, 『노자』 등등 동양사상 곳곳에서 中의 관점을 볼 수 있다.

23) 『周易』, <繫辭下傳>, "陽卦多陰 陰卦多陽"

적인 국면 속에는 어디선가 벌써 동적인 국면을 향한 원심력적인 움직임이 시작되고 있으며, 동적인 국면이 좀 지속되다보면 정(靜)에 대한 지향이 자연스럽게 함축되는 경향이 있다. 동(動)과 정(靜)의 국면 속에는 서로 끌어당기는 자석이 내재되어 있는 것처럼 동(動)과 정(靜) 사이에서는 아주 자연스러운 이동이 이루어진다.[24] 그것의 원천적 본질은 음양의 리듬 감각이겠지만, 보다 가까운 문예 장르에서 그것을 찾는다면 산수화의 기운생동이 아닌가 생각된다.

2) 명(明)과 암(暗)

산수화의 여백이 보이는 것들과의 관계 속에서 기능을 발휘하듯이 고소설에서도 보이지 않는 이면적 질서가 상당히 중요한 기능을 담당하고 있다. 산수화에서 여백으로 표현된 구름과 안개 등의 형상은 다른 온갖 경물들을 품어주고 윤택하게 한다. 무(無)가 무한한 에너지를 발산하는 원동력이듯이[25] 여백은 무한한 에너지를 경물들에 제공해주고, 나아가 산수화 전체의 격조를 유지하게 하는 원천이 된다.(그림 3-5) 음양의 관계나 허실의 관계처럼 여백과 경물의 관계는 서로 끌어당기고 도와주는 관계에 있다. 그들은 서로 대립하면서도 서로 의존함으로써 그림을 돋보이게 한다. 허실이 공존함으로써 그림은 신비하

---

24) 動과 靜의 관계는 태껸과 같은 전통 무예나 살풀이와 같은 전통 춤사위 속에서도 볼 수 있다.

25) 『노자』에서 텅 비었는데도 기운이 끝없이 일어나게 하는 '풀무'의 경우라든가(5장 <虛用>), 텅빈 공간으로 인해 기물의 쓰임새가 나온다는 경우가 그러하다.(11장 <無用>) 이른바 '無爲而無不爲'(37장 <爲政>)의 상태이다.

(그림 3-5) 이장손(상), 서문보(하), 산수도, 15C 후반-16C 전반, 비단에 수묵담채, 39.8×60.1cm, 일본 야마토분카간(大和文華館)
여백으로 표현된 구름과 안개의 형상은 경물들에 무한한 에너지를 제공해준다.

고 오묘한 맛을 얻게 된다. 그래서 산수화에서는 필묵을 사용하는 것보다 필묵을 사용하지 않는 것에 대해 오히려 더 고심하는 것이다. 산수화의 여백은 이렇게 보이지 않는 부분이 보이는 것들과의 관계망 속에서 모종의 함축미를 드러내는 존재인데, 고소설 또한 보이지 않는 질서가 보이는 현실을 어떻게 내포하는지에 대해 많은 관심을 투여하고 있다. 그것은 암(暗)의 국면이 명(明)의 국면과 밀접한 상관관계를 이루면서 항상 작동하고 있다는 것을 의미한다. 명(明)과 암(暗)이 드러남과 숨음의 의미망을 구성한다고 할 때, 그것은 동양의 전통적인 사유체계인 성정(性情)의 관계나 체용(體用)의 관계와도 흡사하다고 할 수 있다. 마음이 아직 외부로 표출되지 않은 상태가 성(性)인 반면, 마음이 외부로 표현된 상태가 정(情)이기 때문이다. 체(體)와 용(用)도 마찬가지로 겉으로는 보이지 않는 본질적인 것과 겉으로 쓰임새가 드러난 것을 의미하기 때문이다.

적강 모티프를 지니고 있는 수많은 고소설에서는 천상적 질서가 지상의 삶을 지배하는 경향을 보여주는데, 이는 암(暗)과 명(明)의 연결관계 혹은 상호의존 관계를 보여주는 사례가 된다. 고소설에서 천상적 질서는 일종의 보이지 않는 손으로서 작동한다. 그것은 지상인이 전혀 인식하지 못하는 가운데 작동하면서 지상인의 삶을 완벽하게 통제한다. 지상인 자신은 알지 못하지만 그는 천정(天定)의 운명을 살아갈 수밖에 없다.26) 간혹 자신의 운명을 알게 되는 경우도 생기지만

---

26) 이상택, 「고대소설의 세속화 과정 시론」, 『한국고전소설의 탐구』, 중앙출판, 1981, 237-57쪽 ; 차충환, 『숙향전연구』, 월인, 1999, 143-162쪽 참조.

그래도 어쩔 수 없다. 〈숙향전〉에서 숙향이 예정된 고난들을 듣고 그 길이 너무 힘들 것 같아 생을 포기하려고 해도 그것은 불가능하다.27) 이미 그것은 주어진 숙명이기 때문에 자의로 어찌할 수 없이 정해진 고난의 길을 걸어가야만 하는 것이다. 숙향의 천상적 운명을 지상의 숙향에게 매개해주는 존재들, 이를테면 왕균이나 후토부인, 화덕진군과 마고할미 등은 천상의 암의 국면과 지상의 명의 국면을 접속시켜 주는 역할을 한다. 이들 존재 때문에 숙향의 지상의 삶이 천상의 보이지 않는 손에 의해 통제되고 있다는 점이 확연히 드러나는 것이다. 천상과 지상의 질서는 일종의 빛과 그림자처럼 연계되어 있다.

고소설에서의 지상인은 천상계에서 잘못을 저지를 때의 정황 그대로 지상에서의 삶을 이어간다. 상대방에게 신주를 몰래 퍼주거나 귀한 물건을 준 죄로 적강했을 경우 그는 상대방을 평생 봉양하는 관계로 지상에서의 삶을 사는 경향이 있다. 남녀가 사랑을 나눈 죄로 적강했다면 그들은 지상에서 지독한 혼사장애를 겪어야만 한다. 이렇게 천상과 지상은 상호대립 관계와 상호의존 관계로 맺어져 있는데, 양자의 위상이 너무도 빼닮아 있어 마치 거울에 비친 경상구조(鏡像構造)28) 형식을 이룬다. 그래서 지상의 삶이 그려지면 거기에 대응되는 천상적 질서가 언제나 환기된다. 천상적 질서는 매번 서술되지 않는

---

27) 이대본 〈숙향전〉에서, "숙향이 놀라 왈 인간 고생을 생각하오면 하루가 십년 같사오니 차라리 자처하여 죽고자 하나이다 부인 왈 선녀 아무리 죽고자 하여도 천상에서 죄를 중히 얻어계시매 인간에 내려와 다섯 번 죽을 액을 지낸 후에야 천상죄를 면하고 좋은 시절을 보실 것이니 그리 아옵소서."

28) 경상구조는 거울에 비친 상처럼 완전히 대칭되어 서로 맞서 있는 구조 형식을 말한다.

다 하더라도 한번 설정되면 빛과 그림자의 관계처럼 항상 따라다니게 된다. 암(暗)의 국면은 명(明)의 국면이 그려질 때마다 은근히 환기되는 경향이 있는 것이다.

고소설에서 흔히 보이는 꿈이나 예언을 통한 사전예시의 서술방식도 암(暗)과 명(明)의 국면이 교차되는 경우가 된다.[29] 사전예시가 먼저 나오고 그것이 현실에서 그대로 실현되는 양상은 음(陰) 또는 암(暗)의 국면이 양(陽) 또는 명(明)의 국면과 상호조응하면서 밀접하게 상호의존하는 관계임을 보여준다. 꿈이나 예언들은 미래적 구속력을 가지고 현실을 조율하는 것으로서 보이지 않는 이면의 질서가 작동되고 있음을 말해준다. 고소설에서 현몽 모티프는 빈번하게 출현하는 것으로서 이들의 예시와 실현의 반복 패턴은 음양적 리듬감을 생기게 한다.

인귀교환(人鬼交歡)이라는 소설적 구도도 명과 암의 질서가 작동되는 것으로 볼 수 있다. 산 사람과 죽은 혼령의 만남은 이승과 저승의 합류이므로 음양의 조화이다. 그것도 대부분 이승의 남자와 저승의 여자이므로 음양의 철저한 조합이다. 두 개체 사이의 대등한 결합이지만 고소설에서의 이런 만남들은 대개 양의 질서가 음의 질서 속에 포섭 편입되는 양상을 보여준다. 〈만복사저포기〉에서 양생은 여인의 행위와 거처, 음식 등이 인간 세상의 것이 아님을 알고도 그 세계를 거부하지 않고 기꺼이 빠져들고 있으며, 〈이생규장전〉의 이생 역시

---

29) 꿈 속의 세계가 서사체의 대부분을 차지하는 환몽소설은 거대 서사 틀이 명암의 구조로 되어 있을 뿐, 그것이 교차 반복되는 것이 아니라는 점에서 여기서 말하는 암과 명의 교체 서술 구조와는 그 성격이 약간 다르다고 할 수 있다.

최낭자가 죽은 다음 다시 나타났을 때 그녀가 이미 죽었다는 사실을 잘 알고 있음에도 불구하고 그녀의 존재를 의심하지 않는다.[30] 이와 같이 고소설에서의 인귀교환은 양의 질서가 음의 질서를 자연스럽게 받아들이는 형식으로 전개됨으로써 음화(陰化)를 통한 조화를 추구한다. 그럼으로써 조화의 운치가 한층 고조된다.

산수화에서 기운생동의 원리가 선 위주로 그려진 밝은 부분과, 묵 위주로 표현된 어두운 부분, 그리고 구름이나 안개 등으로 가려진 부분이 서로 호응하며 조화롭게 어울려서 실현되듯이, 고소설에서도 천상적 질서가 암암리에 지상적 질서를 조정하는 양상을 통해서, 꿈의 미래예시적 기능과 후시간적 실현을 통해서, 그리고 인귀교환적 구도에서 음양의 질서가 서로 어울리는 양상을 통해서 실현된다고 할 수 있다. 고소설에서 명과 암의 관계는 고소설이 항상 관심을 갖는 테마인, 현실계와 관계를 맺고 있는 이계(異界)들, 곧 천상계(天上界)라든가 명계(冥界)라든가 몽중계(夢中界)라든가 하는 것들을 그리는 일과 밀착되어 있다. 고소설은 이들 이계가 밝은 명의 세계가 아니라 어둡고 가려져 볼 수 없는 암의 세계이지만 그 세계의 질서가 우리가 사는 현실계의 질서와 항상 밀접한 관계로 맺어져 있음을 매번 노출하는데, 그것은 음양적 사유체계 또는 기운생동적 상상력이 서사미학에도 작용한 결과로 보인다.

---

30) 김시습, <이생규장전>, "生雖知已死 愛之甚篤 不復疑訝 遽問曰 避於何處 全其軀命 "(심경호, 『금오신화』, 홍익출판사, 2000, 263쪽)

3) 직(直)과 곡(曲)

산수화는 겉으로 드러나게끔 직접적으로 표현하기도 하지만 이면에서부터 은근하게 배어나오게 하는 간접적인 표현을 특히 중시한다. 은근히 감춤으로써 효과를 배가하는 겸양의 미덕과 같은 것이 산수화에는 존재하는 것이다. 우리는 그것을 직(直)과 곡(曲)의 적절한 조화라고 할 수 있는데, 이는 비단 회화에만 나타나는 것이 아니라 서예, 가구, 전통 건축물, 전통 원림 등 여러 분야에서도 직선의 미와 곡선의 미 사이의 조화를 최상의 것으로 간주하는 경향을 볼 수 있다. 옛날 송나라 화원에서 '심산장고사(深山藏古寺)'라는 화제를 내주고 그림을 그리게 했다는 일화가 있는데, 그에 대한 세 가지 각기 다른 태도는 곡(曲)의 중요성에 대해 시사해준다. 한 사람은 절의 전체를 드러내 그렸고, 다른 한 사람은 산등성이에 가려 보일 듯 말 듯하게 산사의 지붕 모퉁이를 그려 표현했으며, 또 다른 사람은 절은 아예 그리지도 않고 개울가에서 물을 긷는 동자승과 산사로 연결된 돌길을 조금 드러냄으로써 근처 산 속에 절이 있음을 표현했다는 것이다.[31] 이처럼 산수화는 대상의 직접적인 드러냄보다는 대상이 지닌 정신이나 영혼을 어떻게 하면 드러낼 수 있을지를 고심한다. 그것은 한 번의 바라봄으로 포착할 수 있는 성질의 것이 아니라 볼수록 은근한 맛과 운치가 우러나오는 그런 성질의 것이다.[32] 동양의 전통적인 사유에서는 직접적

---

31) 모종강의 '隱而愈現'의 표현기교와 관련된 일화. 정재량, 앞의 논문, 126쪽.
32) 동양회화에서는 한번 봐서 모든 의미를 다 알아버리는 그림보다는 볼수록 은근한 미감이 우러나는 그림을 격조 높은 그림으로 평가하는 전통이 있다.

(그림 3-6) 석도, 〈유황산도(遊黃山圖)〉
인물의 앞에 무엇이 있는지 직접 드러내지 않고 있다. 안개 같은 것으로 대상을 여백 처리하는 것도 곡진하게 표현하고자 하는 정신의 연장선상에 있다.

인 드러냄보다는 간접적인 드러냄, 직설적인 표현보다는 곡진하게 표현하는 것을 중요하게 생각했다.33) (그림 3-6)

고소설도 이러한 은근하고 간접적으로 정조를 환기하는 표현과 소설적 구도를 내재하고 있다. 물론 고소설이 스토리라인을 갖고 있는 서사체인 이상 서술대상을 직접적으로 그리는 부분을 지니는 것은 당연하고도 필수적인 일이다. 그러나 고소설은 직선적인 이야기선 사이사이에 서술주체의 정신이나 영혼에 대해 말하고자 하고, 또는 서술대상에서 풍겨 나오는 정조나 분위기를 그려 넣는 것을 선호한다. 그것은 일종의 공간성의 환기이다. 시간의 흐름을 차단하고, 또는 시간성과는 상관없이 그 국면에서의 공간성을 추구하는 것이다. 그것은 음양의 조화를 지향하

---

33) 『周易』, <繫辭傳>上, "曲成萬物而不遺"(곡은 만물을 이루되 내어버림이 없다) 『老子』 22장 "曲則全"(굽으면 온전하다)

고자 하는 어떤 원리가 거기 작동되고 있음을 의미하기도 하고, 기운 생동의 원리를 구현하고자 하는 지향이 작동되고 있음을 의미하기도 한다.

고소설에서 곡의 국면이 시간적인 지체 현상이나 시간상의 밀도가 느슨해지는 현상을 동반한다는 점에서는 정(靜)의 국면과 비슷하지만 공간적인 환기가 이루어진다는 점이 차이가 될 것이다. 그래서 여기에서는 시점의 이동과 같은 서술 층위가 확장되는 현상이 빈번하게 벌어진다. 객관적 삼인칭 서술로 가다가 주관적 일인칭 서술로 바뀌는 대목들이 바로 그것이다. 인물들의 자탄이라든지 독백적 서술이라든지 편지를 통한 심정 고백 등이 주관적 일인칭 서술로 이루어지는 것들이지만 고소설에서 곡(曲)의 국면이 가장 잘 드러나는 것은 아마도 삽입시의 등장 부분일 것이다. 고소설에서 삽입시가들은 대개 서술 당시의 정조와 분위기를 환기하고 서술 주체의 심리 상태와 내적 감정을 표출하는 기능을 수행하기 때문에 스토리를 조금이라도 진전시키는 직설적인 대화와는 거리가 있다. 삽입시가들은 남녀간의 애정을 촉진시키기도 하고, 문사들끼리의 친교 또는 경쟁의 장을 마련하기도 하며, 다른 세계관 또는 이념을 표출하는 도구가 되기도 하지만, 이러한 기능적 역할들은 은근히 환기되는 것이어서 표층 층위에서는 사건 진행이 거의 정체되거나 완만하게 진행되면서 곡선을 그리면서 이루어진다. 사건 진행은 횡으로 미끄러지면서 서술 주체와 서술 대상들 사이의 새로운 서사적 공간이 창출된다. 서술 주체의 심리적 정황과 외부 상황이 서로 조응되면서 시점이 확대되고 그럼으로써 서사

내적 공간이 환기되는 것이다.

이러한 측면에서 볼 때, 직과 곡의 국면은 서로를 끌어당겨 융화하고자 하는 본질적인 지향을 갖는다고 할 수 있다. 서로가 의지하는 것이 대대관계라면, 서로를 포용하고 융통하는 것이므로 이를 융섭(融攝)관계라고 할 수 있다. 특히 곡의 국면이 직의 국면을 융섭하려는 경향이 있다. 직의 국면으로만 진행되면 양강의 기운이 너무 과도해져서 정서상의 남상(濫傷)이 생길 수 있기 때문에 우리의 전통적인 음양적 사유체계에서는 음유의 기운을 통해 그 양강의 기운을 품어주고 융화시키고 중성화시키는 일이 중요하게 된다. 오히려 곡의 국면을 어떻게 처리할 것인가가 관심의 초점이 된다. 그래서 고소설에서는 직선적인 플롯 진행 사이사이에 곡선적인 플롯들을 배치하여 융화시키기도 하고, 한시를 삽입하여 직선적인 사건 진행에서 비롯된 양강의 기운을 해소시켜주기도 하며, 양강의 인물 성격과 대립되는 음유의 인물들을 사건 진행에 얽어짬으로써 융섭의 미학을 추구한다고 할 수 있다. 이러한 성격 때문에 고소설은 기능서사적 관점에서 보면 불필요한 잉여 부분이 많다든가 비유기적인 구성을 취하고 있다든가 상당히 도식적인 인물 유형과 정형화된 서사 패턴들을 많이 보여주고 있다. 그것은 어쩌면 고소설의 운명인지도 모른다.

4. 맺음말

그동안 고소설의 비유기성은 여러 가지 측면에서 지적되어 왔다. 과잉 또는 잉여의 군더더기가 많다든가, 초점의 일관성 또는 통일성을 깨뜨리는 탈선이 종종 일어난다든가, 불합리하고 비논리적인 구성과 표현이 많다든가 하는 것 등이다. 그러나 과연 이런 비판적인 관점들이 얼마나 정당한지에 대해서는 충분히 논의되지 못한 것 같다. 이러한 문제들을 해소하기 위해서는 고소설을 짓고 읽은 사람들이 한국인이었기 때문에 옛날 한국인, 나아가 옛날 동양인의 의식구조와 사유체계에 대해 보다 깊은 이해가 선행되어야 하지 않겠나 생각된다. 또 그런 의식구조와 사유체계가 각 예술 장르에 담겨 있는 양상에 대한 폭넓은 관심도 필요하다. 그것은 이상과 같은 고소설의 문제점들이 그러한 의식구조나 재현양상에 대한 깊은 이해 없이 다분히 서구 소설적인 기준 내지는 기능서사적 관점으로 바라본 결과로 보이기 때문이다. 소설의 조직구조 또는 구성방식이 애당초 다른 것을 가지고 하나의 시각 방향에서만 바라다보지 않았는가 하는 의구심이 드는 것이다. 그런 점에서 고소설에서 음양적 요소들 또는 국면들이 대립하는 가운데서도 조화롭게 배치되어 리듬을 타고 있는 현상이라든가, 기와 운의 국면이 서로 의존하면서도 운의 국면에 의해 기의 국면이 감싸 안아지기도 하고 포용되기도 하는 현상 등에 대해 정당한 시선이 주어져야 하리라고 본다.

이 글에서 기운생동이라는 다소 생경한 회화원리를 차용하여 고소설에 접근해본 것은 고소설의 조직원리를 좀더 잘 드러내보기 위한 방편에 불과했을 따름이지, 고소설과 회화 사이의 밀접한 유착관계를 실증적으로 증명한다든가, 산수화로부터 고소설에 이르는 영향의 일방적인 통로를 설정하려는 것이 이 글의 목적은 아니었다. 다만 동양 문예 양식에 두루 심대한 영향을 끼친 음양적 가치 내지는 음양적 사유체계를 받아들여 정연한 이론체계로 정립하고 있는 산수화에서의 기운생동의 원리가 시대상으로도 고소설에 앞서서 존재하고 있었고, 회화의 특성상 기운생동의 원리가 표면적으로 나타나 있어 다른 문예 장르에 파급력을 가질 수 있었다고 보이기 때문에 고소설 속에서 그러한 회화적 원리의 흔적을 찾아본 것이다. 동양의 음양적 사유체계의 도도한 흐름이 고소설에 영향을 미치는 가운데 산수화의 기운생동의 원리를 이미 자연스럽게 내면화한 옛사람들이 고소설의 제작과 감상에도 그 원리를 어느 정도 투영했으리라고 판단되기 때문이다.

이 글은 회화에서의 기운생동의 원리가 고소설의 구도에 새겨놓은 흔적을 추론해보고자 했다. 그 가능성을 개진하는 가운데 기운생동적 원리가 발을 딛고 서 있는 동양 전통의 음양적 사유체계를 특히 주목하고 그것을 입증하는 데 서술을 치중했다. 그래서 음양적 사유체계와 기운생동의 회화 원리가 고소설에 반영된 양상, 그들 원인자에 의해 발생된 효과적 측면에 대해서는 구체적인 서술이 아직 부족한 것이 사실이다. 그것은 이 글의 지향이 회화 원리가 고소설 구도로 전화할 수 있는 개연성에 대해 초점을 맞추고 있었기 때문인데, 전반적인 고소설 작품들을 대상으로 하나하나 분석하기도 하고 또는 전체로 묶어 분석하기도 함으로써 그 효과적 측면에서 증명하는 작업이 앞으로 필요하다는 것은 두말할 나위가 없을 것이다. 한편 이 글이 다루고 있는 동양 고대의 음양적 사유체계라든지 기운생동의 회화적 원리라든지 하는 것들은 동양 문예 전반의 성격과 연결될 수밖에 없기 때문에 우리 고소설과 중국소설의 변별점이 여기에서는 확보될 수 없었는데, 이에 대해서는 작품별로 또는 테마별로 정밀하게 분석하는 자리에서 논해져야 할 것이다.

판소리의 음악어법과 풍속화의 회화어법의 상동성

1. 머리말

같은 시대를 호흡하는 문예양식들이 종종 여러 측면에서 유사한 모습을 보인다는 것은 널리 알려진 사실이다. 동종 장르 속에서 그런 현상이 벌어지는 것은 한편으로는 당연한 일이라고 할 수 있겠지만 표현매체가 다른 이종 장르간에도 유사성이 있다는 사실은 주목할만한 일이다. 여기서 말하는 유사성은 창작에 있어 영감의 원천이 되었다든가 의도적으로 모방함으로써 직접 영향을 받았다든가 하는 그런 직접적인 차원이라기보다는, 알게 모르게 어떤 분위기나 취향 또는 성향이 자연스럽게 형성됨으로써 서로 비슷하게 된 그런 간접적이되 심층적인 차원의 것이다. 다시 말해 그것은 동시대적 에토스라든지 사회문화적 상황, 그리고 동시대적 패러다임에 의한 동질적 사유패턴 등이 각 문예양식들 전반에 녹아 스며들었기 때문이라고 보는 관점인 것이다. 그런데 막상 구체적으로 무엇이 어떻게 하여 유사하게 되었는가를 꼬집어 말하고자 하면 난감한 것이 사실이다. 그래서 문예사조나 지향의식 또는 주제나 소재 등과 같은 거시적이고 외현적인 내용 요소들간의 상동성이 흔히 지적될 뿐 보다 미시적이고 심층적인 형식 요소들간의 상동성은 파악해내기가 쉽지 않다. 그러나 개별 장르의 형식 요소들을 상위 차원에서 반영하고 있는 관념적이고 사유적인 층위를 연결고리로 활용하면서, 인접 장르의 형식 요소들을 심층적인 배경 맥락을 통해 좀더 통합적으로 관련시킨다면, 문예양식들 상호간의 상관관계를 좀더 긴밀하게 파악하는 것이 불가능한 것만은 아니라고 판단된다.

이 글은 거의 동시대에 출현하고 번성했던 판소리와 풍속화를 대상으로 하여 음악과 회화상의 상동적인 표현어법[1]을 비교 검토하고자 한다. 이 비교를 통해 두 예술 장르의 표현원리상의 유사함이 드러나게 되기를 기대한다. 그리고 음악과 회화 사이의 그러한 상동적인 표현어법이 문학의 형식과 내용의 측면과는 어떻게 결부되고, 어떤 사회문화적 성향이나 사유체계를 배경으로 하고 있는지를 구명함으로써 문예양식들간의 표현 형식과 사회문화적 배경 사이의 밀접한 상관관계도 밝혀보려고 한다. 그러므로 이 글은 판소리의 음악적 측면과 풍속화의 회화적 측면을 비교하는 가운데 자연스럽게 판소리 사설이라는 문학적 측면을 연결고리로 활용하게 될 것이고, 나아가 이 모든 요소들이 사회문화와 정신적인 지표들이 함께 얽혀 들어가게 되는, 문학과 예술, 그리고 시대와 정신이 통합되는 통(通)문화적 관점을 취

---

[1] 여기서 '표현어법'이란 문예양식의 표현방식을 결정하는 지배소로서의 '문법'과 비슷한 것을 의미한다. 즉, 그것은 표층적인 구조를 생성해내는 기저원리를 의미하는데, 다만 좀더 실용적인 맥락에서 보자면 반복 사용됨으로써 하나의 관습적인 표현방식이 된 것을 지칭한다. 그러한 장르상의 고유한 표현방식을 판소리는 '음악어법'이라 하고, 풍속화의 경우는 '회화어법'이라 부르고자 한다.

하게 될 것이다. 그리하여 이 관점은 판소리와 풍속화의 표현상의 미시적인 지표들이 주변의 문학적 요소들과 소통하는 것은 물론이고, 당대의 사유체계와 같은 거시적인 시대지표와 통합되어 동행하는 모습을 그리게 될 것이다. 이러한 과정은 문학적 상황을 중심에 두고 이를 주변 예술 장르들로 확장하는 방법에 대해 의미있는 모색이 될 수 있으리라고 본다.

이 작업을 수행함에 있어서는 판소리의 음악 방식과 풍속화의 회화 방식상의 공통적인 인자를 구하는 일이 먼저 이루어져야 한다. 그런데 그것은 전대의 예술 양식과의 대조를 통하는 방법이 합리적이리라고 판단된다. 판소리와 풍속화를 공중에 떠있는 상태로 비교하기보다는 그 이전 시대부터 있었던 양식들과의 관련 하에서 보는 것이 역사적인 조망 속에서 비교적 객관적으로 공통 인자를 추출할 수 있다고 생각되는 것이다.

민속악의 하나인 판소리에 대해 대립적인 위상을 갖고 있는 음악 양식은 '정악'이라고 할 수 있다. 정악의 개념은 아주 다양하여 넓게는 민속악이 아닌 음악문화 전반을 총칭하기도 하고, 조금 좁게는 종묘악과 문묘악을 포함하는 궁중음악을 뜻하는 아악(雅樂)이란 개념과 동의어로 쓰이기도 하며, 좀더 좁히면 풍류방의 음악문화인 가곡과 영산회상을 가리키기도 하고, 극단적으로 협의로 사용하자면 '정가(正歌)'로 묶일 수 있는 가곡·시조·가사만을 지칭하기도 한다.[2] 본

---

2) 송방송, 『한국음악통사』, 일조각, 1984, 413쪽 참조 ; 한명희, 「정악에 나타난 한국인의 미의식」, 『한국전통 예술의 미의식』, 한국정신문화연구원, 1985, 8-10쪽 참조.

고는 정대하고 아정한 음악이라는 정악의 본뜻에 따라 아악을 중심으로 아정한 음악의 대표격인 수제천과 영산회상, 그리고 가곡 등을 포함한 개념으로 보고자 한다.3) 이들 음악양식은 엄격하게 말하자면 음악적인 형식과 내용 전반에 걸쳐 판소리와 완벽하게 대립된다기보다는 본고에서 초점화하는 일부 항목들에서 대립적인 자질이 추출될 수 있다는 의미로 보아야 할 것이다.

한편, 풍속화의 비교 대상이 되는 회화양식으로는 '문인화'를 설정하고자 한다. 여기에서는 특히 문인화 중에서도 문자향(文字香) 내지는 서권기(書卷氣)라는 문사 취향이 진하게 묻어나는 '문인산수화'를 중심으로 대비하고자 한다. 풍속화와 문인산수화도 엄밀히 말하면 완전히 대립되는 장르라고는 할 수 없다. 그렇지만 문인산수화는 풍속화 이전부터 존재했었고, 물론 풍속화 시대에도 존속했던, 역사적으로 오래된 회화양식으로서 담당계층의 측면에서뿐만 아니라 여러 가지 표현방식이나 제재 취택의 문제 등 일부 항목에서 비교의 대상이 될 수 있다. 그러므로 본고에서 대조의 방법을 통해 장르들을 비교하는 것은 판소리와 풍속화의 심층에 내재되어 있는 상동성을 추출하기 위한 방법론상의 설정에 불과하지 그들을 모든 측면에서 완벽하게 대립되는 장르라고 규정하는 것은 아니다.

이와 같이 정악과 문인산수화를 대립항으로 하여 판소리와 풍속화의 특징적인 자질을 추출한다 하더라도 그것은 유의미한 자질들로 항

---

3) 이는 한명희, 앞의 논문에서 취했던 개념 범주로서 합리적이라 생각되어 그대로 따르고자 한다.

목화되어야 하고, 또 다각도로 검증되어야 할 것이다. 이 지점에서 요구되는 것이 문학적인 요소들의 역할이라고 본다. 판소리의 음악과 풍속화의 회화라는 매체상의 상거를 메우고 축소시킬 수 있는 것이 언어적 표현체인 판소리 사설이라고 생각되는 것이다. 음악도 언어로 번역될 수 있고, 회화도 언어로 번역될 수 있다. 음악과 회화의 직접 대면보다는 언어를 매개로 한 비교 방법이 상호소통의 맥을 짚어내는 데 유리하다고 판단된다. 그리고 예술 장르들간의 상호 입각점과 접점의 배경을 선명하게 보일 수 있는 시스템으로서 예술 장르들의 자질을 상위 차원에서 포괄하고 있는 당대의 시대문화적 분위기와 사유체계를 추가적으로 고려하고자 한다. 이러한 상위 차원의 시대상황과 이념 같은 요소들은 모든 문예 텍스트 깊이 각인되어 있을 것이기 때문에 이질적인 예술 장르들간의 공통적인 성격을 구하는 데도 도움이 되고, 공통 자질 속에 함축된 배경적 맥락을 구하는 데도 유용한 입각점이 되어 줄 것이다. 지금까지의 설명을 간단하게 그림으로 그려 보이면 다음과 같을 것이다.

이 그림은 판소리와 풍속화의 표현적 상동

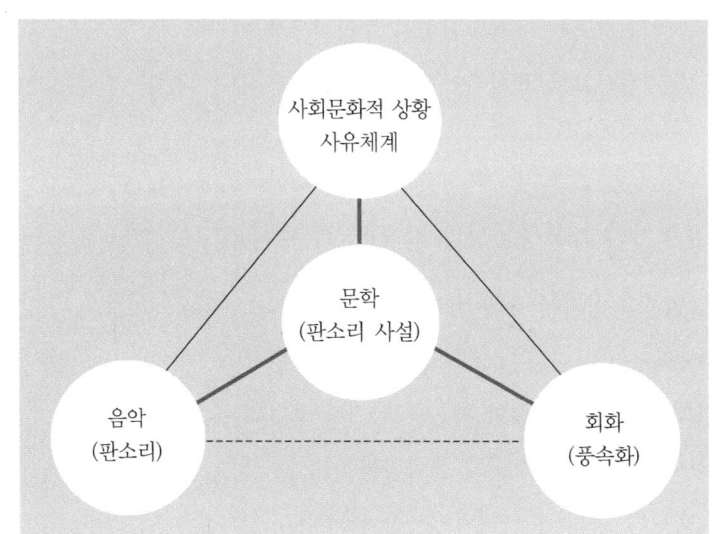

요소를 비교함에 있어 매개 및 중개 역할을 하는 층위로서 판소리 사설과 당시의 사회문화적 상황 및 사유체계를 설정하고 있음을 보여준다. 판소리 사설이라는 문학적 측면이 음악과 회화 사이의 중개 내지는 지렛대 역할을 할 수 있는 것은 언어가 서로를 번역할 수 있는 기능을 하게 됨으로써 매체상의 이질성을 극복하는 데 도움이 되기 때문이다. 또한 사회문화적 상황이나 사유체계적 차원은 문학과 음악, 그리고 회화 등의 예술적 배경 맥락으로 치환될 수 있기 때문에 예술 양식들간의 표현어법을 비교하는 데 유익한 입각점이 되어줄 수 있을 것이다. 위 그림에서 판소리 사설이 중심에 위치하면서 음악이나 회화, 그리고 사회상황을 비교적 선명하게 번역해주고 반영한다는 점을 굵은 실선으로 나타내주고 있다. 사회상황이 문학에 반영되는 정도보다는 약하지만 그것이 음악이나 회화에도 반영되어 있다는 점은 얇은 실선이 가리키고 있으며, 음악과 회화는 상호관련성이 표면적으로는 가장 미약하기 때문에 그것은 점선으로 표시되어 있다.

2. 판소리와 풍속화의 표현어법상의 상동성과 그 배경적 맥락

　판소리와 풍속화를 그 표현상의 자질을 통해 비교하기 위해서는 소리와 빛의 여러 항목들을 살펴보아야 한다. 소리와 빛을 내는 바탕으로서의 도구적 성격에서부터 표현매체의 질량감, 움직임이나 흐름의 성격, 짜임새의 성격 등에 이르기까지 판소리와 풍속화를 이루는 자질 요소들에 대한 면밀한 검토가 필요하다. 여기에서는 판소리와 풍속화의 표현어법은 물론이고 구성원리 및 기저의 사유체계와도 밀접한 관련을 지닌다고 판단되는 세 가지 항목으로 압축하여 살펴보고자 한다. 그것은 '역동화(力動化)'와 '자연화(自然化)', 그리고 '전경화(前景化)'이다.

1) 역동화(力動化)

정악은 느리고 유장한 음악이다. 느리고 유장한 것은 서양음악과 비교할 때 한국음악 전반의 특징이라고 할 수 있다. 우리는 흔히 한국음악을 맥박을 기준으로 하는 심장의 음악으로서의 서양음악과는 달리 호흡을 기준으로 하는 폐의 음악이라고 비유하곤 한다.[4] 하지만 정악의 경우는 평균보다 훨씬 더 느리고 유장하다. 한국음악은 시기적으로 거꾸로 올라갈수록, 그리고 아악과 같은 궁중음악 쪽으로 갈수록 느리고 유장해지는 경향을 보이는데, 정악 역시 그러한 측면이 강한 음악 양식인 것이다. 정악에는 그 느리고 유장한 국면에 정적인 깊이 내지는 명상성과, 관념적인 안정성이 깃들어 있다. 소리의 느림과 유장함은 뱃속으로부터 울려나오는 힘과 합해져 장중한 맛을 내는데, 그것은 농현과 같은 기법을 통해 수직적인 파장을 일으키며 정적인 깊이를 환기하는 경향이 있다.

하나의 소리를 수직적인 파장으로 깊숙이 추구하기 때문에 거기에는 명상성과 안정성이 깃들게 되는데, 그것은 고래로부터 내려온 음

---

4) 한명희, 「문화구조 속에서 본 전통음악의 몇가지 특징」, 『대동문화연구』 22집, 1988, 193쪽.

악에 대한 생각을 충실히 담고 있다. 〈악기(樂記)〉에 "악(樂)은 마음 속에서 나오기에 고요하고, 예(禮)는 몸밖으로부터 지어지기에 문채롭다. 대악(大樂)은 반드시 평이하고, 대례(大禮)는 반드시 간략하다"[5]고 되어 있는데, 이는 고대 음악의 느림과 명상성, 그리고 관념적 안정성에 관해 말해준다. 음악이 마음 속을 반영하여 고요하다는 것은 곧 음악을 하는 마음이 관념적으로 안정되어 있어야 한다는 의미이며, 또 그것은 음악의 속도에 있어서는 느리고 유장한 것과 통하고, 음악적 성격으로 보아서는 명상적임을 뜻한다. 이런 성격의 음악성이 현현될 때, 그 음악은 평탄하고 담담한 것일 수밖에 없다. 그리하여 '커다란 기교는 졸렬하다'[6]고 한 바와 같이 큰 음악은 평이한 것이다. "평조 만대엽은 모든 곡의 으뜸으로 종용한원하고 자연평담하다"[7]는 진술을 통해 보더라도 우리는 정악의 원류가 바로 그러한 느림과 평이함에 있었음을 알 수 있다.

정악의 이러한 성격에 비해 판소리는 음악의 속도에 있어서는 많이 빨라졌고, 음색이나 목구성과 같은 성음구조는 아주 많이 복잡해졌다. 임진란 이전에 성행했던 만대엽이 임진란 이후부터 하향 추세를 보이며 중대엽을 거쳐 영조 무렵에는 삭대엽이 유행했다고 하는데,[8]

---

5) "樂由中出故靜 禮自外作故文 大樂必易 大禮必簡" (〈樂記〉의 '樂論') 김승룡, 『악기집석』 1, 청계, 2002, 225쪽의 해석 참조.
6) "大巧若拙" 〈노자〉 45장과 〈장자〉의 '거협(胠篋)'편에 나오는 구절임.
7) "其平調慢大葉者 諸曲之祖 從容閑遠 自然平淡" 이는 이득윤(李得胤)이 〈현금동문류기(玄琴東文類記)〉에서 만대엽 가락에 대해 평가한 것이다. 원문과 한글 번역은 성경린, 『한국음악논고』, 동화출판공사, 1976, 314-315쪽 참조.
8) 이익의 『성호사설』(권13)에 다음과 같은 구절이 있다. "만대엽은 너무 느려서 사람들

가곡(歌曲)에서 초수대엽(初數大葉), 이수대엽(二數大葉), 삼수대엽(三數大葉)이나 나아가 농(弄) 낙(樂) 편(編) 등과 같은 점점 빨라지는 삭대엽의 변주곡들이 첨가 편성되는 것을 보면 조선 후기 당시의 음악의 흐름이 점점 빠름을 지향했음을 알 수 있다.9) 가락이나 장단의 구조가 복잡해지고 악곡의 절주가 빨라진다는 의미의 '번음촉절(繁音促節)'이라는 말은 조선 후기 음악양식의 변화를 압축해서 보여주는 것이다.10) 판소리도 예외는 아니어서 당시의 급한 호흡의 음악적 취향을 받아들이고 있는데, 판소리의 빠른 장단은 가곡의 빠르기보다 더 나아간 것이다.

성음구조 또한 그 변화가 심해졌다. 하성과 상성 사이를 급상 급하로 급전하는 것은 물론이고, 음색에 있어서도 정악에서의 통성뿐만 아니라 많은 변화된 음들을 내는 것이 요구되었으며, 목을 다루는 기술에 따라 다양한 목구성음을 자유자재로 구사하게 되었던 것이다. 완만한 장중미를 추구하는 정악과는 사뭇 다르게 다양하고 번잡한 성음구조를 가지고 온갖 소리를 모두 구현하고자 했다. 다음은 판소리 창자가 목구성을 얼마나 천변만화하게 구사했는지를 증언해주는 한 대목이다.

이 싫증을 내어 폐지된 지가 오래고, 중대엽은 조금 빠르나 또한 좋아하는 사람이 적고, 지금 통용하는 것은 삭대엽이라는 곡조이다."(慢者極緩人厭廢久 中者差促亦鮮好者 今之所通用 卽大葉數調也),『국역 성호사설』, 민족문화추진회, 1977, 119쪽 참조.

9) 송방송, 앞의 책, 414-424쪽 참조.

10) 송방송, 앞의 책, 493쪽 참조.

영순쵸중 다슬음이 은은한 쳥계슈가 어름 밋틔 흐르난 듯 쓰을러 너
는 목이 슌풍에 비노는 듯 츠츠로 돌니는 목 봉회노젼 기이ᄒ다 도도와
올니는 목 만중봉이 쇽구난 듯 툭툭 굴너 니리는 목 폭포슈가 쏫치난
듯 중단고져 변화무궁 이리 농낙 져리 농낙 안일리 쓰는 마리 아릿다온
계비말과 공교로운 잉무쇼리 즁머리 즁허리며 허셩이며 진양죠를 다ᄅ
두고 노와두고 걸니다가 들치다가 쳥쳥ᄒ게 도는 목이 단순의 봉의 우
름 쳥원하게 쓰는 목이 쳥젼에 학의 우름 이원셩 흐르는 목 황영의 비
파쇼리 무슈이 농락변화 불시에 튀는 목이 벽역이 부둣난 듯 음아질타
호령쇼리 틔슨이 흔드난 듯 어니덧 변화ᄒ여 낙목한쳔 찬바람이 쇼실
케 부는 쇼리 왕쇼군의 츌시곡과 쳑부인의 황곡가라 좌승이 실식ᄒ고
귀경군이 낭누ᄒ니 이러한 광ᄃ 노릇 그 안이 어려운야[11]

신재효는 〈광대가〉에서 이와 같이 판소리 성음구조의 운용이 천변
만화하고 변화무쌍함을 말하고 있다. 이러한 판소리의 음악적 경향은
정적인 깊이를 추구하는 정악의 그것과 비교해볼 때 동적인 변화를
추구한다고 할 수 있다. 그것은 단적으로 말하자면 역동성이다.[12]
판소리 음악의 역동성은 당대의 사회문화적 분위기와 사유체계 내
지는 세계인식과도 일정한 함수관계를 갖고 있다고 보인다. 정적 깊
이를 추구하는 정악이 관념적인 안정성을 기반으로 한 철학적 세계관
이 주조를 이루는 세상에서 향유되는 음악이라면, 역동적인 양상으로

---

11) 강한영 교주, 『신재효판소리사설집』, 교문사, 1984, 669쪽.
12) 황병기는 판소리에서의 음선(音線)과 음색, 그리고 리듬의 역동성 내지는 다이내믹스
를 지적하고 있다. 황병기, 「판소리와 산조에 나타난 한국인의 미의식」, 『한국 전통예
술의 미의식』, 정문연, 1985, 95~98쪽 참조.

복잡하게 변화된 판소리 음악은 최소한 현실세계와 역사를 보는 인식이 그만큼 역동적으로 변화되었음을 반영한다고 보아야 할 것이다. 조선 후기 특히 양란 이후의 조선의 사회문화적 분위기는 외부의 힘에 대한 인식이 고조되었고, 서양적 문물과 지식에 대한 관심이 증폭되었으며, 이에 따라 역사와 세계를 보는 안목이 점차 동적으로 변해가고 있었다. 물론 그런 인식의 변화가 겉으로 특출나게 부각되지는 않았지만 물밑에서 그러한 움직임은 일찍부터 작동되고 있었다고 보인다.[13] 서양의 선진 천문학과 역법을 포함한 과학지식이 연행사들의 빈번한 왕래로 수입되었고, 중국 밖의 세계가 지도를 통해 알려지면서 실학자들을 중심으로 중국 중심적인 사고가 많이 탈색되기도 했으며, 유교적 도그마로 포장된 관념 위주의 사고 패턴이 물질적이고 실용적인 사유체계에 의해 반성이 이루어지기도 했다. 그동안 지배계급의 이상은 평화롭고 정적인 상태에서 정태적인 사유를 통해 자연의 법칙과 이기의 작용을 통찰하는 것이었다. 그러나 그러한 통찰은 현실과는 동떨어진 관념의 바다에 함몰되기 일쑤였다. 시대적인 변화를 유심히 바라본 사람들은 세계가 여러 요소들이 물밑 작용을 하면서 꿈틀거리고 있음을 감지했다. 관념적인 것이 아니라 현실적인 힘들이 상호작용하면서 세계가 변하고 세상이 움직이는 것을 직접 목격했던

---

13) 예컨대 이수봉의 『지봉유설』(1614년)은 실사구시의 고증정신으로 실용적인 학문 태도를 보인 것으로 유명하다. 유럽의 지도뿐 아니라 풍속과 화기, 산물 등을 소개하고 있어 그때까지 중국과 그 주변나라들이 전세계인 줄 알고 있었던 당시 사람들에게 새로운 지식에의 관심을 유발하는 계기가 되었으리라고 본다. 이수봉, 『지봉유설』, 을유문화사, 1975.

것이다. 이와 같은 역동적인 역사인식과 동태적 세계관이 판소리 음악의 표현과 구성에도 끼쳐져 있다고 보아야 할 것이다.

이러한 사회문화적 현상과 현실인식이 당대의 다른 예술 장르인 풍속화에도 반영되어 있다. 현실을 보는 역동적이고 동태적인 시각은 속도감 있는 선묘라든가 윤곽선 굵기의 다양한 변화와 같은 풍속화의 회화기법으로도 나타나고, 손의 움직임이라든가 신발코의 향방 등과 같은 그림의 구도 측면으로도 나타나며, 화면의 주제 및 인물구성의 차원에서 볼 때 화면 자체가 전후 맥락의 동적인 이야기를 함축하는 것으로도 나타난다.(그림 4-1)

풍속화는 특히 인물의 의습이나 표정, 그리고 사물들의 윤곽선을 그려나가는 속도가 매우 빠르다고 할 수 있다. 서너 번의 터치로 대상의 윤곽을 묘파해내는 기술을 풍속화가들

(그림 4-1) (상)신윤복, 〈어물장수〉 비단에 담채, 28.3×191.1㎝, 조선(18~19세기), 국립중앙박물관 소장
두 여인의 인물구성이나 구도, 그리고 신발코의 운동방향 등이 그림에 동적인 이야기성을 부여한다.

(그림 4-2) (하)김홍도, 〈군선도〉 중 마고선녀, 종이에 담채, 132.8×575.8㎝
매우 빠른 붓의 터치로 동선을 얻어내고 있다.

(그림 4-3) 겸재 정선, 〈海山亭〉, 1742년, 33.5×25.5cm, 간송미술관 소장.
대상을 세밀한 점묘와 세필로 그릴 뿐만 아니라 농담의 적절한 조합으로 정적인 깊이를 추구한다.

은 갖추고 있다. 그 동선의 움직임을 보면 거칠 것 없는 속도로 그려
졌음을 알 수 있다. 그리고 동선의 굵기 또한 일정하지 않고 다양한
변화를 이루고 있다. 수많은 운동방향을 따라 윤곽선을 그려나가되
형태적 모사에 적합한 굵기를 선택하면서 전혀 속도를 늦추지 않고
그려나감으로써 아주 생동감 있는 동선을 얻어내고 있는 것이다.(그림
4-2) 풍속화에서의 이러한 역동적인 선묘 방식은 문인화에서의 윤곽선
그리기 방식과는 사뭇 다르다. 문인산수화 같은 데에서는 대상을 점
묘나 세필로 여러 차례 반복하여 농담을 이뤄 나가는 파묵(破墨)이라
든가, 화선지 위에서 묵즙(墨汁)이 번져 나가는 상태를 조절하여 어떤
대상의 형상을 그려내는 발묵(潑墨)이라는 기법14)이 많이 쓰인다. 그
리하여 문인산수화에서는 풍속화에서의 동적인 선에 의한 역동성의
추구와는 달리, 묵의 농담에 의한 정적이고 관념적인 깊이를 추구하
는 경향을 보여준다.(그림 4-3)

---

14) 최병식, 『수묵의 사상과 역사』, 현암사, 1985, 78쪽 참조

신체적인 움직임을 화면 구도 속에 담아내는 방식도 풍속화는 역동성을 보여준다. 손과 발의 모습, 그리고 육체의 움직임을 함축하고 있는 의습의 모양새나, 신발코의 위치와 방향 등은 화면을 동적으로 만들기도 하고 정적으로 만들기도 하는 중요한 요소가 된다. 그런데 문인산수화 속의 인물들은 손과 발의 모습을 드러내는 것도 흔치 않거니와 자연 속에서 움직임 없는 정적인 자세로 고정되어 있다. 그들은 무슨 생각에 골똘하거나 자연을 관조하는 중이기 때문에 정적인 포오즈를 취하는 경향이 있다. 흔히 그들의 신체는 커다란 도포 속에 감춰져 있어 움직임을 파악하기가 쉽지 않다.(그림 4-4) 그러나 풍속화에서는 손과 발이 움직임을 함축한 채 드러나 있다. 그것들은 무언가를 행위하고 있다는 점을 강력하게 환기한다. 신발코의 운동 방향은 인물들이 무언가를 위해 생동감 있게 움직이고 있는 중이란 것을 증언해주며, 의습이 구겨지고 펼쳐지는 모양새는 비록 몸은 덮여서 보이지 않지만 그 속에서 육체

(그림 4-4) 박동보, 예장귀가(曳杖歸家), 마본수묵, 17C 후반~18C 전반, 19.6×17㎝, 국립중앙박물관 소장.
대자연 속에서 인물은 정적인 자세로 고정되어 있다.

적인 움직임이 활발하게 벌어지고 있음을 보여준다. 이러한 신체적인 위치와 움직임의 양상은 풍속화로 하여금 어떤 것이 벌어지는 과정의 순간을 포착한 그림이라는 성격을 갖게 한다.

이러한 신체적인 움직임의 모습에다가 화면의 주제와 인물 성격을 중첩시켜 보면 풍속화에서는 전후 맥락을 지닌 하나의 동적인 이야기가 형성되어 나온다. 그들이 어디에서 왔고 지금 어디를 향해 가는지, 그들의 기분이나 취향 등이 어떠한지, 그들의 삶의 고뇌의 두께라든지 현실과의 갈등 관계 등이 화면의 구도에서도 어느 정도 드러난다. 문인산수화 속의 인물들은 대개 그들의 삶이 변전이 크지 않은 평탄하고 안돈한 것임을 보여준다. 그 이전이나 그 이후나 그러한 여유로운 삶은 지속되어 왔고, 앞으로도 지속되리라는 예상을 우리는 할 수 있음에 반해 풍속화에서는 순탄치 않고 변전이 심한 삶의 역정을 파노라마적으로 보여준다. 풍속화에서의 이러한 요소들은 당대 사람들이 자연스럽게 갖게 된 동태적인 역사인식과 무관하지 않은 것으로 보인다.

예술적인 기법상의 역동적인 모습은 문학의 형식과 내용을 통해 여러 측면에서 나타난다. 판소리 음악에서 보이는 역동적인 형식의 측면은 앞에서 살펴보았듯이 빠른 속도와 다양하고 복잡한 성음 운영 방식에서 잘 나타나는데, 판소리 문학에서는 매우 다양한 변화를 동반한 형식 구조를 통해 이를 볼 수 있다. 판소리 사설에서 서술자의 진술 대목은 외부적이고 객관적인 서술을 위주로 함에도 불구하고 아주 빈번하게 내부적이고 주관적인 감정을 적재한 서술이 개입하는 양상을 보여준다. 그 변화는 드러내놓고 전면적으로 이루어지는 형태도 있고 미묘한 차이를 동반하면서 이루어지는 형태도 있지만, 이렇게 빈번하게 이루어지는 시점의 이동으로 말미암아 서술은 역동적인 국면을 현시한다. 하나의 일정한 시각에서 평탄하고 균질적인 서술이 행해지는 게 아니라 여러 시각이 혼용된 다초점화가 이루어지고 층차가 있는 감정들이 섞임으로써 서술의 다층성이 드러나게 된다. 거기에다가 인물의 언어사용영역이 일정한 영역에만 한정되어 있지 않고 타 인물의 그것에까지 뻗쳐 있음으로 해서 담화적 다성성이 형성된다는 점[15]도 판소리 사설의 형식적 역동성을 더해준다. 이러한 양상은 정련된 기술문학적 관점에서 보면 세련되지 못하고 투박한 모습으로 비쳐지기도 하지만 당대인들의 현실인식 자체가 기존의 것과 새롭게 흥기하는 것들의 와류 내지는 요동 상태에 있음을 반영하기 때문에 그렇게 되었다고 판단된다.

　판소리 문학에서 온갖 인물군상들의 삶의 모습이 재현되는 측면 역시 역동성을 띤다. 판소리 문학에서는 탈속적이고 초월적인 사건들이 벌어지기도 하고 커다란 국가사나 가문사가 초점이 되기도 하지만, 인물들의 세속적인 관심사가 끊임없이 표출되고 일상의 자질구레한 일들이 들쑥날쑥 진행되기 때문에 그를 통해 보여지는 인물들의 내면 풍경은 한마디로 가지런히 정돈되지 못하고 삐뚤빼뚤하다. 일관되지 못한 생각의 단편들이 나열되고 행위들간의 유기적인 연관성이 미약

---

15) 최경환, 「완판 84장본 <열녀춘향수절가>의 다성성 연구」, 서강대 석사학위논문, 1992 참조.

한 데서 오히려 역동성이 두드러지게 나타난다. 이렇게 인물들의 사고 패턴의 비일관성이나 사건들간의 비유기적인 결합이 불러일으키는 역동적인 국면은 현실세계의 역동성을 제대로 인식하고 반영한 결과이다. 현실세계는 이전에 생각한 것처럼 그렇게 정적이지도 않고 관념적이지도 않으며, 그렇게 유기적이지도, 일관되지도 않음을 인식한 것이다.

판소리 문학이 이처럼 현실세계의 역동적인 모습을 반영하고 있듯이 판소리 음악 역시 삶의 호흡이 빨라지고 감정의 기복을 밀도 있게 표현하려는 현실세계의 사유방식을 따라 빠르고 변화무쌍한 음조직을 추구하고 있다. 풍속화 또한 초점 대상을 세속적이고 일상적인 테마로 옮겨 현실을 그대로 모사하고자 하며, 움직임을 내재한 구도와 윤곽선을 통해 현실의 역동성을 표현하고자 한다.

2) 자연화(自然化)

고대 음악은 자연의 질서에 부응하고 자연과의 조화를 추구하는 경향이 있다. 음악은 천지의 운행을 순조롭게 하는 기능을 하는 것으로 인식되었으므로 음마다 규율이 엄격하게 지켜졌고, 그 음을 연주함으로써 천지의 순조로운 운행과 절기의 적절한 순환을 도모하는 것으로 여겨졌다. 그래서 모든 악기들은 자연의 성격을 모방하여 만들어진다. 거문고, 가야금, 그리고 비파 등이 하늘과 땅 등의 자연에 대한 상징으로 만들어졌으며,[16] 대로 만든 율관은 인공이 전혀 개입하지 않은 천연재라고 인식되었다.[17] 악기의 재료인 쇠, 돌, 실, 대, 박, 흙, 가죽, 나무 등 모든 것들이 음양오행과 결부된 상징적 의미를 부여받고 있었다.[18] 고대 음악의 이러한 자연 모방과 자연에 대해 영향을 주고자 하는 의도는 인륜이나 정치와 자연스럽게 연결된다. 인간의 일도 자연과 동격으로 인식되었으므로 음악의 연주는 천지자연뿐만 아니라 사람들의 심성을 바르게 하고 정치 현상에 영향을 주는 존재가 되었던 것이다. 말하자면 전우주의 모든 요소들이 감응 관계로 연결되어 있다는 우주적 감응(cosmic resonance)의 사유체계인 것이다. 고대 음악의 정치성은 공자뿐만이 아니라 고대 악론들에서 줄기차게 강조했던 것이다.

치세의 음은 안온하고 즐거우니 그 정치가 조화롭기 때문이며, 난세의 음은 원한에 차서 성내니 그 정치가 어그러지기 때문이며, 망국의 음은 비애에 젖어 수심으로 그리워하니 그 백성이 고달프기 때문이다. 성음의 도는 정치와 통한다.[19]

---

16) 『삼국사기』권32, 악조에 "(거문고의) 위는 둥글고 밑이 모가 난 것은 천지를 본뜬 것이며, 다섯 개의 줄은 오행을 본뜬 것이다.....일곱 개의 줄은 북두칠성을 본뜬 것이다.....(쟁(箏)의) 가운데가 빈 것은 천지사방을 본받음이오, 줄을 맨 기둥은 열두 달을 본뜬 것이다." 이재호 옮김, 『삼국사기』3, 솔, 1997, 23-26쪽 참조.

17) "대로 율관을 만든 것은 대가 천연의 그릇인 때문이고, 기장으로 율관을 채우는 것은 천연의 물인 때문이다. 천연의 물로 천연의 그릇을 채우면 율관의 길이와 용량 성음의 청탁과 율관의 무게가 하나의 자연일 뿐 사람이 참여하지 않는다." 이혜구 역, 『신역 악학궤범』, 국립국악원, 2000, 57쪽 참조.

18) 이성천, 『한국·한국인·한국음악』, 풍남, 1997, 127-133쪽 참조.

19) "治世之音 安以樂 其政和 亂世之音 怨而怒 其政乖 亡國之音 哀以思 其民困 聲音之道 與政通矣"(<악기>, '악본', 앞의 책, 105쪽)

음악이란 성인이 성정을 기르는 것이며, 신과 사람을 화하게 하고, 하늘과 땅을 순하게 하여 음양의 도를 고르게 한다.[20]

고대 음악의 정치성은 음악을 수단화하고 도구화하는 과정을 자연스럽게 동반하게 되었다. 음악을 통해 전 우주를 순조롭게 제압하려는 것이기 때문이다. 동양적 사유에서는 오행이 오음(五音), 오덕(五德), 오방(五方), 오장(五臟), 오색(五色) 등과 연결되는, 이른바 상관적 사유(correlative thinking)를 통해 음악이 모든 환경을 지배하는 코드로 인식되었던 것이다.[21] 고대 음악은 이렇게 자연의 질서에 부응하고 자연과의 조화를 추구한다고 하지만 이는 어디까지나 악기의 재료상의 성질이나 소리의 모방 방식의 차원에서일 뿐이다. 실제로 고대 음악은 상당히 인위적으로 선택하고 배제하는 과정을 거침으로써 특정 목적을 위해 봉사하는 존재가 되곤 했다. 이를테면 그것은 윤리도덕적인 의식 고취를 위한 목적성 내지는 정치성을 동반하는 것이었다.

고대 음악은 당연히 단련과 정제의 과정을 거쳐야 하는 대상이었으며, 엄격하게 규범화되고 규격화되어야 하는 존재였다. 예컨대 제례악에서 악현의 배치는 당상악과 당하악으로 음양 조화가 이루어져야 하고, 양의 위치인 당상악에서는 음려가 주음이 되는 음악을 연주하고, 당하악에서는 양률의 음이 주음이 되는 음악을 연주해야 하는 원칙이 있었다.[22] 악기배치법도 음양오행사상에 의해 짜여지는 게 보

---

20) "樂者聖人所以養性情 和神人 順天地 調陰陽之道也"〈世宗實錄 雅樂譜序〉, 조선왕조실록 5, 국사편찬위원회, 1956.

21) A.C.그레이엄, 『음양과 상관적 사유』, 청계, 2001, 55-60쪽 참조.

통이다. 축(祝)이라고 하는 절구 모양의 타악기는 청색을 칠하여 동쪽에 배치하고, 어(敔)라고 하는 해태 모양의 타악기는 백색을 칠해 서쪽에 배치시킨다. 축은 음악 시작에 쓰고, 어는 음악 종료시에 써서 음양의 원리를 줄곧 적용시킨다.23) 고악보에 전해지는 각종 음계와 선법은 매우 복잡한데, 이러한 고악보가 발달했음은 음악이 규범화와 규격화를 추구했다는 사실을 잘 설명해준다. 아악이나 정악은 이러한 고도의 정격 미학을 추구하는 경향이 있다. 다만 다양한 종류별로 정도의 차이만 있을 뿐이다.

판소리 시대에 오면 이러한 고도의 정격 미학은 해체된다. 판소리 음악의 악단 구성 자체부터 광대와 고수가 이인 일조로 하나의 극단을 형성할 만큼 극도로 단출해진다. 그리고 엄격한 법도 없이 언제 어디서건 공급과 수요가 맞기만 하면 소리판이 벌어질 수 있는 자유로운 성격이 되었다. 정악과의 비교론적 시각에서 볼 때 더 중요한 것은 판소리가 어떤 목적을 갖고 행해지는 연행이 아니라는 점이다. 물론 정악도 고대 음악에서의 목적성을 많이 상실하고 있음에도 불구하고 정악에는 그 음들의 운용에서 고대적 목적성을 어느 정도 간직하고 있었던 것이다. 그러나 판소리 음악은 즐거움을 위한 유흥놀이는 될 망정 어떤 상위 목적을 위한 수단화 내지는 도구화에서는 거의 벗어나 있다.24)

---

22) 한명희, 앞의 논문, 195쪽 참조.
23) 한명희, 앞의 논문, 196쪽 참조.
24) 정현석(鄭顯奭)이 판소리 다섯 마당을 윤리적 목적성으로 파악한 것은 유교 이데올로기에 경도된 도그마적인 이해로 볼 수 있다. 정현석의 글에 대해서는 성현경, 「정현석

판소리는 음악적인 구성의 측면에서 볼 때 '이면'을 통해 자연스러움을 추구하는 정신을 잘 보여준다. 판소리는 내용적 상황에 맞게끔 음악적 표현을 관계짓고자 하는 경향이 있는데, 그럴 경우 우리는 '이면에 맞는다'거나 '이면을 잘 그렸다'고 하는 것이다. 예컨대 대장부가 망망한 산세를 바라보며 근엄한 태도를 취할 때, 그에 걸맞는 사설 내용은 말할 것도 없고, 우조 소리에 진양조 장단, 그리고 통성과 힘찬 목구성을 곁들여야 그 효과를 잘 낼 수 있을 것이며, 모인 사람들이 흥에 겨워 할 때는, 빠른 장단에 맛이 있게 찍어내는 목구성으로 듣는 이로 하여금 어깨가 들썩들썩거리게 해야 어울릴 것이다.[25] 이렇게 판소리는 각종 상황에 맞춰 그것들을 최대로 적절하게 조합하여 표현하는 음악적 구성을 추구하는데, 여기서 가장 중요한 요소로 작용하는 것이 바로 자연스러움이다.[26] 그리하여 판소리는 인간의 어떤 감정도 자유자재로 표현할 수 있는 능력을 갖게 되었다. 그러므로 판소리에서 이면은 판소리 음악의 구성 원리 내지는 철학적 바탕이라고도 할 수 있다.

판소리의 자연스러움은 그 음화적 표현에서도 찾아볼 수 있다. 음

과 신재효의 창우관 및 사법례」, 『이정 정연찬선생 회갑기념논총』, 1989, 359-371쪽 참조.

25) 이보형, 「판소리 사설의 극적 상황에 따른 장단조의 구성」, 『판소리의 이해』, 창비사, 1978, 197쪽 참조. 여기에서 사설의 극적 내용과 판소리의 음악적 내용을 적절하게 결합시키는 것을 '이면에 맞게 소리한다'는 전통적 이념과 연결하여 이해하고 있다.

26) 여기서 말하는 자연스러움은 이 장의 제목인 '자연화'와 같은 의미 맥락으로 쓰였다. 정악은 자연 속에서 악기 재료를 구하거나 자연소리를 모방한 차원이지 자연화 (naturalization)라고 할 수는 없다.

을 통해 사설이 내포하고 있는 의미를 상징적으로 표현해내는 것을 의미하는 음화(tone painting)[27]를 판소리는 많이 가지고 있다. 이를테면 '높이 떠' 같은 부분은 음도 높게 가져가고, '뚝 떨어져'와 같은 부분은 음을 갑자기 떨어뜨려 부름으로써 음의 고저로 상황을 나타내기도 하며, '한양이 머다 말고'에서 '머'자를 길게 끌어서 거리상의 원근을 형용한다든가 하는 것이다.[28] 눈 앞에 벌어지는 광경처럼 여실하게 그려내는 데 도움이 되는 음악적 표현을 음화라고 확대 해석한다면 위에서 언급한 이면도 음화적 표현에 해당할 것이다.

판소리에서 그 사용이 보편화된 아니리의 존재도 일상 대화를 자연스럽게 표현할 수 있는 도구가 된다. 선율이 있는 음악 양식에 일상 구어체를 채용했다는 사실 그 자체가 자연스러움을 추구하고자 하는 판소리의 지향을 웅변해준다. 판소리는 이를 창 속에까지 구현하고자 했는데, 바로 창 속에 삽입된 '도섭'이 그 자연스러운 대화를 재현하고 있는 것이다. 그리고 붙임새의 다양함도 판소리의 자연스러움에 기여하는 측면이 있다. 특히 엇부침의 다양한 쓰임새는 정격 미학을 추구하는 정악과는 달리 규격이나 규범에서 일탈된 자유와 해방의 정서를 제공해줌과 동시에 인간의 자연스런 정서 표출을 가능하게 해준다.

판소리의 다양한 성음과 음색, 그리고 목구성 방식들은 음악적 사실주의 내지는 자연주의를 구현하기 위해 개발된 창법들이라고 할 수

---

27) 김영림, 「판소리 춘향가의 음화적 요소에 대한 시고」, 수도여사대 석사학위논문, 1976, 2쪽 참조.
28) 앞의 논문, 28~43쪽 참조.

있다. 거기에는 귀신의 울음소리를 흉내낸 귀곡성도 있고, 나락에 맺힌 이슬이 주루룩 떨어지는 자연의 현상에서 배워 흉내낸 이슬털이목도 있다.[29] 이렇게 수많은 창법들은 자연에서 구한 것들이 대부분이었고, 그것들이 판소리에 쓰이게 된 이유는 그러한 창법들이 극중 상황과 정조를 가장 자연스럽게 표현할 수 있기 때문인 것이다.

판소리가 이렇게 음악적 자연스러움을 추구한 배경에는 당대의 사회문화적 분위기와 정신적 사유체계가 자리잡고 있다고 보인다. 특히 실학의 움직임은 모든 분야에서 실물적이고 경제적인 이데올로기를 전파시켜 그것을 사회 개혁의 내적 원동력으로 삼았다고 판단된다. 비록 실학이 실제적인 운동이 아니라 관념상의 논의였다고 하더라도 실학의 형성 자체는 기저의식 속에서 꿈틀대던 실물적이고 경제적인 이데올로기가 추동한 것이었으며, 실학적인 논의는 세속적인 삶에 대한 관심과 인간 본연의 심정에 충실하고자 하는 의욕의 자연스러운 표출에 명시적이건 아니면 잠재적이건 간에 영향을 미쳤으리라고 본다. 실학 그 자체가 서민정신을 직접적으로 개화시키거나 농민반란을 바로 촉진시키거나 한 것은 아니었지만 그러한 움직임의 저 밑바닥 기반을 제공했으리라고 판단된다. 실학만이 그런 역할을 도맡아 한 것도 아니었겠지만 관념에서 벗어나 실제를 관심있게 보는 태도는 여러 방면에서 사실주의 내지는 자연주의를 태동케 하는 역할을 했으리라고 본다. 이러한 메커니즘이 당대의 음악 장르인 판소리에 투영되어 자연스러움을 추구하게 하고, 사실주의 정신을 파급시킨 것은 필

---

29) 이슬털이목에 대해서는 최동현, 『판소리 이야기』, 도서출판 인동, 1999, 55쪽 참조.

연적인 결과라고 할 수 있을 것이다.

풍속화 역시 자연스러움을 추구한 문예양식이었다. 풍속화는 우선 문인화에서 추구되는 각종 기법과 정신적 지향 사이의 관계로부터 탈피하여 대상을 어떻게 하면 여실하게 표현해낼 수 있는지에 대해 관심을 집중한다. 문인화는 그림을 통해 고도의 정신세계를 추구하고자 하는데,[30] 그림을 수단으로 하여 성정을 수양하고 도를 닦고자 하는 것이다. 특히 산수화는 도에 도달하고자 하는 선비의 지향세계를 상징한다. 산수화에 그려지는 산천은 비록 물질적인 존재라 하더라도 그 나아가는 바는 정신적인 세계이다. 산천은 현자가 마음을 맑게 하여 음미할 수 있는 대상이 된다. 현자는 산수라는 대상을 감상하고 음미함으로써 도와 상통할 수 있게 되는 것이다.[31] 그러므로 그림을 직접 그리거나 그림을 감상하는 사람이 갖추어야 할 자오(自悟)의 정신적 자세가 문인화에서는 매우 중요하게 된다. 이와 같이 문인산수화는 그 제작이나 감상에 있어 수련과 정제의 과정을 거친 고도의 정신성을 함축하고 있다.(그림 4-5) 그러나 풍속화는 감정을 담백하게 정화시키거나 자신을 의자연화(擬自然化)하는 경지까지 승화시킬 것을 요구하지 않는다. 물론 풍속화에도 그 자체가 갖는 정신적 지향이 없는 것은 아

---

30) 고개지(顧愷之)의 전신론(傳神論)에서 얘기되는, 정신이 전해져 그림으로 드러나게 된다는 '전신사조(傳神寫照)'나, 형상을 통해 정신의 경지를 표현한다는 '이형사신(以形寫神)'은 그러한 점을 대변한다. 마음을 맑게 하여 형상을 음미하거나, 아름다운 도에 이를 수 있다는 종병의 '징회미상(澄懷味象)'과 '징회미도(澄懷味道)' 또한 상을 초월한 상외(象外)의 경지를 추구하는 동양회화의 정신적 전통을 잘 말해준다. 최병식, 『동양회화미학 ; 수묵미학의 형성과 전개』, 동문선, 1994, 47쪽 및 여기저기 참조.

31) 서복관, 『중국예술정신』, 동문선, 1990, 267쪽.

(그림 4-5) 이정(1578-1607), ≪산수화첩≫ 12면 중 1~2엽, 종이에 수묵, 19.1×23.5㎝, 국립중앙박물관 소장.
산천이 환기하는 정신성을 추구하는 것이 문인산수화의 향유 동기가 된다.

니지만 최소한 풍속화는 제작상으로나 감상상으로나 고도의 관념적인 정신적 구도의 자세를 요구하지는 않는다고 해야 할 것이다. 오히려 풍속화는 어떤 추상적인 이념이 아니라 구체적인 현상을 사실적으로 포착 제시함으로써 그것이 갖는 물질주의적 흥미라든가 자연스러운 감정의 표출을 통한 정서적 정화를 도모한다. 엄격한 정신성을 추구하는 데에서 오는 각종 선묘 법칙과 운묵 원리는 사상되고 대상의 여실한 묘사를 통한 자연스러움의 추구가 대신 자리를 잡는다.

풍속화는 또한 문인화의 정격 미학으로부터도 벗어나 있다. 문인산수화에서는 산천의 구도상의 위치라든지, 각종 준법(皴法)의 실행, 그리고 묵(墨)의 운용 체계 등이 하나의 규범적 철칙처럼 지켜지고 있다. 화폭의 위쪽에는 천의 위치를 남겨 두고 아래쪽에는 지의 위치를 남겨둔 다음, 그 중간에 경물을 설정한다는 '경영천지(經營天地)'32)나, 기운생동과 관련하여 기세를 좇아 위치를 정하는 방식33)은 산수화의 규범적인 구도법이라 할 수 있다. 산과 돌의 형상에 요철을 가하여 주름을 나타내는 필법으로서의 각종 준법(皴法)은 산수화의 요체가 되는 것이었고, 주름과 명암을 문질러서 표현하는 찰법(擦法), 수묵으로 번지게 한 후 농담의 필묵을 가하는 선법(渲法), 묵을 뿌려 필

---

32) 곽희(郭熙)가 <임천고치(林泉高致)>에서 말한 내용인데, 이는 사혁(謝赫)의 6법 중의 하나인 '경영위치(經營位置)'와 같은 맥락이라 할 수 있다. 장언원 외, 『중국화론선집』, 미술문화, 2002, 166쪽 참조.

33) 동기창(董其昌)은 <화지(畵旨)>에서 "먼 산을 한 번은 일어나고 한 번은 엎드리게 그리면 곧 기세가 있게 되고, 듬성듬성한 숲을 높낮이가 있게 그리면 곧 정이 있게 된다.(遠山一起一伏則有勢, 疏林或高或下則有情)"고 했는데 여기서 세는 곧 기(氣)이며, 정은 곧 운(韻)이다. 장언원 외, 앞의 책, 198쪽 참조.

을 쓰지 않고 번짐과 퍼짐의 상태를 자연발생적으로 조절하는 발묵법(潑墨法) 등34) 문인산수화의 운용은 모두가 정격 미학을 구현하고 있다.(그림 4-6) 그러나 풍속화는 화가의 깊은 의취를 담은 '사의(寫意)'적 필선이라기보다는 물상 그 자체에 대응하는 '실물'적 필선을 추구한다.35) 그러므로 거기에는 어떤 필연적인 원리나 전통적인 법칙은 존재하지 않고 자유자재한 즉물적 형상화만이 존재한다. 물상을 여실하게 표현할 수 있는 자연스러운 표출법 그것이 주로 문제가 된다. 이와 같이 풍속화는 전통적인 회화기법과는 상관없이 자연스러운 필선을 좇는 탈전통적인 지향을 보여준다.

(그림 4-6) 심사정(1707-1769), 《방심석전산수도》, 1758년, 종이에 담채, 129.4×61.2cm, 국립광주박물관 소장.
각종 준법과 찰법, 선법이 정격미학을 구현하는 데 동원된다.

---

34) 이동주, 『우리나라의 옛그림』, 학고재, 1995, 224-225쪽 참조.
35) 이동주, 앞의 책, 145쪽 참조.

정격 미학을 거부하는 풍속화의 이러한 면모는 일상적이고 생활적
인 소재를 그대로 사생하는 측면에서도 나타나고 있다.(그림 4-7) 실경
을 그대로 모방하고자 하는 진경산수화에서 이미 그 싹이 드러났지
만, 이념화된 산수를 관념 속에서 그려내고 그것을 임모하는 데서 벗
어나 실제 현상을 그대로 그리려는 사생정신은 정격 미학에서 어느
정도 벗어나지 않을 수 없도록 했을 것이다. 그것은 정격 미학으로는
담아 낼 수 없는 소재였고 특별한 감정 처리 방식이 필요한 대상이었
기 때문이다.(그림 4-8)

자연스러움을 추구하는 정신은 판소리 문학의 제반 형식적 자질에

(그림 4-7) (상) 김득신(1754-1822), 〈귀시도〉, 종이에 담채, 27.5×33.5cm, 개인 소장
일상주변적인 소재 그 자체에 대응하는 실물적 필선을 추구한다.

(그림 4-8) (하) 신윤복(1758-?), 〈선유도〉, 종이에 담채, 28.2×35.2cm, 간송미술관 소장
실제 현상을 그대로 그리려는 사생정신은 약간은 정격미학에서 벗어나게 한다.

도 그 흔적을 남기고 있다. 묘사적 사실성을 위해 의성어와 의태어 자질을 지닌 어휘들이나 회화적 상상력을 불러일으키는 시각소 자질의 어휘들이 대거 동원되고 있다든가, 자연스러운 장면 설정과 감정 표출을 위해 일상어법과 방언적 자질을 지닌 어휘들, 욕설과 같은 비속어들, 그리고 신체를 긍정하는 성담론들이 동원된다든가, 그리고 새로운 시각에서 볼 때 드러나게 되는 기존 관습들의 허구성을 들춰내어 거기에 풍자와 비판의 수사를 동원한다든가 하는 것들이 바로 그것이다. 이런 측면은 이전의 문학이 보여주는 전아한 언설과 규범적인 어법, 그리고 기존의 이데올로기를 선양하고자 하는 정격의 수사와는 상당한 거리를 노정한다.

판소리 문학에서의 인물들은 우리가 일상세계에서 흔히 만날 수 있는 인간군상들 그대로 형상화되고 있다. 조금의 가식적인 덧칠 없이 핍진하게 묘사되고 있다. 그들은 우리가 일상적으로 느끼는 희로애락의 감정을 그대로 자연스럽게 표출한다. 사건들도 중요한 사건들만 있는 게 아니라 자잘한 사건들도 뒤섞여서 전체적으로 플롯이 밀도 있게 짜여져 있다. 현실세계의 모습이 그렇듯이 인물들간의 갈등이 뒤엉키고 사건들이 오밀조밀하게 짜여져 있는 것이다.

이와 같이 판소리 음악과 풍속화, 그리고 판소리 문학에서 추구하는 자연스러움은 관념적인 위장과 가식의 꺼풀을 벗고 감정에 솔직해지고자 하는 당대의 사유체계상의 변화와, 규격화된 관습을 타파하고 새로운 형식을 추구하고자 하는 사회문화적 분위기에서 배태되었다고 볼 수 있다. 감정의 자연스러움을 인정하고 사실주의 정신을 고취하는 사회문화적 상황과 사유체계는 문학과 예술 장르 곳곳에 스며들어서 텍스트 내부의 상동구조를 형성하게 했던 것이다.

3) 전경화(前景化)

정악에서 음들은 후경화되는 경향이 있다. 음의 후경화란 독보적인 음이 있어 선율을 지배하고 주도하는 것이 아니라 다른 음들과의 조화를 꾀하면서 될 수 있으면 뒤로 물러서려는 경향을 말한다. 동양의 은둔과 겸양지덕의 예절을 음악에서도 추구하는 것이다. 보다 정확하게 말하면, 모든 선율이 뒤로 물러나는 것이 아니라 전체를 주도하는 선율이 없이 모든 음들이 앞서거니 뒤서거니 전체가 하나로 엉기면서 협동과 조화의 미를 추구하는 것이다. 예컨대 관현악으로 된 정악 같은 데서 피리가 전체를 주도하는 듯하지만 그것은 피리 소리가 고음이라 그런 것이지 결코 피리 홀로 목청을 드높이지 않는다. 끊임없이 다른 악기에 길을 내주고 뒤로 물러나는 것이다. 그래서 정악은 '화이부동'의 합주 내지는 협주 양식이라고 할 수 있다.[36]

고대의 음악서인 〈악기〉는 음악의 조화를 최고의 가치로 여기는 언설을 곳곳에서 드러낸다. 음악이 백성의 조화, 군신의 조화, 자연의 조화를 꾀함에 있어 그 자체가 조화롭지 못하다면 원래의 목적에 도달할 수 없다는 것은 자명한 일일 것이다.[37] 그래서 조화 혹은 화해는

---

36) 최종민,『한국전통음악의 미학사상』, 집문당, 2003, 236-261쪽 참조 ; 이성천, 위의 책, 13-44쪽 참조.
37) '樂以和其聲'(〈악기〉, '악본')이나 '樂和民聲'(〈악기〉, '악본')이나 '樂者爲同'(〈악기〉.

인륜의 가치일 뿐만 아니라 음악이 추구해야 하는 최고 지향점이 된다.

대악은 천지와 화해를 함께 하고 대례는 천지와 절제를 함께 한다. 악은 화해로와 백물이 본성을 잃지 않고 예는 절제하여 하늘과 땅에 보답의 제사를 드린다.[38]

이제 저 고악(古樂)은 무열(舞列)이 나아가고 물러섬에 한결같이 가지런하고 악음이 화해롭고 올바르며 느긋이 퍼져나가며 현(弦), 포(匏), 생(笙), 황(簧)이 함께 기다리다 부(拊), 고(鼓)가 울려서야 연주됩니다. 처음 주악(奏樂)할 때 고(鼓)를 쳐서 시작하고 춤이 끝나고 되돌아와 정돈할 때 요(鐃)를 울리며 마무리를 가다듬을 때 상(相)을 치고 무인이 빠르면 아(雅)를 쳐서 절제합니다.....이것이 고악의 발현입니다.[39]

이제 저 신악(新樂)은 무열(舞列)이 나아가고 물러섬에 들쭉날쭉하고 간성(姦聲)이 함부로 넘보며 흠뻑 빠져도 그치지 않습니다.[40]

음의 후경화를 지향하는 정악에서의 음은 자연스럽게 중성과 평성, 그리고 장중한 성음의 우조성을 지니는 경향을 보여준다. 급상급하의 굴곡이 진 성음 운용이나 최상성의 도드라진 소리는 정악의 지향에

'악론')

38) "大樂與天地同和 大禮與天地同節 和故百物不失 節故祀天祭地"(<악기>, '악론')

39) "今夫古樂 進旅退旅 和正以廣 弦匏笙簧 會守拊鼓 始奏以文 復亂以武 治亂以相 訊疾以雅......此古樂之發也"(<악기>, '위문후')

40) "今夫新樂 進俯退俯 姦聲以濫 溺以不止"(<악기>, '위문후')

맞지 않는다. 그리하여 정악에서의 음은 화평정대하고 '종용하고 한원하여 자연스럽고 평담하다'고 하는 것이다.

이와 같이 정악이 음의 후경화를 지향하는 데 반해 판소리는 마치 미술 양식의 부조처럼 음의 돋을새김을 지향한다. 판소리가 합주나 협주 형식을 거부하고—거부하지는 않는다 하더라도 다른 음들과 조화를 이루기가 쉽지 않다—독창을 고집하는 것이 그 점을 잘 말해준다. 물론 독창이라고 해서 그 음악이 모두 전경화된다고 할 수는 없다. 수많은 가곡이나 시조창, 그리고 민요 등이 독창이지만 그것들은 뒷반주가 있거나 잦은 가락이 가능하거나 합창이 가능한 속성을 지니고 있는 것이다. 판소리는 소리 그 자체의 개성적인 윤곽이 통째로 전해지면서 그 소리의 묘미가 살아나는 양식이기 때문에 선율과 관련된 다른 소리들이 개입할 여지를 허여하지 않는 경향이 있다. 그만큼 판소리는 선이 굵게 전체 소리를 다 드러내는 음악이라고 할 수 있다.

판소리에서 음이 전경화되는 양상은 음을 클로즈업시키는 판소리의 성음 운용 기법에도 나타난다. 판소리는 최상성의 음을 선호한다. 그것은 음질의 파열로 수많은 창자들을 좌절시킨 원인이 되기도 했지만 판소리 창자들은 묵직하면서도 성량이 최고로 높은 데까지 이르는 최상성의 음을 얻기 위해 부단한 노력을 한다. 그리고 판소리에서 고수와 청중의 추임새가 활발하게 작동할 수 있게 되는 배경도 판소리의 이러한 음의 전경화 때문이라고 할 수 있다. 추임새는 소리판에 모인 사람들을 소리 속에 흡인하게 하는 현장친화적 기능을 수행하지만 그것을 근본적으로 가능하게 하는 인자는 음의 전경화에 있는 것으로 보인다. 음의 후경화를 지향하는 경우 추임새를 아예 넣을 수 없거나 있더라도 아주 약하게 집어 넣을 수밖에 없다. 그것은 다른 선율들과의 조화를 추임새가 깨는 역할을 하기 때문이다. 하지만 음이 전경화될 때는 추임새도 같이 어울릴 수 있기 때문에 선율간의 간섭 현상이 일어나지 않는다.

음악에서의 후경화나 전경화 현상은 회화에서 나타나는 현상과도 상동관계를 이룬다. 문인산수화가 후경화를 지향하는 데 반해 풍속화는 전경화된 화면을 선호한다고 할 수 있다. 문인산수화는 전경에 놓인 것은 아무 것도 없이 모든 정경이 후경에 배치된다. 화면 전체가 배경으로만 구성되어 있고, 그것도 원경(遠景)으로 처리되어 있다. 원경은 곽희(郭熙)의 삼원법(三遠法)[41]에서와 같이 산수화를 그리는 데 있어 하나의 전범이 된다.

진산수의 바람과 비는 멀리서 바라보아야 터득되며, 가까이서 익숙해지면 휘몰아치고 일어나고 그치는 형세를 알 수 없다. 진산수의 흐리고 맑은 것은 멀리서 보아야 다 알 수 있다.[42]

여러 형태로 변화되는 자연의 본질을 원천적으로 꿰뚫어볼 수 있는

---

41) 곽희(郭熙)의 삼원법(三遠法)은 산 아래에서 산마루를 쳐다보는 고원(高遠), 산 앞에서 산 뒤를 넘겨다 보는 심원(深遠), 가까운 산에서 먼 산을 바라보는 평원(平遠)으로 구성된다. 심원이 없으면 얕게 보이고, 평원이 없으면 가깝게 보이며, 고원이 없으면 낮게 보인다고 곽희는 말한다. 장언원 외, 위의 책, 157쪽 참조.

42) "眞山水之風雨 遠望可得 而近者玩習 不能究錯縱起止之勢 眞山水之陰晴 遠望可盡", 서복관, 위의 책, 387쪽에서 재인용.

(그림 4-9) 이경윤(1545-1611), 山水, 91.1×59.5㎝, 국립중앙박물관 소장.
원망(遠望)의 시선 속에는 세속을 초월하여 도(道)를 구하려는 욕망이 내재되어 있다.

(그림 4-10) 傳 안견, 〈사시팔경도〉 중 〈만추(晩秋)〉, 15세기 후반, 비단에 수묵담채, 각 35.2×28.5㎝, 국립중앙박물관 소장. 산수화의 여백은 후경화를 추구함으로써 자신조차 말소된 상태에 이른 것이다.

것은 원망(遠望)에서만 가능하다. 원망은 비단 거리상의 투시학적인 입장에서뿐만 아니라 그 내면적인 본질을 이해하는 뜻도 내포하고 있다. 그래서 원(遠)의 개념은 멀리 장자와 위진 현학에까지 연결된다. 원은 현학의 정신경계로서 "세속의 범근(凡近)에 구애받지 않고 허광방달(虛曠放達)한 곳에서 노니는 마음"[43]을 의미한다. 그래서 체원(體遠)은 도가에서 말하는 체도(體道)와 같다. 세속을 초월하고 속세를 끊기 위해서 사람들은 알지 못하는 사이에 산수로 전향하는데, 이렇게 하여 산수화가 출현하게 되었다는 것이다.[44] (그림 4-9)

산수화에서 여백도 후경화의 일환으로 기능한다. 여백이라는 공간개념은 "그리지 않고도 그림을 그린 유위적(有爲的) 화면보다 더욱 더 초월적인 상징과 상상의 공간을 표출할 수 있다"[45]는 것으로서, 또는 "유(有)를 산출하는 가능성"이나 "무(無)를 기초로 해서 유(有)를 본다"[46]는 것으로서 도가의 '허(虛)', '무(無)', '정(靜)'이라는 사상적 개념들이 그 바탕이

---

43) 서복관, 위의 책, 389쪽.
44) 서복관, 위의 책, 390쪽.
45) 최병식, 『동양미술사학』, 예서원, 1993, 350쪽.
46) 김바라세이고, 『동양의 마음과 그림』, 새문사, 1978, 45쪽.

되고 있다. 그러므로 여백은 후경화를 끝까지 추구함으로써 자신조차 말소된 상태의 존재라고 할 수 있다. 그러면서도 온갖 형상을 낳는 모태로서 기능하기도 하고 정조를 심원하게 고조시키는 배경음으로서 기능하기도 한다.(그림 4-10)

이에 반해 풍속화에서는 배경이 없고 선택된 대상만이 클로즈업 상태로 전경화되어 나타난다. 풍속화에 배경이 있다 하더라도 그것은 전경화된 대상을 두드러지게 하는 데 상징적으로 기여할 뿐, 전경화된 대상의 본격적인 배경으로서의 기능이나 권위를 갖지는 못한다. 풍속화의 전경화된 대상은 워낙 강력하게 대두되기 때문에 배경은 거기에 녹아들어 주변적이고 부수적인 존재로서의 가치를 지닐 뿐이다. 배경이 없는 대부분의 풍속화들은 클로즈업 상태로 부각된다. 화면의 거의 전부를 전경화된 대상이 차지하고 나머지 부분은 그냥 텅빈 상태로 방기된다.(그림 4-11) 그것은 산수화의 여백처럼 기능적 국면을 갖지 못하고 윤곽을 위해서만 봉사하고 구도 밖으로 밀려나는 존재가 된다. 그래서 풍속화는 대개 중앙에 초점이 모아지는 동심원적 구도가 된다. 그러한 점에서 풍속화는 선택과 배제의 원리가 강력하게 작용하는 장르라고 볼 수 있다. 선택된 부분은 클로즈업되어 화면 전체를 지배하고 배제된 부분은 완전하게 지워지는 작법이 채택되기 때문이다. 풍속화에서 윤곽선은 선택과 배제를 가름하는 경계선인 것이다. 윤곽선을 기점으로 그 안은 전경화의 부분으로 절대적인 권위를 부여받고, 밖은 배경으로도 채택되지 않은 채 관심의 영역으로부터 멀리 사라져버리는 것이다. 풍속화에서 윤곽선은 이처럼 선 안의 존재를

(그림 4-11) (좌)김홍도(1745~1816), 〈점심〉
풍속화의 화면은 전경화된 대상이 화면의 대부분을 차지
하고 배경은 그냥 텅빈 상태로 방기된다.

(그림 4-12) (우)조영석(1686~1761), 〈바느질〉, 18세기 초, 종
이에 수묵담채, 22.5×27cm
풍속화에서 윤곽선의 밖은 배경으로도 채택되지 않고
완전히 배제된다.

마치 부조처럼 부각시키면서 생명력을 부여하는 역할을 한다.(그림 4-12)

　　판소리 음악과 풍속화에서의 전경화 양상은 판소리 문학의 여러 측
면에서도 살펴볼 수 있다. 먼저 판소리 사설의 삽화식 구성이 전경화
와 맥락을 같이한다. 판소리 사설의 각 장면들은 그 장면에서 보여줄
수 있는 모든 것을 보여주려는 경향이 있는데, 이는 장면들이 확장되
는 측면에서 볼 때는 '장면의 극대화' 현상이고, 그로 말미암아 일어
나는 장면들간의 상호관계의 측면에서 볼 때는 '부분의 독자성' 현상
이라고 할 수 있다. 판소리 사설은 이와 같이 몇 개의 두드러진 장면
들이 약간은 느슨하게 연결된 형태인데, 각 장면들이 자신의 존재를

마음껏 부각시키고 있다는 점에서, 그리고 전면에 부상한 강렬한 행위의 선들이 그 나머지 배경들을 흐릿하게 만든다는 점에서 전경화 현상을 잘 보여준다고 할 수 있다. 전경화된 삽화시 구성은 자연스럽게 인물의 형상도 전경화하는 측면이 있다. 마치 풍속화에서 인물의 모습을 최대한 클로즈업으로 끌어당겨 세부를 묘사하듯이 사설 또한 인물의 모든 표정과 행위, 그리고 미세한 정조까지 빠트리지 않고 점묘한다. 판소리 문학의 인물들이 그 계층이나 집단 속에서 전형성을 획득하는 경향이 있는 것은 인물의 이데올로기적인 성향이나 현실인식의 성격이 그런 측면도 있겠지만 바로 인물의 전 형상이 전경화되고 있기 때문이기도 하다. 판소리 문학 속의 인물들이 생생한 표상력으로 우리들의 기억 속에 각인될 수 있었던 것은 그들의 이념적인 성향이나 현실인식의 내용에 따른 측면도 있겠지만 인물과 사건의 전경화 방식이 우리의 지각력을 강화하게 됨으로써 그것이 우리의 기억속에 더 많이 침전된 때문이기도 하다.

판소리 사설에 사적 시점의 언술이 많은 것도 전경화의 한 양상이라고 볼 수 있다. 사적 시점은 연행 도중에 본 이야기로부터 이탈하여 본 이야기를 조감하면서 논평한다거나 현장 상황에 맞는 우스개소리나 여담을 하는 것인데, 이는 전경화가 과도하게 일어나 예술의 틀마저 깨고 현실세계로 돌출되어 나온 것이기 때문이다.

판소리 음악과 풍속화, 그리고 판소리 문학 등 여러 방면에서 전경화 현상이 벌어지는 근본적인 이유를 우리는 당대의 사회문화적 분위기와 사유체계의 변화에서 찾아볼 수 있다. 당대는 중앙에서 통제하는 시스템이 상당 부분 붕괴되거나 그 권위를 잃어가는 상황이었다. 그런 상황 속에서 여러 이해관계를 갖는 계층과 집단들이 서로 자신의 목소리를 드높이는 정치 역학적인 상황이 되었던 것이다. 그것은 자신의 삶에 대한 애정과 자신감의 표현이기도 했다. 그동안 억눌려서 펴지 못했던 허리를 한번 펴본 것이라고 할 수 있다. 그래서 거기에는 관습적으로 굳어져 왔던 관행을 전복하고 해체시키려는 욕망이 개재해 있으며, 그동안 사회가 강조하여 왔던 은둔과 겸양의 미덕에 대해 반란을 꾀하려는 욕망도 함축되어 있다고 보인다. 자신들이 지금까지 놓여져 있던 후경의 자리에서 탈피하여 역사의 전경에 나서고자 하는 과정에서 수많은 실험과 전복, 그리고 해체를 통해 새로운 형식들이 출현할 수 있었던 것이다.

3. 맺음말

이 글은 판소리 음악과 풍속화가 이질적인 장르임에도 불구하고 상동적인 표현어법을 갖고 있음을 증명하기 위하여 역동화와 자연화, 그리고 전경화라는 세 가지 항목을 통해 양자간의 표현어법상의 동질성을 탐색해본 것이다. 그 과정에서 판소리 사설의 형식적 내용적 측면과, 당대의 사회문화적 상황이나 사유체계 등을 동원함으로써 상관관계를 좀더 긴밀하게 하고자 했다. 이로써 당대의 사회문화적 상황이나 사유체계가 문학을 비롯한 음악과 회화 장르에 골고루 침투해서 형식상의 상동구조를 실현해낸 모습을 그려보았다.

문예 양식들 사이의 관계를 살피기 위해서는 소재나 제재, 그리고 주제적 내용 차원을 넘어 형식적 내지 형태론적 차원의 상동구조를 따져보아야 한다. 물론 형식적이고 형태론적 논의가 피상적인 수준으로 빠지지 않도록 하기 위해서는 그 정신적 바탕 자질을 제공해준 동양의 미학적인 사유체계를 관련시켜야 한다. 그래서 고대의 음악론과 회화론과도 접맥을 꾀해 보았다. 문학적 논의를 확장하기 위해서는 문학을 포함한 예술 장르 전반이 탯줄을 대고 있는 정신적이고 미학적인 기반에 대한 이해가 뒷받침되어야 하기 때문이다.

각 문예 장르들의 형식적 상동구조를 배태한 배경으로 여기서 지적한 사회문화적 상황이나 사유체계는 특정 시기를 못박을 수 없는 탄력성을 지닌다는 점을 지적하지 않을 수 없다. 그러한 상황이나 분위기, 그리고 정신적 패러다임은 상당히 오랜 기간에 걸쳐 형성되었고, 형성된 이후에도 상당 기간 진폭을 거듭하면서 지속되었다고 보아야 하기 때문이다. 그래서 여기서의 시대적 배경은 어떤 특정한 역사적 시기를 가리키기보다는 각 문예 양식이 흘러온 역사와 같이 동행한 역사적 요소들이라고 보아야 할 것이다.

이 글에서 논한 문예 양식들간의 상동구조가 동질적 요소의 전부라고는 할 수 없을 것이다. 사유적 바탕의 세부 갈래에 대한 더욱 정심한 천착이 이루어지고, 문예 형식의 세부적 자질과 층위가 정교하게 논의될 수 있다면 좀더 구체적인 상동구조가 추출될 수 있으리라고 본다. 이 글은 문학적 논의를 주변 예술 전반과 연결 결부시켜 그 폭과 깊이를 확대 심화시키기 위한 방향이 무엇인가에 대한 고민의 표현으로 시도되었다. 그런 점에서 앞으로 보완될 부분이 많으리라고 본다. 문학적 논의가 꼭 논의의 중심을 문학만에 둘 필요는 없다는 점이 이 글을 진행하는 가운데 이면적으로 주장하는 또 하나의 초점이었다. 필요하다면 시각의 무게 중심이 문학 바깥으로 자유롭게 옮겨다닐 수 있도록 통로를 개방해야 한다고 본다. 그것이 동양미학의 구도 하에서 동아시아 문예양식들을 폭넓게 볼 수 있는 계기를 마련해 줄 수 있다고 믿는다.

제5편

18세기 고전시가 · 판소리 · 풍속화의 상동성

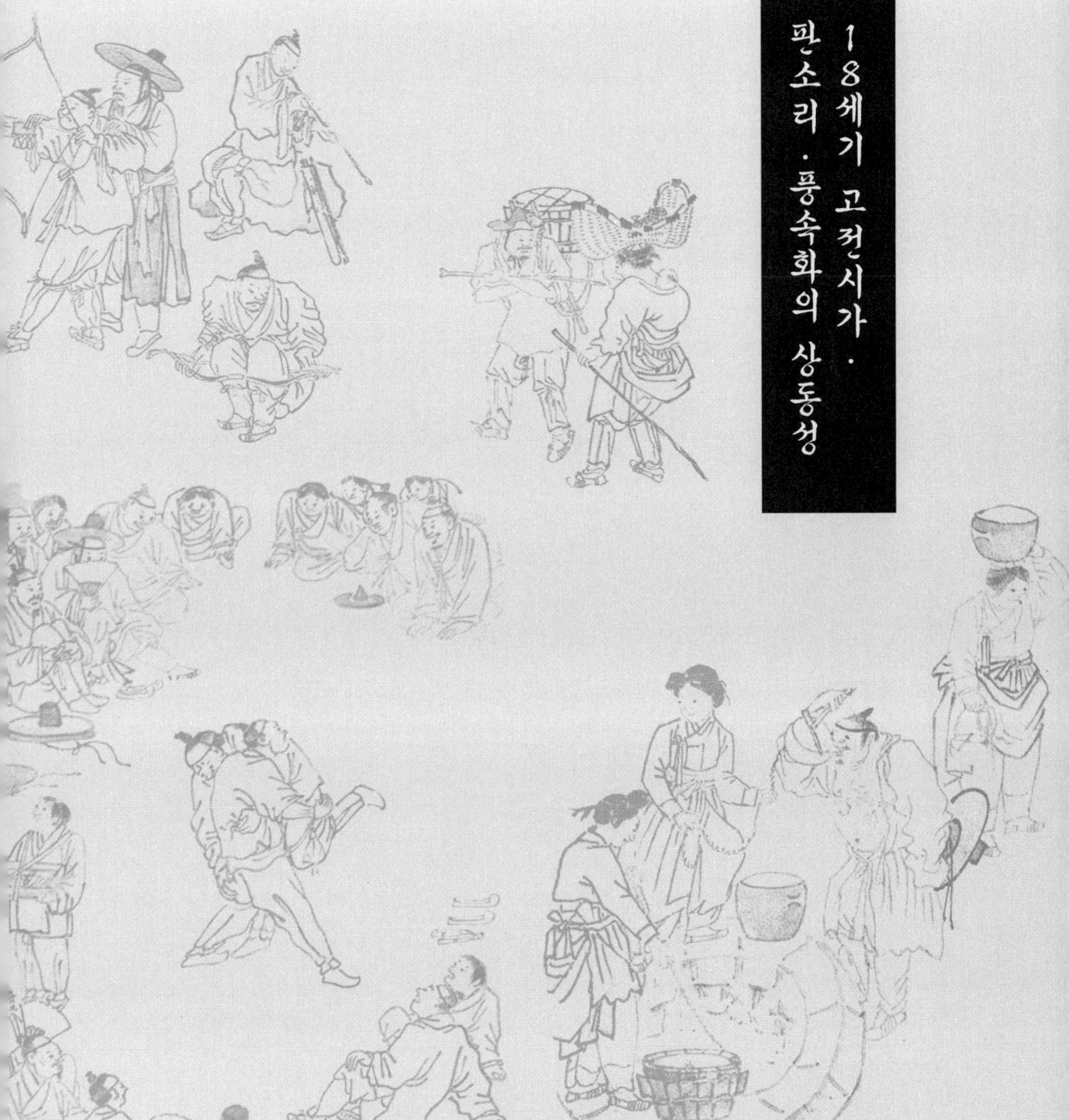

18세기 고전시가·판소리·풍속화의 상동성

1. 머리말

이 글은 18세기의 우리 문학과 예술 장르들 사이에 보이는 표현적인 유사성과 그 배경에 대해 살펴보려고·한다. 18세기는 우리 예술사의 전개에서 전대와는 다른 새로운 의미있는 양상을 보여준 시기로서 그 새로운 양상의 핵심에는 '여항(閭巷)'이 놓여 있다고 할 수 있다.[1] 사대부 중심의 문학 예술에서 여항의 문학 예술로 그 성격이 바뀌었다는 것은 단순히 당대 문학 예술의 주된 향유층이 상층민에서 중간 계층으로 변했다는 것만을 의미하는 게 아니다. 거기에는 장르적 성격 변화뿐만 아니라 장르 자체의 부침까지 함축되어 있으며, 그 기저에는 당대의 정신적이고 인식론적인 성향의 변화가 도사리고 있다고 보이는 것이다.

여항인[2]이 예술 활동의 중심이 되거나 아니면 핵심 후원자가 된 18

---

1) 임형택, 「18~19세기 예술사의 성격」, 『한국학연구』 7, 고려대 한국학연구소, 1995, 5-24쪽.

2) 여기서 '여항인'이란 경아전과 기술직 중인들과 같이 조선후기에 와서 경제적·문화적 성장을 통해 사회세력으로 형성된 서울의 중간계급을 지칭한다. 강명관,『조선후기 여항문학 연구』, 창비, 1997, 21-61쪽 참조.

세기 예술 장르로서 당대에 부상한 것은 판소리와 풍속화가 대표적이다. 판소리는 중인층이 애호감상의 차원을 넘어 광대들을 육성하고 지도하는 등 판소리의 내용적 형상과 공연 활동에 직접적인 영향력을 행사했고, 풍속화는 그림을 그린 화공 자체가 대부분 중인계급 출신으로서 그들이 바로 풍속화의 성행의 중심에 서 있던 예술 장르이다.3) 그리고 이들 장르들은 이전 시대부터 싹이 트고 존재해왔지만 18세기와 더불어 찬연하게 개화했다고 할 수 있다. 17세기 중엽 무렵에 이미 판소리 광대와 같은 존재가 확인되는 것으로 보아4) 판소리는 17세기부터 그 형태를 잡아가고 있었던 것으로 추정되지만 형태적인 모양새를 갖추고 시정의 유흥놀이에 중심 종목으로 부상하게 된 것은 18세기에 들어와서의 일로 보인다. 풍속화 또한 전대의 기록화적 전통에서 그 전조를 찾을 수 있지만 본격적인 등장은 윤두서(1668~1715)와 조영석(1686~1761)과 같은 사인화가를 필두로 해서 김두량 · 강희언 · 김홍도 · 김득신 · 신윤복 등 도화서 화원들을 중심으로 이루어졌으므로 18세기 초중엽부터 유행의 물결을 탔다고 볼 수 있다.5)

판소리와 풍속화는 동시대의 사회문화적 분위기를 호흡하고 있고 새롭게 부상한 중인층의 사유체계를 반영하고 있음인지 예술 작품의

---

3) 이 점은 김현주, 『판소리와 풍속화 그 닮은 예술 세계』(효형출판, 2000)에서 자세하게 논의되었다.

4) 김종철, 『판소리사 연구』(역사비평사, 1996, 28-30쪽)에서 과거 급제자의 문희연에서 호남의 명창이 판소리를 한 것으로 추정하고 있다.

5) 이동주, 『우리나라의 옛그림』, 학고재, 1995, 262-311쪽 참조.

형식과 내용의 상당 부분에 걸쳐 흡사한 면모를 보여준다. 당대에 융기한 실학의 바탕정신이 여기저기 녹아 있고, 유교적 관념주의를 반성한 토대 위에서 실용주의가 예술 형상화의 한 계기가 되고 있으며, 중인층의 양면적인 속성이 작용함으로써 사대부 문화에 대한 동경과 비판이 동시에 혼융되어 있는 등 두 예술의 바탕정신과 표현방식이 여러 측면에서 공통점을 드러내고 있는 것이다. 이는 달리 말해 장르 담당층의 세계관적 동질성에 의해 형식구조가 흡사해진 결과라고 할 수 있다.6)

이런 점에서 우리는 고전시가에 대해서도 비슷한 얘기를 할 수 있지 않을까 한다. 특히 사설시조와 서민가사는 그 융성기가 18세기로서 판소리와 풍속화의 전성시대와 겹치고 있고, 향유계층 또한 중인층을 중심으로 한 가단이라 할 수 있으며,7) 작품에 나타난 의식이나 세계관도 판소리나 풍속화의 그것과 동질의 것들이 많음을 확인할 수 있기 때문이다.

사설시조는 시대별로 작품수를 따져 분석한 결과 그 전성기가 18세기임이 밝혀진 것으로 보인다.8) 비록 고려 말기(14세기)에 이미 사설시조의 형식을 보여주는 것이 나타난다고 할지라도 18세기 이전의 사

---

6) 김학성, 『국문학의 탐구』, 성대출판부, 1987, 91쪽 참조.

7) 사설시조의 향유층에 대해서는 강명관, 「사설시조의 창작 향유층에 대하여」(『조선시대 문학예술의 생성공간』, 소명출판, 1999)와 고미숙, 「사설시조의 역사적 성격과 그 계급적 기반 분석」(『18세기에서 20세기초 한국시가사의 구도』, 소명출판, 1998) 참조.

8) 최동원의 조사 결과, 총 525수의 사설시조 중 18세기의 작품이 60%에 가까운 305수가 될 만큼 다른 시기와는 현격한 차이를 보여준다. 최동원, 『고시조론』, 삼영사, 1980, 87-93쪽 참조.

설시조는 그 수가 극히 제한되어 있고 변화의 조짐을 미미하게 보여주는 바 18세기 이전은 사설시조의 맹아기·형성기라고 할 수 있을 것이다.[9] 18세기 들어 사설시조는 그 수가 급격하게 팽창하면서 유행의 물결을 타고 전성기를 누리게 된다. 물론 숫자가 중요한 것이 아니다. 사설시조가 드러내는 세계관적 시각 또는 시적 시선의 내용이 그 이전과 차이가 있다는 것이 훨씬 더 중요하다.[10] 가사 또한 이념과 현실 사이의 괴리를 드러내면서 서민적 시각에서 창작된 작품들이 18세기에 들어 대세를 이루게 된다.[11] 서민들의 체험과 인식, 그리고 감성이 생생하게 포착된 이른바 서민가사들이 18세기에 가장 많이 산출된 것이다.

이 글은 판소리와 풍속화의 상동적 예술 세계에 대한 이해를 바탕으로 하여 거기에 서민적 미의식을 드러내는 사설시조 및 서민가사를 연관시켜보고자 한다. 그럼으로써 18세기 당대의 문학과 예술 장르들이 제각기 길을 간 것이 아니라 한 무더기의 예술과 문학이 동질의 시대인식을 공유하고 서로 어울리면서 도도하게 흘러갔던 당대의 예술사의 흐름을 보다 넓은 시각에서 조망할 수 있게 되기를 기대한다. 그

---

9) 김학성, 「사설시조의 장르 형성 재론」, 『국문학의 탐구』, 성대출판부, 1987, 108-111쪽 참조.

10) 김흥규, 「사설시조의 시적 시선 유형과 그 변모」, 『한국학보』, 1992 가을호. 여기에서 17세기말에서 18세기초에 이르는 시기를 대표하는 <진본 청구영언>과, 19세기 중·후엽을 대표하는 <남훈태평가>와 <가곡원류> 사이의 구체적인 변모양상이 지적되고 있다.

11) 고미숙, 『고전시가사의 흐름과 감상』, (임형택·고미숙편, 『한국고전시가선』, 창비, 1997), 303쪽 참조.

것은 달리 말해 당대의 사회문화적 토대가 얼마만큼 예술 작품의 구조에 결정권을 행사하고 내용적 형상화의 기반을 제공하였는지를 살펴보는 일이다.

이 글에서는 18세기의 판소리와 풍속화, 그리고 고전시가에 나타나는 상동적 표현 특질을 네 가지 정도로 압축하여 살펴보고자 한다. 고전시가에 강조점을 두기 위하여 판소리와 풍속화의 상동적 표현 특질을 먼저 드러낸 다음, 그것이 고전시가에는 어떻게 나타나는지 살피는 순서로 진행한다. 그리고 그 상동적 표현의 밑바탕에 놓여 있는 사회문화적 배경이나 정신적·인식론적 배경에 대해서는 뒤에서 한꺼번에 종합적으로 살펴보고자 한다.

2. 18세기 고전시가·판소리·풍속화의 상동적 표현 특질

1) 목소리의 다성성(多聲性)

문학이나 예술 작품에서 진술 주체가 진술 대상에 대해 취하는 태도, 거리, 각도 또는 시선 등을 아우러 흔히 시점 또는 목소리라고 한다. 시점이나 목소리라고 해서 시각적·음성적인 진술 측면만을 의미하는 게 아니라 그것은 심리적이고 인식론적인 진술의 측면까지 망라하는 게 보통이다. 그래서 진술 주체의 사유의 결이라든가 색깔 등도 시점 또는 목소리라고 한다.

판소리에서의 시점은 다성적이라는 특징이 있다. 서술자의 목소리 속에 인물의 목소리가 침투하기도 하고, 한 인물의 목소리 속에 다른 인물의 목소리가 침투하기도 하며, 같은 인물의 앞에 나온 목소리와 뒤에 나온 목소리가 서로 다르기도 하다. 그리고 어조의 미묘한 결까지 모두 감안한다면 판소리는 온갖 이질적인 목소리들의 집합으로 되어 있다.

①백백홍홍난만중(白白紅紅爛漫中)에 어떠한 일미인 나오는데 해도 같고, 별도 같다. ②저와 같은 계집종과 함께 추천을 하려 하고 난초같이 푸른 머리 두 귀 눌러 고이 땋고 금채를 정제하고 나군(羅裙)에 두른 허리 아리땁고 고운 태도 아장거리고 흐늘거려 가만가만 나오더니, ③장림 숲 속에 들어가서 장장채승(長長綵繩) 그네줄을 휘늘어진 벽도 가지에 휘휘칭칭 감아매고, 섬섬옥수를 번뜻 들어서 양 그네줄을 갈라잡고 선뜻 올라 밀어갈 제, ④한 번 굴러 앞이 높고 두 번 굴러 뒤가 높아 앞뒤 점점 높아갈 제, 머리 위의 푸른 잎은 몸을 따라서 흔들흔들, 난만도화(爛漫桃花) 높은 가지 소소리쳐 툭툭 차니 송이송이 맺힌 꽃이 추풍낙엽 격으로 뚝뚝 떨어져 내리치니 풍무취엽녹엽(風舞翠葉綠葉)이라. ⑤낙포선녀(洛浦仙女) 구름타고 옥경으로 향하는 듯, 무산선녀(巫山仙女) 학을 타고 요지연(瑤池淵)으로 내리는 듯, 그 얼굴 그 태도는 세상 인물이 아니로다.

춘향의 등장을 알려주는 이 대목은 전체적으로 볼 때, 전지적이고 객관적인 서술자의 진술로 포장되어 있는 듯이 보인다. 전지적이고 객관적인 서술자가 나서서 춘향이 등장하여 그네를 뛰는 모습을 처음부터 끝까지 충실하게 보고하고 있는 듯이 보이기 때문이다. 그러나 세부적으로 살펴보면 모두가 전지적이고 객관적인 서술자의 진술은 아니라는 사실이 드러난다.

①번 구절에서 '어떠한 일미인'은 누구의 지각인가? 판소리 문학 전반에 걸쳐 나타나는 전지적·객관적 서술자 시점이라면 모든 것을 꿰뚫어 알고 있기 때문에 그 미인을 곧바로 '춘향'이라고 말했을 것이지만, 잘 모르는 태도를 취하는 것으로 보아 이는 멀리서 춘향의 등장을 바라다보는 이도령의 시점이거나, 주관적인 목격자 시점과 유사한 것임을 알 수 있다. '해도 같고 별도 같다'고 느끼는 존재도 그와 마찬가지이다.

②번 구절에서 '향단'이라고 밝히지 않고 '저와 같은 계집종'이라고 표현한 것도 이도령이나 목격자적 시점임을 말해주며, 주관적인 평가·판단의 어휘들, 즉 '고이'나 '아리땁고 고운' 같은 것들도 이도령의 것이거나 주관적이고 감정적인 인물의 것으로 추정된다. ③번 구절에 보이는 '섬섬옥수'도 마찬가지다. ④번 구절은 그네가 앞뒤로 점점 높아지면서 느끼는 춘향의 시점이라고 볼 수도 있고, 그것을 멀리서 바라보며 느끼는 이도령의 시점이라고 볼 수도 있다. ⑤번 구절에서의 '그 얼굴 그 태도는 세상 인물이 아니로다' 또한 이도령의 시점이거나 서술상황 속에 감정을 지니고 깊숙히 개입한 주관적인 서술자의 목소리로 보인다.

이와 같이 전체적으로는 객관적·전지적 서술자의 진술인 듯한 상기 대목에 여기저기 등장인물의 시점이나 다른 성격의 서술자의 시점들이 침투되어 있다. 그리고 상기 대목과 같은 시점의 혼합이 국지적인 것이 아니라 판소리 사설 전반에서 볼 수 있는 현상이라는 점은 주지의 사실이다.[12] 목소리의 다성성은 판소리에서 들려오는 온갖 목소리들의 불협화음에서도 잘 규지할 수 있다.[13] 개성적인 목소리들의 부딪힘과 갈등 그 자체가 판소리의 중요한 의미 생성체라는 점은 이미 잘 지적된 바 있다.[14]

판소리에서의 시점 혼성과 비슷한 현상이 풍속화에도 나타나고 있다. 풍속화의 시점도 단일하지 않고 복합적이다. 거기에는 흔히 액자 내부 시점과 액자 외부 시점이 혼합되어 나타난다. 예를 들어 '박연폭포'를 그린 겸재 정선의 그림을 보면 실제 폭포의 높이보다 그림의 폭포가 훨씬 높다랗게 그려져 있다.(그림 5-1) 그것은 액자 내부에 있는 사람들의 시점도 반영한 결과로 보인다. 즉, 그림에는 폭포 밑 정자 근처에서 폭포수를 올려다보는 일군의 구경꾼들이 있는데, 폭포의 높이를 실제의 높이보다 훨씬 높다랗게 그린 것은 폭포 아래서 위를 치켜올려다보는 그들의 관점까지도 반영했기 때문인 것이다.

그림 속의 산수 풍경은 액자 바깥에서 볼 수 있는 풍경을 주로 반영하지만, 액자 내부의 관찰자가 느낀 산수 체험도 일정 부분 반영한다.

---

12) 김병국, 「고대소설 서사체와 서술시점」 (이상택·성현경편, 『한국고전소설연구』, 새문사, 1983)에서 자세하게 개진되었다.

13) 예컨대 춘향이 의식상 어떤 때는 기생이기도 하고 어떤 때는 기생이 아니기도 하며, 흥부와 놀부의 신분이 어떤 때는 양반인 것 같기도 하고 어떤 때는 천민인 것 같기도 하며, 심봉사는 어떤 때는 지체있고 위엄있는 양반인 것 같지만 어떤 때는 천하의 난봉꾼처럼 그려지는 것도 일종의 다성성으로 볼 수 있다.

14) 조동일, 「갈등에서 본 춘향전의 주제」, 『계명논총』 6, 1970.

(그림 5-1) 정선(1676-1759), 박연폭, 비단에 수묵, 119.5×52.2cm, 이우복 소장. 실제 박연폭포의 높이보다 곱절로 그려진 것은 폭포 아래의 구경꾼의 시점도 함께 반영했기 때문이다.

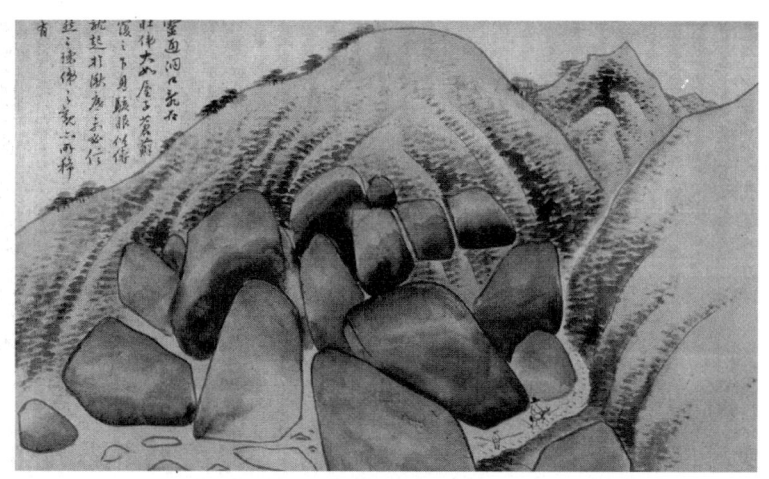

(그림 5-2) 강세황(1713-1791), 영통동구, 종이에 담채, 32.9×38.5cm, 국립중앙박물관 소장.
자연과 합일되지 못한 듯한 추상화된 바위 모양은 액자 내부의 초점 화자의 경험적 시선을
주로 따른 결과이다.

그림은 액자 외부 시점을 지배적인 틀로 하되, 거기에 구경꾼 하나하
나가 그 나름의 시각으로 대상을 보고 느낀 액자 내부 시점들을 사이
사이에 배치함으로써 이루어진다. 화가는 액자 내부 시점의 힘을 빌
려 대상에 대한 자기 나름대로의 해석과 논평을 자유롭게 할 수 있는
것이다. 표암 강세황의 '영통동구(靈通洞口)'에는 일군의 추상화된 바
위들이 있다.(그림 5-2) 그것들은 실제 있는 그대로의 바위 모양이 아니
다. 그것들은 그림 속에서 나귀를 타고 바위 사이를 지나 길을 가는
나그네가 바위들을 보고 느낀 체험이 반영된 바위 모양이다. 이와 같
이 화가는 액자 내부 시점을 통해 대상을 재해석하는데, 이러한 재해
석이 그의 세계관이고 현실인식이며 예술적 관점이 되는 것이다.
　시점의 혼합 현상은 민화의 경우 더욱 두드러지게 나타난다. 호랑
이 그림에서 호랑이 얼굴을 정면에서 바라볼 때의 모습과 측면에서

(그림 5-3) 까치호랑이
여러 시각에서 보고 있기 때문에 호랑이의
다리·발톱·꼬리 등이 거의 전부를 드러내
고 있다.

바라볼 때의 모습을 한꺼번에 합성시켜 제시한다
든가, 호랑이의 눈동자를 위, 아래 또는 옆으로 분
산시켜 마치 사팔뜨기처럼 그려놓는다든가, 정면
에서 볼 때에는 보일 수 없는 저쪽 어깨나 다리 같
은 곳을 다 보이게 그린다든가 하는 것을 보면 액
자 내부의 여러 곳에 대상을 보는 눈들이 존재하
고 있는 것 같다. 이들 시점들은 매우 개성적이고
자기만의 시각을 드러내는 데 거리낌이 없어서 액
자 외부 시점만으로 전체적인 통일과 조정을 기하
는 것이 불가능하다는 것을 보여준다.(그림 5-3) 오
히려 액자 외부 시점은 여러 시점들의 충돌을 그
저 자유롭게 방기하는 듯한 태도를 취한다. 그리
하여 대상의 통일된 정렬이나 조화를 구하는 사람
들의 눈에는 아주 거슬릴 수밖에 없는 부조화의 모습을 연출한다. 그
러나 그 속에 함축되어 있는, 개성을 긍정하는 자유로운 정신과, 규범
과 법도의 틀에서 벗어나고자 하는 에너지의 꿈틀거림 같은 것을 느
낄 수 있다.

책거리 그림이나 화병도(花甁圖) 등에서도 시점의 혼합을 흔히 볼
수 있다. 책거리 그림에서 책·탁자·화병·꽃·필통·과일·도자
기·안경·종이·벼루 등 그림 속의 물상들이 위쪽 시점에서도 그려
지고, 옆쪽 시점에서도 그려지고, 뒷쪽 시점에서도 그려지는 등 착종
이 심한 것은 다중 시점 때문이다.(그림 5-4) 책거리 그림 속의 각 물상

들은 원래 자신이 지니고 있던 고유성을 지닌 채 화면에 참여하는 경향을 보여준다. 사실주의적 원근법이나 통일 시점에 따르면 화면에 등장하는 물상들은 그 화면만의 구성원리에 의하여 다른 물상들과의 관계를 구축해야 하는 법이다. 따라서 각 물상의 크기와 명암, 그리고 색조 등은 모두 그 화면 속의 다른 물상들과의 관계 속에서 결정되고 위치지워지는 것이다. 그러나 책거리 그림에서는 각각의 물상들이 자신의 고유성을 지닌 채 화면에 참여함으로써 물상들 상호간에 부조화 내지 불균형을 빚어낸다. 판소리가 독자성의 원리로 구성되듯이 책거리 그림 또한 독자성의 원리에 의해 구성되고 있는 것이다.

18세기에 널리 불리어지던 사설시조도 그 언술 구조가 다성적으로 변했음을 우리는 알 수 있다. 고전시가들은 서정적 자아가 처음부터 끝까지 커다란 단절이나 굴곡없이 단성적인 목소리를 내는 것이 보통이다. 이전 시대의 고전시가들은

(그림 5-4) 책거리
각각의 물상들이 모두 자기 자신을 좀더 드러내보이기 위해 경합하다보니 사물들이 공중에 붕 떠 있는 것 같다.

더욱이나 그렇다. 그런데 18세기에 등장한 사설시조는 형식도 파격적이지만 한 작품에서 여러 색깔의 목소리가 나오고 있어 더욱 파격적이다. 특히 대화의 구성을 띠고 있는 일군의 사설시조들은 외견상으로도 여러 목소리의 복합임을 알 수 있다.

> 덕들에 동난지이 사오 / 져 쟝스야 네 황후 긔 무서시라 웨는다 사쟈
> 外骨 內肉 兩目이 上天 前行 後行 小아리 八足 大아리 二足 靑醬 으스
> 슥 흐는 동난지이 사오 / 쟝스야 하 거복이 웨지 말고 게젓이라 흐렴은
> (진본 청구영언)

장사와 구매자의 대화 형식으로 되어 있는 이 시조는 최소한 두 사람 이상의 목소리를 담고 있다. 이 시조는 대화 쌍방의 목소리가 서로 달라 대화적 관계를 형성하고 있을 뿐만 아니라 대화의 내용 속에 담긴 내적 목소리와 그러한 대화적 상황을 선택하고 제시한 작가의 외적 목소리도 대화적 관계를 형성하고 있다. 다시 말해 작가의 목소리는 배후로 잠복하고 인물들의 극적 대화가 시에 전경화되어 나타나는데, 숨은 목소리의 의도와 드러난 목소리의 현상들이 서로 대화를 하는 것이다.

언술 유형의 측면에서 볼 때에도 이 시조는 다성성을 지닌다. '外骨 內肉 兩目이 上天 前行 後行 小아리 八足 大아리 二足 靑醬 아스슥 하는 동난지이'와 '게젓'이라는 두 개의 이질적인 언술 유형이 대립 관계를 형성하면서 그것을 통해 가치체계 내지는 이념의 대립을 은연중에

암시한다. 이 시조는 그런 점에서도 다성적이다. 표면적으로는 비록 언어 표현의 적절성 여부를 가지고 논쟁을 벌이는 형식을 띠고 있지만 그 이면으로는 당대의 시대의식적인 갈등이 잠복되어 있는 것이다.[15] 이를테면 관념성과 실용성이 서로 대립하고 있는 것이다.

서민가사도 대화 형식으로 된 작품들이 많이 있다. '시집살이 노래'나 '덴동어미 화전가' 같은 장편가사들은 대화 형식을 취하면서 그것이 연속되어 나가기 때문에 하나의 서사체를 지향하는 모습을 보여준다.

무남독녀 외딸아기 금지옥엽 길러내어 시집살이 보내면서 어머니의 하는 말이 시집살이 말 많단다 보고도 못본 체 듣고도 못들은 체 말없어야 잘 산단다 그말 들은 외딸아기 가마타고 시집가서 벙어리로 삼년 살고 석삼년을 살고나니 미나리꽃이 만발했네 이 꼴을 본 시아버지 벙어리라 되보낼 제 본가 근처 거의 와서 꿩 나는 소리 듣고 딸아기의 하는 말이 에그 우리 앞동산에 꺼더득이 날아간다 이 말 들은 시아버지 며느리의 말소리 너무 너무 반가와서 하인 시켜 하는 말이 가마채를 어서 놓고 빨리 꿩을 잡아오라 하인들이 잡아오니 시아버지 하는 말이 어서어서 돌아가자 벙어리던 외딸아기 할 수 없이 돌아가서 (시집살이 노래)

이 가사에는 기존의 가사에서와 같이 극적 상황 속에 정서적으로 몰입되어 단성적인 목소리를 내는 화자가 존재하지 않는다. 그 대신 이 가사에는 제각각 자기 목소리를 내면서 작품 세계 속에 전경화된

---

15) 바흐찐은 이와 같이 형식과 병합되어 표출되는 이데올로기를 '형식을 부여하는 이데올로기'라고 했다. 김욱동, 『대화적 상상력』, 문학과지성사, 1988, 177-178쪽 참조.

극중 화자들과, 초월적 위치에서 극중 상황을 설정하고 극중 화자들의 목소리를 선택하고 배열하기만 할 뿐 자기 목소리는 겉으로 전혀 내지 않는 숨은 화자가 존재한다. 극중 화자들끼리 대화적 관계에 있듯이 극중 화자와 초월적 화자 사이에도 대화적 관계가 흐른다.

이상에서 살펴본 바와 같이 판소리와 풍속화, 그리고 고전시가에서 우리는 작품 내외에 존재하는 다양한 시각과 관점, 또는 시점과 목소리가 작품 속에 혼융된 채 결합되어 있음을 확인할 수 있다. 각기 상이한 문학 예술 장르임에도 불구하고 흡사한 표현 방식을 보여준다는 것은 당대적인 호흡과 무관하지 않을 것이다.

2) 희화적 표현을 통한 해학과 풍자

인물의 외양이나 행위에 대한 우스꽝스러운 묘사가 판소리에 자주 나온다. 다소 과장되게 열거하는 방식으로 대상을 희화화하는 것이다. '춘향전'에서 방자, 월매, 목낭청, 군로사령, '흥부전'의 흥부와 놀부, '심청전'의 심봉사와 뺑덕어미, '적벽가'의 조조와 정욱, 그리고 서민군사들이 모두 그러하다. 이보다 정도는 덜하지만 '춘향가'의 춘향과 이도령, '심청전'의 심청과 같은 긍정적인 주인물도 희화화의 대상이 되는 일이 흔히 벌어지는 게 판소리다.

용렬한 뺑덕어미 생긴 거동 볼작시면, 되박이마, 빈대코, 뱁새눈, 메주 볼탱이, 동고리 가슴, 북통 배아지, 절뚝다리, 조막손이. 지혜없이 촐랑이기, 방정맞고 요망하기, 흘깃하면 할깃하고, 간사하고 음탕하

며, 선웃음의 콧방귀 뀌기, 어깨춤의 궁둥이짓, 곰방조대 대려물고 종
장걸음으로 마실돌기, 군입정하기 좋아하여 음식장사 거르지 아니하
고, 양(羊)고음의 팽기(蟚蜞) 갈비찜, 갖은 양념 영계찜과, 낮잠자기.
게으르고 얄망궂어 행신체통 침선방적 백집사(百執事)에 무용이라.

이 대목은 뺑덕어미를 희화화하고 있는 부분인데, 마치 커리커춰
기법으로 그린 그림을 보는 듯하다. 신체의 각 부위는 가장 못된 형상
을 모조리 갖추고 있고, 행동은 가장 못된 짓을 전부 구비하고 있다.
인간이 실제로 이러할 순 없지만 못난 생김새와 악독하고 게으른 심
성을 한껏 과장하여 우스꽝스럽게 표현한 것이다. '흥부가'에서 놀부
의 심술 대목도 거의 이와 같은 방식으로 진술되는데, 심술의 가짓수
와 정도는 이보다 훨씬 더하다. 그리고 꼭 심술 대목이 아니더라도 인
물의 외양이나 행동을 묘사함에 있어 이와 같은 희화화 방식을 취하
는 것이 판소리의 특징이다.

판소리에서 희화화 방식을 강화하게 된 동기는 연행상의 이유에서
비롯되는 것으로 생각된다. 판소리가 현장 연행을 중시하면 할수록
청중의 흥미를 유발할 수 있는 방법 마련에 골몰하는 것은 당연한 일
이다. 그런데 희화적 묘사는 청중의 즉각적인 웃음을 불러일으키는
기제가 된다는 점에서 연창자의 주목을 받았을 것으로 생각된다. 희
화적 묘사는 해학적인 웃음을 불러일으킬 뿐만 아니라 대상을 여유롭
게 거리를 두고 바라보게 함으로써 비판적인 사유를 하도록 유도하는
측면도 없지 않다.

그림에서도 판소리와 같이 인물을 희화화함으로써 웃음을 불러일으키고, 세상을 풍자한다. 그런데 그림에서의 희화화 방식은 인물의 표정과 행위에 주로 집중되어 나타난다. 그것은 인물의 얼굴 표정까지 유의미하게 표현할 수 있을 정도로 클로즈업 기법이 보편화된 결과로 보인다.

단원 김홍도의 일련의 그림들을 보면 그러한 점이 확연하게 드러난다. 단원은 그림 속에서 통일된 시선에 반대되는 시선을 화면에 설정함으로써 상황을 희화화하는 방식을 매우 선호한다. 예컨대 씨름판을 삥 둘러싸고 앉은 모든 관중의 시선은 중앙의 씨름꾼을 향해 있으나 엿을 파는 아이는 혼자 관중을 등지고 주위를 둘러보면서 엉뚱한 시선을 만들어내고 있다든가(그림 5-5), 활을 쏘는 사람들 옆에 쪼그리고 앉아 활대를 휘거나 화살의 곧기를 가늠하는 데에만 열중하고 있는 사람들을 그린다든가(그림 5-6), 물긷는 아낙과 두레박채로 물을 받아 마시는 사내 사이의 정겨운 장면과는 어울리지 않게 잔뜩 부은 얼굴의 또 다른 여인네를 그려 놓는다든가(그림 5-7), 여인들이 빨래하는 광경을 높은 바위 뒤에 숨어서 훔쳐보는 선비를 그려 놓음으로써 화면 속에 희화 정신을 용해시켜 놓고 있다.(그림 5-8)

혜원 신윤복의 '유곽쟁웅(遊廓爭雄)'은 술집 앞에서 벌어진 그야말로 의관파열의 싸움판을 클로즈업 기법으로 포착하고 있다. 한 취객이 웃통을 벗고 상대방에게 덤비라고 소리치고 있는데, 이 사람은 방금 전의 싸움에서 피해를 입었던 터라 잔뜩 약이 올라 있다. 갓양태는 떨어져 땅에 구르고, 이 사람의 갓을 친구가 줍고 있다. 왼쪽에는 그

(그림 5-5) (상) 김홍도, 〈씨름〉   (그림 5-6) (상) 김홍도, 〈활쏘기〉
(그림 5-7) (하) 김홍도, 〈우물가〉   (그림 5-8) (하) 김홍도, 〈빨래터〉

화면 속의 희화화 기법은 현실세태를 좀더 생동감 있게 그려내는 데 기여한다.

〈그림 5-9〉 신윤복, 유곽
　　쟁웅(遊廓爭雄), 지본
　　담채, 28.5×35.2cm,
　　간송미술관 소장.
술집 앞에서 흔히 벌
어질 수 있는 광경을
희화적 시선으로 담아
내고 있다.

사람과 싸움을 벌인 남자를 두 사람이 말리고 있는 모습이 보인다. 술
집의 기생 한 명이 나와 그 광경을 '꼴들 좋다'는 표정으로 보고 있다.
술집 앞에서 흔히 볼 수 있는 광경 한 토막을 해학과 풍자 기법으로
제시한 것이다.〈그림 5-9〉

　당대의 고전시가에도 대상에 대한 희화화된 표현이 많이 나타난다.
이는 대상에 대한 표현에서 의성어·의태어·생활어 등의 사용이 증
대되는 현상과 밀접한 관계가 있는 것으로 보인다. 대상을 우스꽝스
럽고 과장되게 묘사하는 데 의성어나 의태어를 많이 동원함으로써 효
과를 증대시키려 한다. 그리고 대상을 희화화하는 데에는 점잖은 사
대부적 어투보다는 일상 생활어가 훨씬 잘 어울린다. 의성어·의태
어·생활어의 확장적 사용은 역동적인 세계인식이 바탕이 되어 있고,

그 역동적 세계인식의 중심에는 해학과 풍자의 시선이 놓여 있다.

> 님이 오마 ᄒᆞ거놀 져녁밥을 일 지어 먹고 / 中門 나서 大門 나가 地方
> 우희 치ᄃᆞ라 안자 以手로 加額하고 오ᄂᆞᆫ가 가ᄂᆞᆫ가 건넌山 ᄇᆞ라보니 거
> 머흿들 셔 잇거놀 져야 님이로다 보션 보서 품에 품고 신 버서 손에 쥐
> 고 곰븨님븨 님븨곰븨 천방지방 지방천방 즌 ᄃᆡ 무른 ᄃᆡ ᄀᆞᆯ희지 말고
> 위렁충창 건너가셔 情엣말 ᄒᆞ려 ᄒᆞ고 겻눈을 흘긋 보니 上年 七月 사흔
> 날 ᄀᆞᆯ가 벅긴 주추리 삼대 술드리도 날 소겨거다 / 모쳐라 밤일싀만졍
> ᄒᆡᆼ혀 낫이런들 ᄂᆞᆷ 우일 번 ᄒᆞ괘라 (진본 청구영언)

님을 기다리는 마음이 과도하여 삼대 줄기를 보고 님으로 오인하여 허겁스럽게 달려갔다는 소박한 내용을 이 사설시조는 아주 솔직하게 드러내고 있다. 여기서 그것을 표출한 표현 기법은 희화화를 중심으로 하고 있고, 그것을 통해 드러낸 핵심적인 미의식은 해학과 풍자라고 할 수 있다. 같은 내용이라도 과장되고 우스꽝스럽게 진술하는 희화화 방식이 이 시에 동원되고 있는 것이다. 거무스름하기도 하고 희끄무리하기도 한 것을 보고 님으로 오인한 것도 그렇고, 버선과 신을 벗어 손에 들고 천방지축으로 달려가서는 껍질 벗겨진 삼대 줄기를 곁눈으로 다소곳이 흘겨 보는 정황은 독자로 하여금 고소를 금치 못하게 한다. 엎어지고 자빠지는 모양을 형상화한 '곰븨님븨'라는 표현이나, 너무 급하여 어쩔줄 모르고 날뛰는 모양을 형상화한 '천방지방'이라는 표현, 그리고 급히 달리는 모양을 형상화한 '워렁충창'이라는

표현들은 모두 시적 정황을 희화화하는 데 커다란 기여를 하고 있다.

당대의 서민가사에도 희화화의 표현들은 흔하게 사용되고 있다. 다음은 몇 개의 간단한 사례이다.

거충이 폐충되고 지가가 방가로다 진수가 다사ᄒ고 티슈가 원수로ᄃ 셰리가 갈니되고 칙방이 돈방된나 (서창가)

미친증이 대발하여 벌떡 일어 앉으면서 입은 치마 다시 찾고 신은 버선 또 찾으며 방춧돌을 옆에 끼고 짖는 개를 때일듯이 와당퉁탕 냅들 적에 업더지락 곱더지락 바람벽에 이마 박고 문지방에 코를 깨며 면경 석경 성적함을 낱낱이 다 깨치고 한숨지며 하는 말이 (노처녀가)

남촌 활량 기똥이는 부모 덕에 편이 놀고 호의호식 무식허고 미련허고 용통ᄒ야 눈은 놉고 손은 커셔 가량 업시 쥬겨 넘어 시체짜라 의관허고 남의 눈만 위허것다 장장춘일 낫좀자기 조셕으로 반찬투정 미팔즈로 무상출입 미일 장춰 계트림과 이리 모야 노름놀기 져리 모야 투전질에 기싱첩 치가ᄒ고 외입장이 친구로다 스랑의는 조방군이 안방의는 노구할미 명조상을 쩌셰허고 셰도구멍 기웃기웃 염냥 보아 진봉허기 지업을 까붙이고 허욕으로 장수허기 남의 빗시 틱산이라 (우부가)

〈거창가〉는 언어유희적인 희화화를 지향한다. 그런 희화화를 통해 해학의 측면이 강하게 드러나지만[16] 풍자 또한 신랄하다. 〈노처녀

---

16) 김문기 교수는 언어유희를 통한 해학의 측면이 강하고 풍자적 요소는 거의 없다고 보았다. 김문기, 「서민가사의 표현과 미의식의 특성」(국어국문학회편, 『가사연구』, 태학사, 363-364쪽)

가〉는 위의 사설시조처럼 의성어·의태어·생활어를 동원하여 대상 인물의 행위를 우스꽝스럽고 과장되게 표현함으로써 골계의 효과를 낸다. 〈우부가〉 또한 마치 십술타령처럼 행위들을 과장된 표현으로 열거함으로써 해학과 풍자의 효과를 거두고 있다.

사설시조나 서민가사 중에는 물론 대상을 우스꽝스럽고 과장되게 묘사함으로써 단순하게 언어유희를 즐기는 것이 목적인 양 보이는 측면이 없지 않다. 그러나 그것이 불러일으키는 웃음은 어떤 부정적인 인식을 동반하고 있기에 씁쓸한 웃음이라고 할 수 있다. 대상을 비판하고자 하는 의도가 그 이면에 숨어 있기 때문이다. 따라서 직접적인 비판이 아니라 하더라도 여기에는 풍자적 요소가 내재되어 있다고 봐야 할 것이다.

이상에서 살펴본 바와 같이 판소리와 풍속화, 그리고 고전시가는 대상을 희화화하는 표현을 선호한다. 물론 그것은 과장과 열거의 방식으로 인해 해학적인 효과를 주로 내고 있으나 단순하게 웃음을 유발하는 데 멈추지 않고 현실을 풍자하고 비판하려는 의도까지를 내비친다. 해학성과 풍자성은 아마도 대중적 흥행을 감안하지 않을 수 없는 당대 연행예술의 분위기에서 배태되었을 것이지만 당대의 현실인식과도 무관하지 않을 것이다.

3) 사실에 기반한 세밀한 묘사

판소리는 전대와 당대의 일반 고소설에 비해 서술자의 설명이 축소된 반면 묘사는 확대되고 있음을 보여준다. 서술자의 객관적인 묘사 중에서도 인물의 외양이라든가 행위에 대한 세밀하고 구체적인 묘사가 빈번하게 이루어진다. 또한 고정된 대상이 아니라 활발하게 움직이는 대상에 대한 역동적인 묘사가 많다. 판소리에 흔히 보이는 거동 사설이라든가 치레 사설들이 그러하고, '이런 가관이 없던 것이었다'나 '모양을 볼작시면' 등과 같은 구절을 동반하면서 나타나는 대목들이 그러하다. 그밖에 이런 구절이 없이도 대상에 대해 세밀하고 구체적으로 묘사하는 진술이 수없이 이루어진다.

　대상에 대해 세밀하고 구체적으로 묘사할 때에는 클로즈업 기법이 많이 동원된다. 인물의 표정과 행위를 근접 포착하여 그것을 한참동안 조명하면서 즐기는 듯한 모습을 보여준다. 그런 대목 하나를 보기로 하자.

　더듬더듬 들어오다 개천에 미끄러져 엎어지며 손을 개똥에다 짚어 놓은 것이, "아뿔사! 부들부들 무른 수가 부자집 개똥이로고. 냄새는 코가 명관이니 맡아 보리라." 하고 가만히 손을 들어 맡아 보니 구린내가 악취촉비하니, "카!"하고 냅다 뿌린 것이 옥담돌에다 부딪혀 놓으니 손가락이 툭 터져 어찌 아프던지 똥문은 손을 입에 넣고, '애고 애고' 후후 불 제, 아이들 박장대소하며, "허허! 저 봉사 똥 먹는다." 저 봉사 무안하여 개천에다 손을 씻고, 곰곰 앉아 생각하니 설움이 북받치어 사지를 퍼지르고 신세를 자탄하여 우는 말이

　이 대목은 〈춘향가〉에서 봉사가 옥중 춘향의 요청에 의해 해몽을

해주러 오다가 개천에 빠져 욕을 보는 장면으로서 봉사의 행위 하나 하나가 세밀하고 구체적으로 묘사되어 있다. 인물을 크게 클로즈업시켜서 표정 하나, 동작 하나까지 놓치지 않고 포착하려는 태도를 우리는 이런 대목들에서 볼 수 있다.

있는 그대로를 세밀하게 묘사하려는 성향은 또한 중요하지 않은 시시콜콜한 일들까지 장황하게 그려내는 경향을 동반한다. 그리하여 판소리의 묘사 부분은 서사의 진행 과정상 직진하는 길이 아니라 우회하는 오솔길과 비슷하다. 서사의 진행상 꼭 필요한 부분은 아니지만 거기에 대해 각별한 관심이 주어지는 것이다. 그렇지만 소설이 아닌 판소리의 본질상 사소한 데까지 장황하게 섭렵하는 묘사 부분은 판소리의 음악적 측면에서 진정한 묘미를 내는 곳이기도 하다.

전체 서사 진행에서 이런 부분들은 무시해도 상관이 없는 매우 사소한 이야깃거리지만 판소리는 이런 시시콜콜한 이야기를 맛나고 재치있게 함으로써 판소리를 음악적으로 풍성하게 할 뿐만 아니라 당대에 새롭게 등장한 사유체계가 어떤 것인지를 보여준다. 그것은 현실 세계에 존재하는 있는 그대로가 중요하다는 사실주의 정신이고, 삶의 의의를 추상적이고 관념적인 차원에서 구할 게 아니라 우리 일상 생활의 주변에서 구해야 한다는 실용주의 정신이다.

대상을 클로즈업하여 세밀하고 구체적으로 묘사하는 방식은 풍속화에서도 선호하는 것이다. 단원의 일련의 풍속화들을 보면 인물이 화면을 거의 다 차지하고 있다. 길가는 행상 부부가 화면을 가득 채우기도 하고(그림 5-10), 삼현육각을 원으로 배치하고 한 무동이 춤을 추는

(그림 5-10) (상좌) 김홍도, 〈행상〉
(그림 5-11) (상우) 김홍도, 〈무동〉
(그림 5-12) (하) 김홍도, 〈기와이기〉
인물들의 형상, 특히 손과 발의 모양은 방향성
을 지니고 있으며, 그 자체로 움직임을 내포하
게끔 아주 자세하게 그려져 있다.

모습이 화면을 가득 채우기도 한다.(그림 5-11) 따라서 인물이 입은 옷자락의 선 하나까지도 뚜렷하게 포착되지 않을 수 없다. 인물의 눈동자 하나까지도 유의미하게 처리한 정도로 섬세하게 그리는 것이다.

대상에 대한 동적인 묘사 방식도 풍속화에서 쉽게 찾아볼 수 있다. 단원의 풍속화를 보면 거의가 동적인 순간을 확대경을 통해 포착해 놓은 것들이다. 씨름을 하거나 논을 갈거나 타작을 하거나 활을 쏘거나 담금질을 하거나 지붕을 얹거나 하는 작업의 순간들이 동적으로 포착되어 있다.(그림 5-12) 움직임의 기운을 듬뿍 담은 모습이 화면을 가득 채우고 있어 삶의 활력이 느껴진다. 이러한 점은 문인화의 전통과는 사뭇 다른 것이다. 문인화에도 인물들이 그려지고는 있으나 그것은 자연 속의 미세한 부분으로 그려졌고, 그래서 전체 화면에서 차지하는 비중이 아주 미미하게 처리되었으며, 그것도 정태적인 자세로 자연을 관조하고 자연 속에서 유유자적하는 존재로 포착되었다. 그러나 풍속화에서는 자연이 생략되거나 아니면 배경으로 멀리 물러나고 인간이 화면 전면에 전경화된다. 그렇게 전경화된 인물은 무엇을 관조하거나 감상하는 관념적이고 정태적인 모습이 아니라 삶의 현장에서 힘차게 일하는 인물군상이다. 그리고 그 인물들 중 대부분은 당시 사회에서 생산활동을 담당하던 서민 또는 천민인 점도 중요한 내용이다. 판소리에서 활력적인 모습으로 그려지는 인물들, 즉 방자·사령·월매·뺑덕어미·흥보·놀보·째보·서민군사 등 인물군상들이 모두 서민 또는 천민이듯이 풍속화의 동적 제재의 대상도 거의 서민 또는 천민인 것이다.

대상에 대한 세밀하고도 동적인 묘사는 당대의 시가에도 많이 나타나고 있다. 시가는 원래 화자가 자신의 감정 표현에 충실한 서정 장르인 까닭에 묘사보다는 독백적 진술을 주로 하는 것인데, 이 시기의 시가는 독백적 진술이 줄어들고 인물의 행위와 사건의 경개를 설명하는 묘사적 진술이 확대되는 양상을 보여준다. 이런 현상은 서술분량을 비교적 자유롭게 할 수 있는 가사의 경우 더 심하게 나타난다.[17]

사설시조는 가사보다는 상대적으로 짧기 때문에 장황하고 세밀한 묘사 부분이 적다고 할 수 있으나 별로 중요하지도 않은 대상에 대해 눈길을 주고 한참동안 그것을 조명하는 서술방식은 판소리 사설의 그것과 유사하다.

청올치 신날 신 얼거 신고 팔대 장삼 썰드리고 石上의 枯木 되여 懇懃이 섯는 鐵竹 쑤리채 덤썩 캐여 탈탈 터러 걱구르 집고 夕陽 山路 빗긴 길로 눈을 홀깃 홀깃 살펴보며 나려올 제 (시조집 평주본)

이와 같이 대상을 세밀하고도 동적으로 포착하고자 하는 기운은 당대의 많은 사설시조에서 느낄 수 있다. 그리고 '거동보소'류의 어투가 많이 사용되고 있다든가,[18] 사물들을 죽 나열한다든가 하는 것들도 그것이 본격적으로 세밀한 묘사를 실제로는 동반하지 않는다 할지라

---

17) 최원식 교수는 가사가 소설화되는 현상을 포착하여 이념적 성향의 변화와 연결시킨 바 있다. 최원식, 「가사의 소설화 경향과 봉건주의의 해체」, 『창작과비평』 1977 겨울.

18) 이를테면 '거동보소'나 '볼짝시면' 등의 어투들은 상당히 긴 묘사적 진술을 동반하는 경향이 있다. 이에 대해서는 김현주, 「'거동보소'의 담화론적 해석」, 『판소리연구』 6집, 1995 참조.

도 묘사적 진술을 향한 추동력의 흔적이라고 볼 수 있을 것이다.

가사의 묘사적 성향은 사설시조의 그것을 능가한다. 〈한양가〉와 같은 장편 가사는 관원이나 군사들의 옷차림새, 시전과 물품들의 나열, 광통교 아래 각색 그림들의 형상, 행군과 과거 장면 등에 대한 묘사들이 정세함의 극치를 이루는 것으로 유명하다. 많은 서민가사에도 묘사적 성향은 봇물을 이룬다.

릉나쥬의 어듸 가고 동지섯달 베창옷세 슘복다름 바지거쥭 궁둥이는
울근불근 엽거름질 병신갓치 담비 업는 빈 연죽을 소일조로 손의 들고
어슥비슥 다니면셔 남에 문견 걸식ᄒ며 역질 핑게 졔스 핑게 야속허다
너의 인심 원망헐수 팔즈타령 (우부가)

십여 년을 고생하니 장가 밑천이 되더니만 서울장사 남는다고 새경 돈 말짱 추심하여 참깨 열통 무역하여 대동선에 부쳐 싣고 큰북을 둥둥 울리면서 닻 감는 소리 신명난다 도사공은 키만 들고 입사공은 춤을 추네 망망대해로 떠나가니 신선놀음 이 아닌가 해남관 머리 지나다가 바람소리 일어나며 왈칵덜컥 파도 일어 천둥 끝에 벼락치듯 물결은 출렁 산덤 같고 하늘은 캄캄 안보이데 수천석 실은 그 큰 배가 회리바람에 가랑잎 뜨듯 뱅뱅 돌며 떠나가니 살 가망이 있을런가 만경창파 큰 바다에 기망없이 떠나가다 한 곳에다 들이받쳐 수천석을 실은 배가 편편파 쇄 부서지고 수십명 적군들이 인홀불견 못 볼러라 나도 역시 물에 빠져 파도머리에 밀려가다 마침 눈을 떠서 보니 배쪽 하나 둥둥 떠서 내 앞으로 들어오니 두 손으로 더위잡아 가슴에다가 붙여놓으니 물을 무수

히 토하면서 정신을 조금 수습하니 아직 살긴 살았다마는 아니 죽고 어
찌할꼬 (덴동어미 화전가)

여기 〈우부가〉나 〈덴동어미 화전가〉[19]에 나타난 정도의 묘사적 진
술을 다른 서민가사들에서 만나는 일은 어렵지 않다. 그런데 여기에
인용한 가사에 나타난 묘사적 진술은 설명과 대화와 같은 진술유형들
과 함께 나타난다는 점에서 서사적 성향을 더 많이 띤다. 사건의 시간
전개 과정 속에서 묘사가 나타나기 때문에 대상에 대한 묘사가 오래
지속되지 못하고 단발적으로 행해지는 것이다. 이런 점에서는 한 대
상의 이모저모를 훑으면서 한정없이 묘사하는 판소리의 경우와는 그
진술적 성격이 약간 다르다. 아무튼 당대의 시가문학에도 사실에 기
반한 세밀한 묘사가 광범위하게 행해졌고, 관념이 아닌 실물적인 관
심을 드러내면서 서민적 삶에서 만나게 되는 시시콜콜한 것에까지 시
선을 주고 있다는 것은 시가문학이 판소리와 풍속화와 같은 당대의
다른 예술 장르들과 상통하는 점이다.

---

19) 여기 인용하는 〈덴동어미 화전가〉나 앞서 언급한 〈한양가〉, 그리고 앞뒤에 인용되
는 〈우부가〉·〈용부가〉·〈노처녀〉·〈시집살이노래〉 등 여러 시가들은 그 창작
연대가 불확실하다. 〈한양가〉는 19세기 작품으로 보이고, 〈덴동어미 화전가〉도 19세
기에 정착된 작품이 아닌가 생각된다. 그러나 필사·전사되어 문자로 정착된 시기가
19세기라 하더라도 그것이 입으로 형성되어 회자된 시대는 좀더 앞당겨질 수 있다.
중요한 것은 이들 작품들이 드러내 보이는 정서적 호흡이 18세기적 호흡도 상당 부분
포함하고 있어 이들 작품들에서 18세기의 정황을 선택적으로 보는 것이 큰 무리는 아
니라고 판단된다는 점이다.

4) 성(性)의 자유분방한 노출

판소리에는 그동안 유교사회에서 금기시하고 억압했던 성담론(性談論)이 빈번하게 수면 위로 떠오르는 현상이 나타난다. 그것은 은밀하게 나누는 음담패설의 차원을 넘어 남녀간의 행위를 사실적 차원에서 극화함으로써 현실감을 강하게 드러낸다. 〈춘향전〉에서 이도령과 춘향 사이에 벌어지는 방사 장면은 낯이 뜨거울 정도로 대담하게 묘사되고 있으며, 〈적벽가〉에서 서민군사들의 회고담 속에서도 남녀의 성행위가 투박한 원형 그대로의 어투로 제시된다. 그밖에도 〈변강쇠가〉, 〈강릉매화타령〉, 〈게우사〉 등의 판소리계 작품들에서도 성적 담론이 여기저기서 흘러나온다.

풍속화에도 성적 노출이 심하게 나타난다. 단원 김홍도의 풍속화에 약간의 춘의가 느껴지더니 혜원 신윤복의 일련의 풍속화에 이르러서는 강도높게 춘의를 발동시킨다. 혜원은 처음에는 남녀간의 연정을 은근하게 표현하다가 정욕의 노출을 점점 강화하는 방향으로 나아갔다. 그가 도화서를 그만둔 것도 그의 그러한 태도와 유관하다고 보는 시각이 있을 정도다. 혜원은 두 남녀가 달빛 아래 밀회를 즐기는 그림(그림 5-13), 그네도 뛰고 스스럼없이 냇가에서 옷을 벗고 목욕도 하는 여인들만의 은밀한 공간을 그린 그림(그림 5-14), 두 여자가 개들이 교미하는 것을 쳐다보는 그림(그림 5-15), 그리고 한 유생이 처녀를 끌고 어딘가로 유혹하는 장면의 그림(그림 5-16) 등을 통해 춘의를 강도높게 표현한다.

당시에는 성행위를 적나라하게 표현한 춘화도 은밀하게 유통되었던 듯하다. 혜원의 그림 중에 기생으로 보이는 두 여인이 춘화첩을 탐독하는 그림(그림 5-17)이 있으니 그것은 당대의 기방 풍속으로서 실제로 있었던 일의 반영인 것이다. 이와 같이 색정을 진솔하게 표출하는 경향이 당대 예술의 흐름으로 자리잡았던 것은 당대인들의 사회 문화적 의식과 당대의 유흥 문화와 긴밀한 관계를 갖는 것이지만, 이러한 경향은 시대적 분위기에 민감하던 일부 시가문학에도 잘 나타나고 있다.

성의 자유분방한 노출 현상은 가사문학보다는 사설시조에 더 잘 나타난다. 그것은 아마도 사설시조의 연행 환경이 기방의 유흥 문화와

(그림 5-13) (상좌) 신윤복, 〈월야밀회(月夜密會)〉
(그림 5-14) (상중) 신윤복, 〈단오풍정(端午風情)〉
(그림 5-15) (상우) 신윤복, 〈이부탐춘(二婦耽春)〉
(그림 5-16) (하좌) 신윤복, 〈소년전홍(少年剪紅)〉
(그림 5-17) (하우) 신윤복, 〈건곤일회첩(乾坤一會帖)〉
신윤복의 일련의 춘의도들은 은밀하게 정욕의 노출을 감행하고 있다.

더 밀접한 관련을 갖기 때문이 아닌가 생각된다. 아무래도 유흥 공간에서의 창사는 비교적 짧은 시조가 적당하며, 가사는 실재 연행에서 창보다는 음송의 형식을 취하는 경우가 많았던 것이다.

　니르랴 보쟈 니르랴 보쟈 내 아니 니르랴 네 남진ᄃ려 / 거즛 거스로 물 깃는 체ᄒ고 통으란 나리와 우물젼에 노코 쪼아리 버셔 통조지에 걸고 건넌집 쟈근 金書房을 눈기야 불너ᄂᆡ여 두 손목 마조 덥셕 쥐고 슈근슈근 말ᄒ다가 삼밧트로 드러가셔 므ᄉ 일 ᄒ던지 존 삼은 쓰러지고 굴근 삼대 뭇만 나마 우즑우즑 ᄒ더라 ᄒ고 니 아니 니르랴 네 남진ᄃ려 / 져 아희 입이 보도라와 거즛말 마라스라 우리ᄂᆞᆫ ᄆᆞ을 지서미라 실삼 죠곰 킈더니라 (진본 청구영언)

　閣氏네 더위들 사시오 일은 더위 느즌 더위 여러 ᄒᆡ포 묵은 더위 / 五六月 伏더위에 情에 님 만나 이셔 돌불근 平牀 우희 츤츤 감게 누엇다가 무ᄋᆞᆷ 일 ᄒ엿던디 五臟이 煩熱ᄒ여 구슬쏨 흘니면셔 헐덕이는 그 더위와 冬至ᄃᆞᆯ 긴긴 밤의 고은 님 품의 들어 ᄃᆞ스ᄒᆞᆫ 아롭목과 둑거운 니블 속에 두 몸이 ᄒᆞᆫ 몸 되야 그리져리ᄒ니 手足이 답답ᄒ고 목굼기 타올 적의 웃목에 춘 슉늉을 벌덕벌덕 켜는 더위 閣氏네 사려거던 所見대로 사시웁소 / 쟝ᄉᆞ야 네 더위 여럿 듕에 님 만난 두 더위는 뉘 아니 됴화ᄒᆞ리 놈의게 ᄑᆞ디 말고 브ᄃᆞ 내게 ᄑᆞᄅᆞ시소 (청구영언 육당본)

　간밤의 자고 간 그놈 아마도 못 이져라/ 瓦冶ㅅ놈의 아들인지 즌흙에 쏨ᄂᆡ드시 沙工놈의 명녕인지 沙於쩌로 지르ᄃᆞ시 두지쥐 녕식인지 곳곳지 두지ᄃᆞ시 平生에 처음이오 흉중이도 야릇지라/ 前後에 나도 무던이 겪거시되 춤 盟誓ᄒᆞ지 간밤 그놈은 춤아 못 니져 ᄒ노라 (악학습령)

사설시조는 이와 같이 성적 욕망과 열정을 그대로 분출시킨다. 어떤 가식이나 허위의식에 숨겨진 의식의 잔재는 여기에 남아 있지 않은 듯하다. 성에 대한 이러한 진솔한 감정 노출은 사설시조가 이룩한 새로운 지평이라고 평가할만하다.[20] 이에 비해 서민가사는 다양한 인물군상이 살아가는 세태를 설명하고 묘사하는 가운데 단편적으로 성적 일탈의 세계가 언급되는 정도이다.

> 기싱첩 治家ᄒ고 외입장이 친구로다 (우부가)
> 남의 과부 겁탈허기 (우부가)
> 이집저집 이간질과 음담패설 일삼는다 (용부가)
> 간부달고 달아나기 (용부가)
> 시집이 어떠한지 서방맛이 어떠한지 생각하면 싱숭생숭 쓴지 단지 내 몰라라 (노처녀가)

이와 같이 서민가사에서 성적 표현이 절편화되어 나타나는 것은 앞서 말했듯이 가사의 향유 공간과 가창 방식과 밀접한 관계를 갖지만 서민가사의 구조적 지향과도 맞물려 있는 문제로 보인다. 즉, 서민가사는 그 출발에서부터 서사구조를 지향하는 성격이 강하기 때문에 삶의 일측면인 성적 욕망의 세계에만 오래 머물러 있을 수가 없는 것이다. 인물의 성격이나 사건의 경과를 전체적으로 보여주기 위해서는 삶의 요모조모를 두루 섭렵해야 하므로 위와 같이 구체적인 묘사보다

---

20) 고미숙, 「조선후기 서민시가의 융성과 다기한 분화」, 앞의 책, 76쪽.

는 간단한 설명 방식을 택한 것으로 보인다.

3. 상동성의 시대적 배경

18세기의 조선은 숙종과 영조, 그리고 정조년대에 해당되는 시기로서 정치사회적으로는 전대에 비해 상당히 안정을 구가하기 시작했고, 경제적으로는 화폐제도와 교역의 발달로 인해 급속한 성장을 이룩하였으며, 그에 따라 서울과 같은 소비 도시가 형성되었고, 경제적 부를 바탕으로 유흥 문화가 발달하기도 한 시기였다. 물론 이처럼 모든게 좋아진 것만은 아니다. 사회 내부의 상황을 보면 문제가 된 것이 한둘이 아니다. 조선 왕조는 대외 전쟁에서 계속 패배를 하며 백성의 신망을 잃었고, 파벌과 당쟁, 관리들의 부정부패와 제도적 부조리가 서로 맞물려 지배계층의 권위는 차츰 몰락하고 있었다. 그리고 국가 지탱의 근간이라고 생각했던 신분구조가 크게 흔들리고 있었고, 그동안 사회체제를 유지시켜주던 유교적인 규범 내지는 보편적인 가치관 또한 허물어지고 있었다.

그런데 18세기의 사회 문제뿐만 아니라 문예 현상을 고찰하는 데 가장 중요한 요소는 바로 중인 계층에 대한 이해일 것이다. 조선 후기에 들어 중인 계층은 양반 사대부와 같은 위치에 오르고자 여러 가지로 노력을 하게 된다. 역관(譯官)이나 의관(醫官)과 같은 기술직 중인들은 관직을 이용한 치부를 통해 정치적인 권력을 상승시키려 했고, 서얼(庶蘖)들은 통청운동(通淸運動)을 통해 사대부의 반열에 오르고자 부단히 노력하였으며, 경아전(京衙前)들은 활발한 문학시사(詩社) 활동을 벌이면서 양반 사대부와 지적·풍류적으로 동등하고자 노력하였다.[21] 그러나 실제적으로는 기술직 중인과 서얼, 그리고 경아전이나 서리 등의 의식 지향과 활동이 확연히 구분되는 것은 아니다. 실제로 서얼들의 통청운동이 어느 정도 성과를 보이자 기술직 중인들도 통청을 요구하게 되었고, 위항(委巷) 문학 운동에 서얼들도 적극 참여하였으며, 경아전들은 시전 상인층과의 유대를 통해 각종 이권을 향유하고 치부하였던 것이다. 그러나 이러한 중인 계층의 노력에도 불구하고 한편으로는 양반 사대부들의 기득권에 의해 좌절을 당하고, 다른 한편으로는 자체 내부의 의욕 상실과 인식적 굴절로 인해 애초의 추동력은 지리멸렬해진다. 그들이 향락을 절제하지 못하고 유흥 풍조에 푹 빠지게 되는 근본적인 원인은 바로 여기에 있었던 것으로 보인다.

중인 계층은 조선 사회의 상층 문화권과 하층 문화권의 접점에 위치하면서 두 문화권 사이의 교류를 촉진시킨 집단이다. 중인 계층은 상층민과 상층 문화를 동경하는 성향과 상층 계급에 대한 비판적인 성향, 이렇게 이중적이고 양면적인 시각을 지니고 있었다. 그들은 서민의 시각을 대변할 수 있는 능력까지 갖추고 있었다. 그런 만큼 하층 문화가 그들을 매개로 하여 상층민에 전달되고, 또 상층민의 공감과 반향을 불러일으키기도 하였기 때문에 중인 계층의 문예 취향은 상층 문화의 하향 운동과 하층 문화의 상향 운동이라는 쌍방향적 역학을

---

21) 정옥자, 『조선후기 문화운동사』, 일조각, 1988, 189쪽 이하 참조.

실현시킨 동인이었다.

이와 같이 사회문화적 활동을 왕성하게 벌였던 중인 계층의 존재 그 자체가 당대의 현실인식 또는 사유체계의 변화를 불러일으킨 주요 동인이라고 할 수 있다. 물론 주변국들과의 빈번한 교섭으로 세계를 보는 안목이 달라지고, 그동안의 내부 정책과 이념적 체계에 대해 사대부 자체 내에서도 점검과 반성을 하게 된 측면이 있었지만, 중인 계층의 성장은 사회문화적 제요소와 시대를 대변하는 정신 내지는 시대의식을 변화의 구도 속으로 몰아넣었고, 그로 말미암아 현실인식의 틀과 사유체계를 크게 변모시켰던 것이다. 당대인들의 인식의 변화는 문학 예술 장르에도 각인되는 법인데, 위에서 살펴본 문학 예술 장르들은 특히나 중인 계층의 영향력적 자장 근처에 있었던 것들이라 그러한 변화를 민감하게 반영하였던 것이다.

당대에 일어난 인식의 변화는 크게 두 방향으로 요약될 수 있다. 하나는 현실세계 또는 대상을 바라보는 시각이 정태적인 것에서 역동적인 것으로 바뀌었다는 것이고, 다른 하나는 당대인들의 관심이 관념에서 실물로 바뀌었다는 것이다. 실제로는 이 둘은 연관되는 것이기도 하지만 편의상 나누어 살펴보기로 한다.

정태적인 시각에서 역동적인 시각으로 변했다는 것은 세계를 보는 사유의 틀이 안정적이고 고정적인 것을 지향하던 데에서 불안정하고 또 가변적인 것으로 변화했음을 의미한다. 신분 관념의 변화에 따른 신분제도의 요동이나 비판정신의 점증, 개혁적인 관심 등도 이러한 사유체계의 변화에서 비롯되었다고 판단된다. 세상의 모든 것은 주어진 것이라는 종래의 관념이 심하게 흔들리고, 형성되어가는 것이고 얼마든지 변할 수 있다고 생각함에 따라 기존의 체계나 질서에 대해 의문이 일어나게 되는 것은 당연한 일이었다.

이와 같은 역동적인 사유체계로의 변화는 문학 예술에 있어서 시점이나 목소리의 다성구조와 희화적 표현 등과 밀접한 관련이 있다고 생각된다. 당대의 문학 예술에서의 시점 혼합 혹은 다성적인 목소리 현상은 각 계층이 제나름의 목소리를 내던 당대의 사회적 상황 또는 당대인들의 의식구조를 반영한다.[22] 사회를 구성하는 각 주체들이 사회·경제적 변화에 따라 자신있게 자기의 존재를 드러내고 자신의 목소리를 기탄없이 내게 되었듯이, 판소리의 등장인물들은 눈치 볼 것 없이 하고 싶은 말을 아무데서나 해대고 있고, 회화 속의 각 물상들도 자기 고유의 존재를 가능한 한 더 드러내려고 애쓰고 있으며, 시가 작품 속의 인물들도 자기 색깔의 발언을 노출시키고 있는 것이다.

예술 세계를 지배하는 권위적이고 통일적인 상부구조가 허물어져 있듯이 당대의 사회는 지배계층의 권위가 몰락하고 신분구조는 붕괴되었으며 그동안 사회체제를 유지시켜주던 유교적인 규범 내지는 보편적인 가치관 또한 크게 허물어졌던 것이다. 국가의 근간을 받쳐주던 이러한 중심축의 흔들림 내지는 부재 현상은 각종 문학 예술에 시점의 혼합 구성으로 나타나 있다. 이를 화공의 제작 기술이 떨어지고,

---

22) 바흐찐은 도스토예프스키 문학이 갖는 다성성의 기원과 발상을 당시의 시대 정신에서 찾고 있다. 즉, 시대적 가치관이 상충되고 모순되는 역사적 전환기가 다성적 문학의 토양이 되었다는 것이다. 김욱동, 앞의 책, 164쪽 참조.

판소리 광대의 연행 능력이 완벽하지 못하며, 시가를 연창하는 가객의 수준이 낮은 탓으로 돌리는 것은 온당치 못하다. 당대의 여러 예술 장르들에 동시에 나타나는 그러한 현상의 이면에는 보다 근본적으로 중심축의 흔들림에 의해 권위와 규범이 위축되는 사이 각 사회 주체들이 경제력과 문화의식의 향상을 통한 자신감을 바탕으로 자기의 목소리를 높였던 시대적 상황과, 그러한 시대 상황 아래 형성된 당대인들의 정신구조가 깔려 있는 것이다.

시점이 복합적이라는 것은 하나의 대상을 여러 각도에서 본다는 것을 의미한다. 이에 따라 전에는 잘 드러나지 않던 대상의 새로운 면모가 드러나게 되기도 하고, 확산과 종합의 원심적 운동에 의해 발랄한 생명력이 표출되기도 한다. 단일 시점의 화면이나 장면은 질서정연한 구심적 운동에 의해 개체들이 중심으로 수렴되는 경향을 보여주지만, 다중 시점은 시선이 여러 방향으로 퍼져나가게 됨으로써 대상이 역동적인 생명력을 부여받게 된다. 그런 점에서 다중 시점의 설정은 당시 사회의 발랄한 생명력과도 관계가 깊다. 권위적인 지배 메커니즘에 의해 억압당해 왔던 사람들의 개혁 욕망 내지는 자유주의적 상상력이 거기 개재되어 있으리라고 판단된다.

당대의 문학 예술 작품에서 희화화된 표현이 증폭되어 나타나게 된 까닭 또한 당대인들의 사유체계 내지는 세계를 바라보는 현실인식이 전대와는 사뭇 달라졌기 때문이다. 현실인식 중에서도 희화화 방식과 가장 깊은 관련을 갖는 것은 당대에 융기했던 비판정신일 터이다.

서민층은 당시의 급변하는 세상에서 자아의식에 눈뜨게 되었고, 그리하여 무능과 부패에 빠져 국가를 파탄으로 몰고 간 지배계급에 더 이상 의지할 수 없다는 판단을 내리게 되었다. 서민층뿐만 아니라 지배계급 자체 내에서도 자성과 비판의 목소리가 거세지면서 현실 세계의 잘못된 점에 대해서는 비판적인 태도를 취하게 되었다. 그리고 인간의 이중적인 면모에 대해서도 냉소적인 시각을 갖게끔 되었다. 이런 시각의 전환이 인물을 묘사하는 데 있어 희화화 방식을 확산시킨 배경이라고 판단된다.

대상에 대한 희화화는 현실 세계를 역동적으로 인식한 결과이다. 중세적 세계관으로 보자면 현실 세계란 정태적인 가운데 우주만물이 한 치의 오차도 없이 제자리를 지키면서 질서정연하게 흘러가는 것으로서 모든 사물의 이치는 이미 하늘로부터 정해져 있고 운명적인 것으로 사유되었다. 그러나 사유의 틀을 약간 수정하자 현실 세계는 그런 것이 아니라는 것이 판명되었다. 그것은 질서정연한 정태적인 체계가 아니라 구성 요소들간의 빈번한 대립과 충돌에 의해 변증법적이고 역동적으로 변화하는 존재였던 것이다. 사회는 규범과 권위와 같은 중세적 체계에 의해 움직이는 것이 아니라 그로부터의 일탈과 반작용에 의해 움직이는 측면이 오히려 더 많다는 것을 인식하게 되었고, 규범에서 이탈된 존재를 새롭게 인식하게 되었다.

관념에서 실물로 당대인들의 눈높이가 낮아진 것도 문학 예술의 구조와 밀접한 관계가 있다고 생각된다. 실물적 관심은 관념의 허울을 벗고 사실을 그대로 그리려는 사실주의적 태도와 상통할 뿐만 아니라, 사사로운 욕망과 같이 종래의 윤리도덕과 반하는 것들도 있는 그대로 인정하자는 주장과도 상통한다.

실학 정신은 사실을 그대로 보자는 태도에 바탕을 두고 있다. 예학이나 성리학에서의 관념론적 추종에 반대하고 정치경제적 현실관계로 학문의 방향을 돌리게 한 경세치용적 주장이나, 자연 경제 상태에서 벗어나 도시 경제 체제로 전환하는 것이 시대적 요구라고 판단하고 상공업의 발전을 통해 도시 서민층의 생활 욕구를 수용하고자 한 이용후생적 시각, 그리고 정치사회적 이념에 따라 고전을 주관적으로 인용하고 해석하는 풍조를 배격하고 엄격하고 객관적이며 실증적인 학문 태도로 민족문화에 대한 주체적 인식을 새롭게 하고 사실을 밝히려 한 실사구시적 태도 등이 모두 현실을 토대로 한 사유에서 비롯된 것이다.[23] 판소리와 풍속화, 그리고 고전시가에 나타나는 사실주의적 정밀 묘사는 이러한 당대의 정신적 경향과 밀접한 관련을 갖고 있다.

판소리가 살아 숨쉬는 듯하게 인물을 생동감있게 묘사하고, 풍속화가 사람들이 움직이는 모습을 역동적인 선으로 묘파해내고, 사설시조와 서민가사가 인물들의 활력적인 움직임을 생생하게 그려내는 경향은 현실을 보는 변모된 사유방식과 깊은 관계가 있다. 그동안 선비들의 이상은 평화롭고 정적인 상태에서 정태적인 사유를 통해 자연의 법칙과 이기(理氣)의 작용을 통찰하는 것이었다. 그러나 그러한 통찰은 현실과는 동떨어져 관념의 바다에 함몰되기 일쑤였다. 당대인들은 세상이 여러 요소들이 물밑 작용을 하면서 꿈틀거리고 있음을 감지하

---

23) 이우성, 「실학연구서설」, 『한국의 역사상』, 창작과비평사, 1982, 20-24쪽 참조.

기 시작했다. 관념적인 것이 아니라 현실적인 힘들이 상호작용하면서 세계가 변하고 세상이 움직이는 것을 목격할 수 있었다. 사회는 그저 원래 생긴대로 그렇게 존재해온 것이 아니라 온갖 요소들이 와류하고 비상하고 침몰하는 역동적인 현상들의 집합이라는 점을 인식했다. 그리고 그 중심에 서민들이 서 있다는 점도 자각하기 시작했다. 그동안 천대받던 계층이 무의미한 집단이 아니라 사회를 유지하고 변화시키는 역동적인 힘이라는 사실을 인식했던 것이다.

노골적인 성적 표현도 실물적 관심과 관련을 갖는다. 있는 그대로를 인정하는 시각은 유교적 교리와 윤리 규범과 같은 가식적이고 거추장스러운 것을 던져버리고 사사로운 욕망과 같은 요소들까지 인정하기 시작했다. 정욕이란 인간의 본능이다. 그렇지만 조선조 유교 사회에서는 이런 본능적인 것의 표현이 철저히 억압되어 왔다. 성적인 것을 조금이라도 유발할 만한 것은 접근이 금지되었고, 성에 관한 표현은 아무리 사소하고 정상적인 것이라 하더라도 추잡하거나 일탈적인 담화로 치부되었다. 그러나 조선 사회는 본능적인 성정을 억압하는 사회 구조나 제도가 우월하다는 점을 보여주기는커녕 오히려 더 부패하고 위선적인 모습만을 보여주었다. 새로운 시대가 요구하는 사실주의적이고 실용적인 정신에 제대로 적응하지 못하는 모습을 보여줄 따름이었다.

유교의 성격 가운데 중요한 것 하나가 성에 대한 극도의 폐쇄적인 태도라고 할 수 있다. 성은 수양과 교화를 위해서는 최대한 깊숙히 감춰져야 하는 대상으로, 극단적으로 터부시되었던 것이다. 유교는 성에 대해 아예 무시하려고 들었고, 만약 그에 대해 기술하더라도 매우 부정적인 관점만을 드러낼 뿐이었다. 유교는 전반적으로 이념이나 교리, 강령 등에 있어 엄숙주의를 표방하였기 때문에 성에 대해서는 아예 부정하려고까지 했다. 성담론은 유교적 엄숙주의에 의해 갇혀진 담론 중의 하나였다. 그러나 백성들의 지배 권력에 대한 믿음이 떨어지자, 그러한 반감은 폭발적으로 증폭하여 정욕에 대한 담론 같은 것이 여기저기서 자유롭게 유로되어 홍수를 이루었던 것이다.

4. 맺음말

이 글은 18세기 문학 예술 장르들, 특히 판소리·풍속화·고전시가에 흐르는 일정한 공통분모를 찾고자 시도하였다. 그 상동성의 요소들은 작품 내부와 외부에 걸쳐져 있음을 확인할 수 있었다. 작품 내부의 표현 특질들이 동시대의 사회문화적 상황과 당대인들의 정신적 체계나 인식론적 동향과 밀접한 관련을 맺고 있음을 볼 수 있었던 것이다. 작품상의 표현이 하나의 시대적인 좌표 역할을 한 셈이다. 물론 그렇다고 해서 모든 문학 예술 장르들이 시대의식을 함유하는 것은 아니며, 함유해야 하는 것 또한 아니다. 위에서 살펴본 문학 예술 장르들은 아마도 다른 장르들보다 시대에 민감했기 때문에 그런 모습을 보인 것이라고 판단된다.

위에서 살펴본 표현 특질들은 판소리·풍속화·고전시가 전반에 균질적으로 나타나는 것은 아니다. 그러나 필자는 이러한 양상들이 작품 전반이 아닌 일부에서 발견된다 할지라도 거기에 적극적인 의미를 부여하고자 했다. 그리고 그러한 양상들이 여러 장르에 걸쳐져 있다는 것은 시대와 관련하여 더욱 면밀한 해석을 요한다고 보았다.

이 글에서 행한 해석은 18세기에 한정될 때 좀더 의의가 있으리라고 판단된다. 19세기에 들어서면 이러한 표현 특질들이 상당 부분 약화되거나 다른 것으로 굴절되기 때문이다. 그 또한 시대적인 동향과 무관치 않은 것으로 보인다. 그 문제에 대한 것은 필자의 능력을 초월하기도 하거니와 이 글이 애초에 설정한 범위에도 맞지 않으므로 여기 상론하지 않기로 한다. 다만 판소리와 풍속화, 그리고 사설시조와 서민가사 등이 중인계층의 시각을 많이 적재하고 등장한 것과 마찬가지로 이런 양식들의 퇴조 또는 변화에도 중인계층의 세력 약화나 의식 변화 등과 같은 요소들과 밀접한 관계가 있지 않을까 판단된다는 점만을 지적해두고자 한다.

이 글에서의 논의는 좀더 확장되고 심화될 필요가 있다고 본다. 작품상의 표현 특질들 가운데 시대적인 지표가 될 수 있는 미세한 자질들을 좀더 찾아야 하는데, 그러기 위해서는 시대의식과 표현 형식 사이의 소통에 대한 이론적인 고찰이 선행되어야 할 것이다. 그리고 다른 문학 예술 장르들에도 이러한 표현 특질이 나타나는지, 나타난다면 어떤 식으로 나타나는지에 대해서도 시각을 확장하여 봄으로써 이러한 논의를 다층적으로 점검받을 필요도 있다.

호랑이 소재 민담과 민화의 유형 분류와 무의식 분석

1. 머리말

한국인에게 있어 호랑이는 의식과 무의식 모두에 걸쳐서 편만해 있는 존재라고 할 수 있을 것이다. 호랑이는 실생활에서 사람의 생명을 위협하는 공포의 존재로서 인간의 커다란 근심거리였을 것이며, 그것이 불러일으키는 공포심과 외경심은 무의식에도 심각하게 각인되어 있었을 것으로 생각된다. 그래서 우리 민담과 민화에서 호랑이는 가장 빈번하게 채택되는 주요 소재의 하나가 되었다고 판단된다. 무의식의 세계가 잘 표출되는 곳이 바로 민담이라든가 그림과 같은 예술 장르이기 때문이다.[1] 그런데 민담과 민화에 표현된 호랑이는 원거리 관점에서 객관적으로만 그려지는 게 아니다. 그런 관점에서 그려진 호랑이는 공포심과 경외감을 주로 불러일으키지만 근거리 관점에서 주관적인 채색을 덧입고 있는 호랑이의 모습은 그보다는 친근감을 주는 존재로 보여지는데, 바로 이 지점에서 인간의 무의식과의 모종의

---

[1] 폰 프란츠(von Franz) 같은 사람은 인간의 무의식(집단무의식)이 잘 투사되어 있는 장르가 민담이라고 주장한다. 융심리학뿐 아니라 프로이트의 정신분석학에서도 예술은 무의식을 해석하는 데 있어 좋은 참조 대상이 되고 있다. 이부영, 『한국민담의 심층분석』, 집문당, 1995, 21-24쪽 참조. 프로이트, 『예술, 문학, 정신분석』, <프로이트 전집 14>, 열린책들, 2003 참조.

관련성이 확보된다고 할 수 있을 것이다.[2] 이 글이 집중적으로 추구하고자 하는 것이 바로 후자의 관점이다.

민담과 민화를 비교할 때 먼저 부딪치게 되는 문제는 둘 사이에 어떤 소통 회로가 있지 않을까 하는 점이다. 그런데 민담에서 민화로 이동한 통로는 비교적 분명하게 드러나지만 반대로 민화에서 민담으로 이행한 과정은 그리 선명하게 포착할 수 없다. 아마도 민화를 보고 그것을 이야기화하는 것은 상상력 차원의 교류로서 상당히 은밀한 내적 코드가 작동하기 때문일 것으로 생각된다. 그렇지만 민담이 민화로 이행한 과정은 수많은 〈설화도〉, 〈고사도〉, 〈행실도〉 등의 존재들이 웅변하고 있다. 구술전통에서 회화전통으로 전이되는 과정이나, 반대로 회화전통이 구술전통으로 수용되는 과정과 그 배경에 대한 문제는 매우 중요한 과제이다. 이를 위해서는 기존에 존재하는 이야기를 바탕으로 하고 있는 방대한 양의 〈설화도〉, 〈고사도〉, 〈행실도〉 등에 대한 전체적인 지도를 그리는 것도 필요할 것이고, 다른 한편으로는 개별 작품들간의 상호교섭이나 개별 작가들의 전이적 경험 등 두 장르 사이에 걸쳐져 있는 교섭 양상을 실증적으로 추적하는 것도 필요할 것이다. 그러한 작업은 앞으로 수많은 작품 분석과 현지 조사 등이 축적되어야만 가능할 것으로 생각되는 바, 여기에서는 우선 그러한 작업을 위한 기반 조성을 한다는 의미에서 호랑이 소재 민담과 민화

---

2) 우리 민담에서 도깨비도 그런 식으로 다루어질 수 있는 존재라고 판단된다. 김열규는 도깨비를 한국인의 콤플렉스이자 그림자로 해석한 바 있다. 김열규, 『도깨비 날개를 달다』, 춘추사, 1991, 34-43쪽 참조.

만을 대상으로 하고자 한다.

호랑이 소재 민담과 민화 사이에도 아마 직접적인 상호교류가 있기는 있었을 것이다. 이를테면 민담에서의 호랑이와 토끼의 이야기와 '담배피우는 호랑이' 그림과 같은 것 사이의 상호교류이다. 하지만 그것은 직접적인 수수관계가 있다는 것을 증거할 만한 차원은 아니다. 민담과 민화가 서로 교류한 내용을 지닌 자료라든가 그 인적 구성원이 밝혀져야만 당시의 향유층이나 향유방식에 대한 고찰이 본격적으로 가능할 것이다. 우리의 경우, 이야기꾼이 자기 이야기에 대한 그림을 그리는 사례[3]는 아직 보고되어 있지 않은 듯하며, 민화를 그린 사람이 그 그림에 들어있는 이야기를 해주는 경우도 개연성만 있을 뿐이지 실증적인 증거는 없는 듯하다. 아마도 그렇게 다장르를 관통하는 '복합예인'이 분명 있었으리라고 추정될 뿐이다.[4]

이 글은 호랑이 소재 민담과 민화에 나타나는 서민적 상상력의 내용을 무의식이 표출되는 과정을 통해 고찰하는 것을 궁극적인 목적으로 한다. 대상을 바라보는 시각이나 대상을 통해 상상하는 방식은 언어와 그림 모두에서 나타날 것이다. 호랑이 소재 민담과 민화에도 대상을 바라보는 사람들의 시각이나 무의식적 내용들이 담겨 있을 것이고, 그것을 통해 민담과 민화를 향유한 집단이나 공동체의 인식의 방

---

3) 인도 벵갈 지방에서는 이야기꾼이 자기 이야기를 바탕으로 두루마리 그림을 그려 보이고 팔기도 하는 전통이 있다고 한다. Beatrix Hauser, 「From Oral Tradition to Folk Art ; reevaluating Bengali scroll paintings」, 『Asian Folklore Studies』vol.61, 2002, pp.105-122.

4) 김동리의 <무녀도>에 나오는 화공이나, 이우환의 일화에 나오는 화공(이우환, 『이조의 민화』, 열화당, 1977, 21쪽)에서 우리는 그러한 면모를 찾을 수 있지 않을까 생각한다.

향 내지는 상상력의 내용을 알아볼 수 있을 것이다. 특히 호랑이가 우리 민족에게 끼친 그림자가 깊다고 할 때, 호랑이에 대한 원망과 소망, 혹은 인식론적 지향이나 내용은 강렬하게 텍스트에 각인되어 있지 않을까 생각된다.

호랑이 소재 민담과 민화에 나타나는 서민적 상상력의 내용을 고찰하기 위해서는 민담과 민화를 각각 그 유형별로 정리하는 작업이 선행되어야 한다. 다만 여기서 요구되는 유형화 작업은 모든 국면에 통용될 수 있는 보편적인 유형론이 아니라 개별 연구의 방향이라든지 목표에 의해 결정되는 특수한 유형론이 되어야 하리라고 본다. 이 글이 추구하는 바가 호랑이 소재 민담과 민화에 나타나는 서민적 상상력의 내용이라고 할 때, 여기서 필요한 유형학은 호랑이를 보는 관점의 친소관계에 따라 이루어지는 것이 바람직하다. 그러므로 호랑이를 보는 관점 중에서 원/근, 객관/주관, 동물/인간 등의 양항적 관계로 이루어진 관점이 여기에서의 유형화 기준이 될 것이다. 그리고 나서 양항적 관계 중에서 후자쪽의 요소들로 이루어진 호랑이 소재 민담과 민화를 대상으로 하여 호랑이가 의인화되는 양상을 보다 면밀하게 분석함으로써 그들 텍스트를 향유한 사람들 내지는 공동체의 상상력이 어떤 성격의 것인지를 구명하고자 한다.

2. 호랑이 소재 민담과 민화의 유형학

호랑이 소재 민담과 민화를 향유한 집단의 상상력의 내용을 보기 위해서는 호랑이를 보는 시각이 머냐 아니면 가까우냐(원/근), 객관화를 지향하느냐 아니면 주관화되어 있느냐(객관/주관), 동물로 상대화하느냐 아니면 인간화하여 보느냐(동물/인간)에 따라 구분하는 것이 유익할 것으로 판단된다. 그런데 이들 세 묶음의 항목들은 독립적으로 존재하는 것이 아니라 서로 연결되는 속성을 갖고 있는 것들이다. 그래서 호랑이를 동물로 보는 관점은 대개 보는 위치가 멀리 설정되어 있고, 객관화를 지향하는 경향이 있다. 그리고 호랑이를 인간화하여 받아들이는 관점은 보는 위치가 매우 가깝고, 주관화된 감정을 지니는 경향이 강하다. 물론 그 중간에는 두 가지가 혼재된 관점도 있다. 그러므로 호랑이를 보는 관점을 크게 다음과 같이 세 가지로 나누어보고, 그 안의 세부적인 갈래들은 그때그때 살펴보기로 한다.

(ㄱ) 호랑이를 동물로 보는 관점
(ㄴ) 동물과 인간이 복합된 관점
(ㄷ) 호랑이를 인간화하여 보는 관점

1) 민담의 유형학

첫째, 호랑이를 사나운 동물로 보는 관점의 이야기는 호환(虎患)과 호식(虎食), 또는 그에 근접한 경험을 말하는 이야기와, 호랑이를 사냥하는 이야기로 대별할 수 있다.

먼저 호랑이에게 잡아먹히는 호환과 호식의 무시무시한 이야기들은 인간의 관점에서 호랑이를 공포의 대상으로 멀찌감치 위치시키고 바라보기 때문에 호랑이에 주관적인 감정이 실린다든가 하는 법이 없다. 호랑이는 실제로 그러하듯 용맹스럽고 포악한 짐승으로서 공포와 외경만을 가져다주는 동물로 인식된다. 호식을 당하지 않은 경험담이라 할지라도 호랑이에게 신체의 일부분을 뺏기거나 호랑이와 맞닥뜨린 순간의 공포감이 주로 인간의 관점에서 서술되기 때문에 호랑이는 오로지 수성(獸性)만을 지닌 것으로 그려진다.5)

이러한 관점은 호랑이를 사냥하는 수많은 이야기들6)에서도 마찬가지로 유지된다. 호랑이를 잡으러 가는 포수 이야기와, 창과 같은 기구를 갖고 호랑이를 잡으러 나선 마을 사람들 이야기는 인간의 관점만을 온전하게 지킨다. 그래서 호랑이는 멀리 대상화되어 있고, 타자화되어 있다. 호랑이를 잡는 인간의 지혜와 용기를 부각시키는 장치들만 전경화되어 있다.

둘째, 동물과 인간이 혼재된 양상을 보여주는 이야기류가 있다. 호랑이가 둔갑하여 스님이나 여인, 또는 진사나 생원의 품직을 지닌 사람이 되는 이야기들이 있는데, 이들은 인간과 동물 사이를 왕래하면서 인성과 수성을 동시에 보여준다는 특징이 있다. 하나의 예로서 어떤 효자가 어머니 병환에 좋다는 황구(黃狗)의 간을 얻으려고 호랑이가 되었다가 다시 인간으로 되돌아올 수 있는 둔갑법을 배운다. 둔갑을 하기 위해 주문을 외우는 책이 있는데, 자기 부인이 호랑이가 된

---

5) 『한국구비문학대계』, 한국정신문화연구원, 2-4(355쪽), 2-4(680쪽) (이하 『대계』라고 약칭하고 권수와 페이지만 표기함)
6) 『대계』1-1(716-720쪽), 2-3(367-369쪽) 등.

남편이 무섭다고 그 책을 불태우게 된다. 호랑이는 다시 사람으로 돌아올 수 없게 되어 자기 부인과 어머니까지 물어 죽이고 마을 포수에게 총맞아 죽는다는 이야기다.[7] 이 이야기에서 우리는 인간으로서의 극진한 효성과 포악한 짐승으로서의 수성이 동시에 혼재되어 있음을 볼 수 있다. 효자 인간으로서의 존재를 보여줄 때는 감정을 지닌 주체로서 주관적인 내면이 비추어지지만 포악한 짐승일 경우에는 저 멀리 떨어져 있는 객체로서 비추어질 따름이다.

셋째, 호랑이를 의인화된 관점에서 바라보는 이야기류가 있다. 이런 이야기에서 호랑이는 비록 동물 가죽이라는 외피를 두르고 있지만 내면적으로는 인간성이 흐르고 인간과 같은 사고를 한다. 물론 동물과 인간 사이의 경계가 불분명한 측면이 없지 않아 있고, 인간적인 사고를 한다고 하더라도 그 저열함은 여전하지만, 육식을 탐하기만 하는 온전한 맹수로서의 모습은 여기에서 상당히 많이 거세되어 있다. 호랑이가 지능의 저열함에도 불구하고 인간화되어 보이는 것은 이야기의 시점이 호랑이의 내면에 적재되어 있다는 사실과 무관하지 않다. 호랑이가 의인화되는 양상에 따라 이 이야기류는 다음과 같이 나누어 볼 수 있다.

① 어려움에서 구해주자 은혜를 갚는 호랑이[8]

---

7) 『대계』5-1(231-232쪽)
8) 『대계』1-1(708쪽), 2-5(102쪽), 3-1(419쪽), 3-4(322쪽), 3-4(477쪽), 4-2(323쪽), 6-5(147쪽) 등.

② 인간의 설득에 감화받는 호랑이[9]

③ 인간의 선행을 포상하는 호랑이[10]

④ 남의 속임에 잘 속아 넘어가는 호랑이[11]

⑤ 자기 꾀에 자기가 넘어가는 호랑이[12]

　①의 이야기는 호랑이의 목에 걸린 비녀를 제거해주고 그 보답으로 호랑이로부터 재물을 얻거나, 명당자리 묘소를 점지받거나, 처녀를 물어다주어 장가를 가게 된다는 식으로 진행되는 이야기가 많고, 호랑이가 꿈에 현몽하여 함정에 빠진 자기를 구해달라고 애원하여 구해주고 위와 같은 보상을 받는다는 이야기도 널리 퍼져 있다. 이러한 이야기에서 호랑이는 의리있고 후덕한 마음씨를 지니고 있음을 보여준다. 호랑이는 단 한 번의 도움을 받았지만 인간을 돕는 호랑이의 행위는 평생 동안 계속된다는 점에서 그 의리 또는 절개, 그리고 후덕함은 보통 인간을 훨씬 뛰어넘는다.

　②의 이야기는 호랑이가 잡아먹으려는 사람한테 오히려 설득을 당해서 호형호제하며 지내게 되었다는 이야기가 대부분을 차지한다.[13]

---

9) 『대계』1-7(270쪽), 2-5(104쪽), 2-6(335쪽), 4-5(580쪽), 6-4(699쪽) 등.

10) 『대계』1-3(48쪽), 1-3(50쪽), 1-9(221쪽), 2-1(152쪽), 3-1(419쪽), 3-4(318쪽), 3-4(732쪽), 4-1(234쪽), 5-1(400쪽), 5-1(518쪽) 등.

11) 『대계』1-4(725쪽), 2-3(122쪽), 2-5(100쪽), 2-6(560쪽), 2-8(762쪽), 3-2(401쪽), 5-3(307쪽), 5-5(249쪽) 등.

12) 『대계』1-4(475쪽), 1-4(155쪽), 2-1(579쪽), 2-3(516쪽), 6-1(52쪽) 등.

13) 사람이 자기를 잡아 먹으려고 하는 호랑이를 보고 하는 말, "형님, 어머니가 맏형님을 낳아 놓으니 그렇게 탈을 쓰고 어디로 나갔다고 어머니가 밤낮 노심초사하시더니 형님을 인제 만났소." 『대계』 2-6(588쪽)

이후에 호랑이가 그를 형님이나 동생님으로 모시고 지내면서 잘 살게 해주었다는 후일담이 붙어 있는 경우가 많다. 혹은 산 속에서 혼자 정성을 다해 시묘하는 사람을 보고 감동하여 시묘하는 데 같이 동무해 주었다는 이야기도 이 유형에 해당되리라고 본다. 말로 설득한 것은 아니지만 그것은 행동을 보고 설복을 당한 경우라고 볼 수 있고, 시묘살이라는 것이 특출난 선행이라고까지 보기에는 무리가 있기 때문이다. 이러한 이야기에서는 특히 호랑이와 대화를 나누는 장면이 꼭 있기 마련인데, 호랑이가 인간과 말로 의사소통할 수 있다는 것은 의인화의 정도가 상당히 높다는 것을 의미한다. 말을 할 수 있을 뿐만 아니라 설복을 당하면 눈물까지 흘린다. 그만큼 인간적인 감정의 세부적인 것까지 구비하고 있어 미세한 정감을 표현할 수 있다. 이러한 호랑이는 감정이 풍부하고 정이 많음을 표상하고 있다.

③의 이야기는 선행자 중에서도 특히 효자, 효부, 열녀 등에 집중되어 있는 것으로 판단된다. 효자가 병환이 깊은 부모들이 생감, 잉어 등 한겨울에 구할 수 없는 음식을 원하는 것을 알고 고민하는데, 호랑이가 나타나 업고 가서 그것을 구할 수 있도록 도와준다는 내용이다. 또는 병환에 든 시부모를 정성껏 모시거나, 개가하라는 친정집의 성화를 물리치고 시부모를 공양하는 효부와 열녀에게 호랑이가 도움을 준다는 이야기도 많이 있다. 술에 취해 잠든 시아버지를 찾으러 나갔다가 잡아먹으려고 기다리고 있는 호랑이에게 업고 간 자식을 대신 주고 시아버지를 업고 왔다는 효부 이야기도 있다. 그러나 그보다는 호랑이가 아기를 먹지 않고 포대기에 잘 싸서 다음날 아침 문 앞에 놓

고 갔다는 이야기 부분에 호랑이의 인간적인 면모가 잘 드러난다. 인간의 선행을 알아채고 그에 대해 포상하는 이러한 호랑이의 행위는 마치 현명한 판관이나 숨어서 돕는 독지가의 그것과 유사하다. 또는 사람들이 살아가는 사정과 인심에 두루 정통한 목민관으로서의 자질까지도 엿볼 수 있다. 그만큼 호랑이는 인간의 내면 사정을 깊이 통찰할 수 있는 혜안을 지니고 있는 것이다.

④의 이야기는 뻔한 거짓말에 잘도 속아 넘어가는 호랑이의 우둔함을 보여주는 이야기들이다. 호랑이를 속이는 것은 인간보다는 동물들이 훨씬 많은 것으로 보인다. 동물 중에서도 단연 토끼가 호랑이를 속이는 주도적인 역할을 하는데, 많이 먹을 수 있는 방법을 가르쳐준다며 속이는 것이다. 꼬리로 물고기를 잡다가 꼬리가 얼어붙는다든가, 입 벌리고 참새를 먹으려다가 불에 탄다든가, 떡을 먹으려다가 불에 달군 차돌을 먹게 된다든가 하는 것 등이다. 호랑이가 자기를 구해준 사람을 되레 잡아먹으려다가 토끼한테 재판을 받으러 오니 토끼가 말만 들어서는 잘 모르겠다고 실제 상황을 보여달라고 하여 호랑이가 함정에 다시 들어가게 된다는 이야기도 있다. 인간이 호랑이를 속이는 것으로는 월경하는 여자가 속옷을 뒤집어쓰고 호랑이를 현혹하여 쫓았다는 이야기류가 있다. 이렇게 호랑이가 속는 모습을 보여주는 이야기들은 겉으로는 호랑이의 우둔함을 현시하고 있지만 그 안을 보면 우직함과 더불어 남의 말을 듣고 따르는 이해심이 있음을 알 수 있으며, 겁이 많다는 것도 알 수 있다. 이러한 호랑이의 면모는 수성만으로 가득찬 맹수의 측면은 제거되고 저열한 인간으로서의 측면이 부

각된다.

　⑤의 이야기로는 '호랑이보다 더 무서운 곶감'류의 이야기들이 대표적인 것이라고 생각된다. 여기에는 곶감 이외에도 '소나기'라든지 '에비'로 그 대상은 달라지지만 진행 방식은 거의 동일하다. 여기에서 호랑이는 사람의 말만 듣고 대상을 확인하지도 않은 채 지레짐작으로 꾀를 내다가 혼이 난다. 영리한 척 잔꾀를 부리다가 되레 당하는 것이다. 여기에서 우리는 호랑이에게서 백수의 왕이라는 칭호와는 전혀 걸맞지 않은, 겁먹고 도망만 가는 시시하고 쩨쩨한 모습을 보게 되는데, 그것은 바로 인간 세계에서나 볼 수 있는 매우 인간적인 것이다.

2) 민화의 유형학

　민담과 마찬가지로 민화도 세 가지 관점, 즉 (ㄱ) 호랑이를 동물로 보는 관점, (ㄴ) 동물과 인간이 복합된 관점, (ㄷ) 호랑이를 인간화하여 보는 관점으로 나누어보기로 한다. 그런데 민화의 경우 민담과는 달리 언어화가 되어 있지 않고 선과 색으로 된 도상이기 때문에 약간은 다른 기준에 따른 분류가 요구된다. 위의 세 가지 거시적인 유형 분류는 호랑이를 그린 형상과 호랑이를 둘러싼 상황 또는 맥락에 의해 행해질 수 있을 것으로 보이며, 인간화된 관점에 대해서는 세부적으로 호랑이 각 부분들의 형상과 타 물체와의 관계 상황을 미시적인 틀로 설정해 보아야 할 것이다.

　먼저, 호랑이를 동물로 보는 관점의 그림으로는 맹호도(猛虎圖)류의 그림과 수렵도(狩獵圖)류의 그림, 그리고 벽사도(辟邪圖)류의 그림이 있다.

맹호도는 김홍도의 그림이나 그것을 모방한 작품들에서 볼 수 있는 것처럼 실제 호랑이의 용맹스럽고 위엄있는 모습을 정면에서 포착하고 있다.(그림 6-1) 웅크린 자세라든가 정면을 응시하는 날카로운 눈매, 그리고 꽉 다문 입과 노회함을 보여주는 듯한 흰 수염과 눈썹 등을 통해 용맹성과 지략을 보여주고 있다. 이런 맹호도는 호랑이의 실존하는 모습 그대로를 전달하는 데 초점이 맞춰져 있음으로써 호랑이를 동물로 대상화하는 관점을 취하고 있다고 볼 수 있는 것이다.

호랑이를 사냥하는 광경을 그린 수렵도 (狩獵圖) 또는 호렵도(胡獵圖)[14]는 다곡병

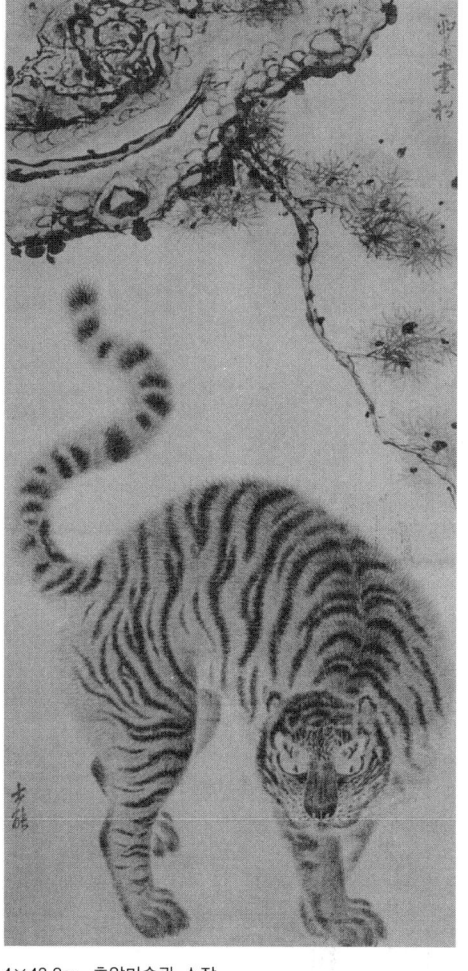

(그림 6-1) 김홍도, 〈소나무 아래 호랑이〉, 비단에 수묵담채, 90.4×43.8cm, 호암미술관 소장. 실제 호랑이의 용맹스럽고 위엄있는 모습을 정면에서 포착하고 있다.

---

14) 말을 타고 호랑이를 사냥하는 습속은 고구려 시대나 나중에 청나라 때 만주 벌판을 배경으로 하여 이루어졌던 것으로 보인다. 우리 민족에게 있어 호랑이는 차츰 신성한 동물로 변모해왔기 때문에 한복을 입고 호랑이를 사냥하는 그림은 볼 수 없으며, 胡服 차림의 무사들이 호랑이를 사냥하는 모습으로 되어 있는 듯하다. 김호연, 「민화에 보이는 호랑이」, 『한국 민속문화의 탐구』, 국립민속박물관, 1996, 10쪽.

(그림 6-2) 사냥그림, 50×31.6cm, 일본 개인 소장.
긴 창을 들고 호랑이를 사냥하는 모습을 그린 수렵도는
민화의 인기 테마인데, 호랑이를 철저하게 사냥 대상으로
보는 관점을 보여준다.

(多曲屛)으로 많이 그려졌는데, 말을 타고 달리면서 호랑이를 긴 창으로 찌르거나 활로 쏘는 모습을 포착한 것이 대부분이다.(그림 6-2) 여기에서 호랑이들은 아주 작게 그려져 있을 뿐만 아니라 도망만 치는 초라하고 위엄없는 존재로 묘사되어 있다. 사슴 등류와 똑같이 사냥당하는 처량한 신세로 전락해 있는 것이다. 여기서도 호랑이는 철저하게 동물로 취급당하고 있다.

벽사도류의 그림은 그 기원부터 따지자면 영역 범주의 폭이 굉장히 넓은 것으로 보인다. 왜냐하면 까치호랑이 그림이나 맹호도 같은 것들도 그 기원은 세밑에 행해지는 문배 풍습에서 벽사를 목적으로 문에 붙이는 데서 비롯되었을 것이기 때문이다. 그렇지만 여기서는 고정된 양식에서 벗어나 변형된 것들은 제외하고 여전히 양식화를 지향하는 성향이 강하게 남아있는 것들만을 벽사도로 보고자 한다. 이러한 벽사도로는 사신도(四神圖)에서 볼 수 있는 백호도

라든가(그림 6-3), 흑적청(黑赤靑)의 환상적인 색채를 사용하여 호랑이를 도형화한 그림들, 그리고 호랑이 가죽 무늬를 도형화한 호피도(虎皮圖)15) 등이 있다. 이들은 모두 호랑이의 위세를 빌려 사악한 기운을 물리치고자 하는 기원을 담고 있기 때문에 호랑이를 동물로 보는

(그림 6-3) (상) 백호(약수리벽화분)   (하) 백호(덕화리1호분)
벽사도로서의 호랑이 그림은 호랑이를 동물로 보되 사악한 기운을 물리치는 신성성을 부여하고 있다는데 그 특징이 있다.

---

15) 이것들은 모두 점박이 표범무늬로 되어 있기 때문에 정확하게 말하면 豹皮圖이다.

(그림 6-4) (좌) 산신도(山神圖), 絹本彩色, 96×120㎝, 서울 개인소장
(우) 산신도(山神圖), 絹本彩色, 77×49㎝, 서울대학교박물관 소장
산신령의 사자 또는 메신저로서의 호랑이는 정신적인 측면에서 볼 때 인간과 동물의 경계지점
에 있다고 할 수 있다.

관점을 취하고 있다고 볼 수 있다.

둘째, 호랑이를 동물과 인간이 복합된 관점으로 대하는 그림들로서
는 호랑이와 산신령을 그린 산신도(山神圖) 또는 무신도(巫神圖)와,
사람의 몸과 동물의 머리 형상을 하고 있는 십이지도(十二支圖) 중의
인도(寅圖)가 있다.

절의 산신각에 모셔진 탱화나, 굿당 같은 곳에 있는 무신도에는 산
신과 함께 호랑이가 꼭 그려져 있다.(그림 6-4) 이 호랑이는 산신령의 명
에 의해 행동하는 사자(使者)로 생각되는데, 인간적인 면모가 상당히
묻어 나온다. 이 호랑이는 산신령을 업고 다니기도 하고, 산신령의 앉
은 의자 역할도 하며, 산신령처럼 흰 수염을 달고 있기도 하다. 특히

초탈자와 예지자로서의 산신령의 사자 내지는
전신자(傳信者)답게 호랑이도 초탈과 달관의
모습을 보여주고 있음이 주목된다. 산신령의
인간적인 요소들이 호랑이에게도 전이되어 있
는 것처럼 보인다는 점에서 동물과 인간이 혼
합되어 있는 듯하다.

십이지도(十二支圖) 중의 인도(寅圖) 또한 동
물의 머리와 인간의 몸을 하고 있다는 점에서
인성(人性)과 수성(獸性)의 복합적인 존재라는
사실을 바로 알 수 있다.(그림 6-5) 그렇지만 동물
의 인간화 과정을 잘 보여주는 이 십이지도는
벽사적인 기능도 많이 하고 있다는 점에서 볼
때에는 벽사도로 보아도 무방할 듯하다. 기능
의 측면은 분명 그렇지만 여기서는 동물과 인
간의 관점이므로 여기에 소속시킨다.

(그림 6-5) 통도사 십이신장도 가운데 호랑이
수두인신(獸頭人身)의 호랑이 그림은 그 형상의 측
면에서 동물과 인간의 혼합이라고 할 수 있다.

셋째, 호랑이를 인간화된 관점으로 보는 그림들로서는 호작도(虎鵲
圖) 또는 작호도(鵲虎圖)라고 하는 것과 '담배피우는 호랑이' 그림이
대표적이다.

호랑이 민화로서는 아마도 호작도 종류가 그 수에 있어서는 가장
많을 것으로 보이는데, 그 내적 편차도 수량만큼 다양하다고 생각된
다. 동물화의 어떤 요소가 인간적인 것이고 아닌지에 대한 변별 기준
이 따로 존재한다고는 생각되지 않는다. 하지만 원래의 형상을 의도

(그림 6-6) 까치호랑이, 72×59.4cm, 개인 소장.
호랑이의 사팔뜨기 눈은 바보스럽고 우둔한 인지 능력의
소유자로 보이게 한다.

적으로 왜곡하고 굴절하고 과장하는 변형의 방식 속에는 정도의 차이는 있을지언정 어느 정도의 함량 이상씩은 의인화의 욕망이 담겨 있다고 여겨진다. 그래서 여기에서는 몇몇 두드러진 형상 요소들의 변형 양상을 통해 의인화의 방향 내지는 성격을 고찰하고자 한다. 고찰의 대상이 되는 형상 요소들로서는 눈, 코, 입(이빨), 발, 꼬리 등이 있다. 그리고 화면 속의 주변 상황도 고찰의 대상이 되는데, 주변 상황 속에 호랑이가 어떻게 위치하고 있고, 주변 요소들과 어떤 관계를 맺고 있는지를 통해 의인화의 방식이나 양상을 보아낼 수 있을 것이다.

의인화의 양상이 느껴지는 형상 요소를 살펴보면 다음과 같다.

먼저 호랑이의 눈을 사팔뜨기처럼 그려 놓는다든가 동심원선으로 크게 그린다든가 하는 것들(그림 6-6)은 인간적인 면모를 드러내는 요소들로 보여진다. 야간에 발광하는 눈의 실제 모양대로 눈동자를 세로로 날카롭게 그리지 않고 이렇게 의도적으로 왜곡하고 과장한 것은 호랑이의 용맹성과 야수성보다는 인간성을 드러내는 데 관심이 많기 때문이다. 이렇게 전혀 날카롭지도 예리하지도 못한 눈의 모양은 사물을 잘 판단하지도 못하는, 바보스럽고 우둔한 인지 능력의 소유자로 보이게 한다. 그것은 분명 동물로서의 호랑이가 아니라 인간화된 호랑이로 그려졌음을 의미한다.

호랑이의 코를 사람코처럼 그린다든가 콧구멍이 들린 들창코로 그린다든가 코 주위의 광대뼈가 튀어나오게 그린다든가 하는 것들도 의인화 기법이라고 할 수 있다. 그것은 모두 호랑이를 호랑이답게 그리는 것과는 거리가 멀게 호랑이가 인간답게 느껴지도록 기능하고 있기 때문이다.

호랑이의 입을 크게 그리고 이빨을 도깨비처럼 이리저리 어지럽게 솟아난 모양으로 그려놓은 것들(그림 6-7)도 언뜻 보면 호랑이의 포악함을 드러내기 위한 것처럼 보이지만 그것과는 거리가 있다. 그런 이빨들은 날카롭기는 하지만 뻐드렁니처럼 울퉁불퉁하고 우스꽝스러워서 귀엽게 보이는 측면이 있는 것이다. 거기에 혀를 길게 빼어 물고 있다든가 하는 것(그림 6-8)

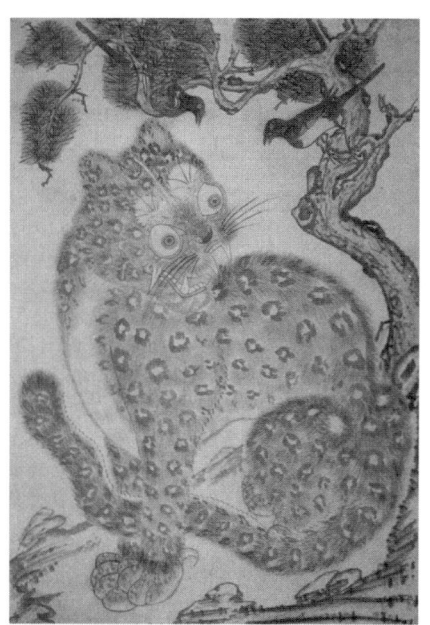

(그림 6-7) (상) 호랑이, 77×50cm, 개인 소장.
뻐드렁니처럼 울퉁불퉁하고 우스꽝스럽게 그려진 호랑이의 이빨은 포악함보다는 인간적인 속성으로 보이게 한다.
(그림 6-8) (하) 호랑이, 60×38cm, 개인 소장.
호랑이 형상도 그러하지만 호랑이 한 가족을 그려놓고 있다는 사실은 이들을 인간화하고 있음을 가리킨다.

이 덧보태질 경우 인간화를 지향하는 속성이 강화된다. 그리고 입을 커다랗게 벌리는 것이 만약 포효하는 것을 그린 것이라면 그럴 때 눈을 부리부리하게 크게 뜨고 있는 것은 전혀 어울리지 않는다. 왜냐하면 포효할 때의 호랑이의 눈은 삼각형 모양으로 오그라지게 마련이기 때문이다. 그러므로 이런 부조화된 모습은 공포를 유발하는 효과로서보다는 왜곡되고 과장되게 그림으로써 인간화의 측면을 부각시키고자 하는 의도를 지니고 있는 것으로 보인다.

호랑이의 발을 크고 부드럽게 그리는 것도 의인화의 기법으로 보인다. 날카로운 발톱은 제거되고 발가락을 식빵처럼 불룩불룩 부드럽게 그린 것은 인간적인 후덕함과 포용력을 상징하고 있는 것처럼 보인다.

꼬리를 늘어뜨리고 앉아 있는 광경에서도 사나운 동물로서의 모습이 제거되어 있음을 볼 수 있다. 앉아 있다는 것 자체가 공격할 의사가 없음을 나타내는 것이기도 하지만 꼬리가 바닥으로 깔려 앞발 앞쪽으로까지 길게 느리워져 있는 모습은 호랑이를 온순하게 보이도록 한다.(그림 6-8) 호랑이의 배가 불룩 튀어 나와 있는 모습도 후덕한 인간적인 면모를 느끼게 해준다. 전체적으로 머리가 너무 크다든가 발과 몸통의 비례관계가 어긋나 있는 점도 호랑이가 원래 갖고 있는 민첩함이라든가 용맹성과는 거리가 멀고 인간처럼 둔한 인상을 준다.

그림에서 호랑이가 주변 요소들과 어떤 관계를 갖고 있는지를 살펴보는 것도 의인화 양상을 파악하는 데 도움이 된다. 호작도에서 호랑이는 소나무 위에 앉은 까치를 올려다보고 있는데, 아마도 무슨 대화를 나누고 있는 듯하다.(그림 6-9) 까치를 길조를 전해주는 새로 보건, 아니면 서낭신의 뜻을 전달해주는 신탁의 새로 보건, 아니면 호랑이를 재판하는 설화를 배경으로 한 새로 보건, 아니면 사신수도(四神獸圖) 속의 주작(朱雀)의 변용으로 보건[16]간에 호작도에서의 까치는 매우 총명하고 예지자적인 존재로 보임에 반해 호랑이는 위에서 본대로 멍청한 존재로 그려져 있다. 까치의 조롱과 야단을 듣고 있는 것 같기도 하고, 말도 안되는 소리를 지껄이고 있는 것 같기도 하다. 이 그림에서의 의인화 양상은 까치와 호랑이가 언어를 통해 의사소통하는 것으로 보이는 그림 내적 상황 내지는 구도에서도 도출된다.

담배피우는 호랑이 그림에서도 호랑이는 토끼와의 상황 설정으로 인해 인간화를 지향하고 있다.(그림 6-10) 토끼들은 호랑이가 담배를 앉아서 피울 수 있도록 담뱃대를 잡아주고 있는데, 장죽의 담뱃통에 잎을 넣어주고 불을 붙여준 존재 또한 토끼였으리라고 미루어 알

(그림 6-9) 희보작호도
대화는 전형적인 인간의 속성인데, 호랑이와 까치는 뭔가를 대화하고 있는 듯하다.

---

16) 이우환은 호랑이와 까치 그림 자체를 사신수도의 변형으로 보고 있다. 이우환, 『이조의 민화』, 열화당, 1977, 30쪽 참조.

(그림 6-10) 담배 피우는 호랑이(수원 팔달사 벽화)
담배를 피우는 노인과 동자(童子)를 연상시킬 정도로 인간세계의 정황과 닮아 있다.

수 있다. 담배를 피우는 그 자체가 동물이 아닌 인간의 속성일 뿐 아니라 담뱃대의 형태도 인간 세계의 것이라는 점과, 호랑이와 토끼 사이의 의사소통이 인간의 언어일 것 같다는 점도 호랑이를 의인화하는 데 조력하고 있다. 호랑이와 토끼 사이의 이와 같은 상황 설정은 토끼가 꾀를 부리고 호랑이가 거기에 속는, 호랑이와 토끼 사이에 벌어지는 민담에서의 이야기 상황과 유사한 것으로 생각된다.

3. 호랑이 소재 민담과 민화의 정신분석과 서민적 상상력

호랑이는 사람을 잡아먹기도 하는 섬뜩한 동물로서 상상만 해도 공포심을 유발하는 그런 존재였다. 그런 만큼 한국인의 의식과 무의식 속에는 호랑이의 무서운 형상과 포효성(咆哮聲), 그리고 민첩하고 용맹하고 잔인한 행위 등이 중첩되어 쌓여 있었을 것으로 생각된다. 그런데 우리는 정신분석학을 통해 의식과 무의식은 분열되어 있고, 무의식은 작동되는 메커니즘이 의식과는 다르다는 사실을 알고 있다. 그렇다면 우리 민족의 무의식 속에서는 호랑이라는 존재가 어떤 모습으로 존재하고 있는지에 대해 생각해볼 필요가 있을 것이다. 또 무의식에 원재료 상태로 잠겨 있을 때와 무의식이 밖으로 표출될 때의 양상은 다를 수도 있기 때문에 여기에 대해 살펴보는 것은 호랑이 소재 민담과 민화 속에 개재되어 있을지도 모르는 우리 민족의 무의식의 내용을 알아보는 데 필수적이지 않을까 생각된다.

정신분석학에 따르면 이드라는 본능적인 충동은 항상 의식의 표면에 분출되기 위해 시도하지만 그것은 억압과 검열을 당하기 때문에 위장과 변형의 과정을 겪을 수밖에 없게 된다. 무의식의 잠재적인 내용들은 검열 장치를 피해 교묘하게 위장하고 꿈이라든가 예술작품에 주로 나타나는 것이다. 그것은 왜곡과 굴절이 심하기 때문에 논리적인 사고로 보았을 때에는 무척 비합리적인 부분이 많아 보인다. 심지어 완전히 반대로 전도된 모습으로도 나타난다.[17) 이와 같이 합리적인 정신에서는 용납할 수 없는 의식 세계 너머의 비합리적인 무의식 세계의 모습은 옛날 이야기나 그림과 같은 예술 속에 잘 나타나는 것이다.

우리 민담과 민화에서 공포의 대상인 호랑이를 의인화하는 것은 이러한 무의식의 표출과 무관하지 않은 것으로 보인다. 호랑이에 대한

---

17) 무의식에서는 대립적인 소망들이 공존할 수 있다. 근친상간을 금기시하면서 다른 한 편으로는 욕망하기도 한다. 무의식은 이렇게 상호모순으로부터 면제되어 자유롭다. Antony Easthope, 『무의식』, 한나래, 2000, 70쪽 참조.

공포는 너무도 심각한 것이기에 거세 공포와 유사한 수준이지 않았을까 생각된다.[18] 죽음에 대한 공포도 거세 공포가 발전된 것이라고 할 때, 죽음에 대한 공포를 아무리 지우려고 해도 지워지지 않듯이 호랑이에 대한 공포도 거세 공포처럼 쉽게 잊혀지지 않는 그러한 성질의 공포였을 것이다. 공포는 의식 속에 남아 있을 수 없기 때문에 무의식으로 밀려나서 억압된다. 그러나 억압된 것은 귀환하기 마련이다.[19] 그것은 활발하게 어둠 속에서 증식한다. 달리 말한다면 억압은 그 목적 달성을 위해 정반대의 것을 강화시키는 '반동형성'을 일으키는 것이다.[20]

자아는 그러한 공포나 불쾌감에 대해 방어하고자 한다. 자아의 안정을 위협하는 것들에 대항하고자 하는 것이다. 그럴 때의 방어기제의 하나는 주체가 대상 속으로 들어가 대상의 성격을 원하는대로 바꾸어 놓는 것이다. 억압된 것을 대체하는 이러한 전위(轉位)에 의해 불쾌감을 야기하는 것들은 친근한 것으로도 전환 가공된다. 공포감을 일으키고 불쾌감을 주는 대상과 감정적인 동일시를 이루는 것은 가장 선호되는 방어기제가 된다. 이것이 주체가 대상에게로 나아가 감정적으로 결합되는 외향 투사(projection)인 것이다.[21]

---

18) 라캉은 거울 단계에서 어린아이는 자신의 신체를 파편화된 것으로 느끼는데, 이를 조각난 신체 개념으로 설명하고 있다. 신체가 조각날 것이라는 가능성에 대해 아이는 공포심을 느끼는데, 거세와 불구, 절단, 탈구, 내장 적출, 삼키기 등 신체의 파열을 보여주는 이미지들이다. 앤터니 이스트호프, 앞의 책, 105쪽 참조.

19) 앞의 책, 65쪽 참조. 현대 대중문화에서도 억압된 것 또는 살아있는 死者의 귀환이라는 모티프를 많이 볼 수 있다. 예컨대 <터미네이터>, <로보캅> 등.

20) 프로이트, 『무의식에 관하여』, <프로이트 전집 13>, 열린책들, 1997, 153쪽 참조.

우리는 호랑이 소재 민담에서도 이러한 감정적 동일시에 의한 전위 현상이 일어나고 있음을 볼 수 있다. 특히 이 현상은 호랑이가 의인화된 이야기에서 강하게 나타나는 듯하다. 사납고 잔인한 동물로서의 호랑이를 인간화하여 보고자 하는 것은 인간의 염원이 대상에게로 전위된 결과로 보이기 때문이다. 사람들은 힘센 맹수의 야수성 속에 인간적인 면모가 들어 있다고 착각하고 싶어한다. 인간보다 더 우월한 자질이 야수성 속에 있어서 착한 마음을 갖고 있고 착한 행위를 하는 사람들을 특별하게 대우해 주었으면 하는 희망을 품고 있는 것이다. 정의의 사자로서, 현명한 판관으로서, 남몰래 하는 선행도 다 알고 포창하는 전지자로서, 도덕군자다운 인자함과 부처님같은 자비심까지 지닌, 인간이 바랄 수 있는 최상급의 조력자이기를 호랑이한테 바라는 것이다. 이와 같이 인간 이상의 자질을 호랑이가 갖고 있다고 생각하기도 하지만 다른 한편으로는 평균 인간 이하의 자질을 갖고 있다고 생각하는 것도 전위 현상에 의한 것으로 보인다. 인간 이상의 자질을 지닌 호랑이는 비록 야수성을 갖고 있지는 않았을망정 초월적인 힘의 소유자로서 신비한 능력을 보여주었다. 그러나 평균 인간 이하의 호랑이한테서는 야수성이나 용맹성을 볼 수 없을 뿐만 아니라 초월자로서의 능력도 전혀 찾아볼 수 없는 것이다. 오히려 저열한 인간으로서의 우둔함을 훨씬 많이 장착하고 있는 것이다. 뻔한 거짓말에도 속아 넘어가고 손쉬운 상황 판단도 하지 못하는 데서 인간의 일상적인 모습을 볼 수 있다. 그러면서도 화를 낼 줄도 모르는 모습에서

---

21) 앤터니 이스트호프, 앞의 책, 91-95쪽 참조.

우리는 이웃집 아저씨 같은 포근함과 인정스러움과 털털한 웃음을 본다. 이와 같이 호랑이를 맘씨 좋은 바보 아저씨 정도로 보는 것 또한 주체의 욕망이 작용함으로써 대상의 성격을 마음대로 바꾸어 놓는 심리적인 전위가 일으킨 결과라고 할 수 있다.

이러한 심리적인 전위 현상은 이야기뿐 아니라 그림에서도 일어나 그림 속의 호랑이를 주관적으로 재가공하는 데 작용하고 있다. 이야기는 언어를 통해 대상을 왜곡시키고 굴절시키지만 그림에서는 시선을 통해 왜곡과 굴절을 이루어낸다는 점에서 약간은 더 충격적이다. 라캉식으로 말한다면 그 시선은 보기만 하는 것(eye)이 아니라 보여짐의 응시(gaze)가 함께하는 것[22]으로서 나와 상대방이 복합되고, 객관과 주관이 중첩되는 전위가 일어난다. 여기에서의 보여짐의 응시 속에는 주체의 욕망이 들어 있어서 나에 의해 상상된 모습이 상대방에 투사된다. 이럴 때 이상한 모습의 호랑이가 그려질 수 있는 것이다. 호랑이가 호랑이로서의 객관적인 모습을 잃어버리고 인간화된 호랑이가 된 것은 욕망하는 주체가 대상 속으로 들어가 대상의 성격을 원하는대로 바꾸어 놓는 심리적인 전위 때문이다. 전위시키고자 하는 열망이 강하면 강할수록 호랑이의 본래의 모습에서 이탈하는 정도가 심해진다. 객관적인 시선보다는 주관적인 응시를 더 많이 반영하는 것은 내면의 욕망을 억압하지 않고 그대로 분출한다는 증좌가 될 것이다. 호랑이 형상의 자유분방한 변형은 서민적 상상력이 무엇인지에 대해 시사하는 바가 많아 보인다.

---

22) 권택영 편, 『자크 라캉 : 욕망이론』, 문예출판사, 1994, 30-35쪽과 186-200쪽 참조.

호랑이 소재 민담이나 민화를 향유한 계층은 일반 서민이라 판단된다. 이념적인 무장을 바탕에 깔고 있는 '민중'이라든가, 계급적인 층위를 강하게 내포하고 있는 '평민'이라든가 하는 용어 대신 여기에서 '서민'이란 용어를 사용하는 것은 호랑이 소재 민담과 민화를 향유한 사실과 이념이나 계급 사이의 관련성이 그리 강하게 있는 것 같지는 않아 보이기 때문이다. 우리는 최소한 부유한 서민들인 요호부민층이나 중인 계층, 그리고 나아가 일반 양반 사대부들이 이러한 호랑이 소재 민담이나 민화를 향유하지 않았을 거란 분명한 판단을 내릴 근거를 갖고 있지 못하다. 그러니까 '서민'이라는 다소 펑퍼짐하고 교집합적인 개념을 사용하는 이유는 향유계층에 대해 초점을 명확히 하고 계층적 성격을 압축해내는 것보다는 호랑이를 통해 나타내고자 하는 보다 많은 일반 사람들의 상상력이 무엇인지를 밝히는 것이 더욱 의미가 있다고 보기 때문이다.

호랑이 소재 민담과 민화에서 볼 수 있는 상상력의 한 가지는 상대가 누구든간에 친근감과 동료애로 녹여내는 포용력 내지는 융화력이 아닐까 생각된다. 아무리 무서운 짐승이라도 따뜻한 마음으로 감싸안을 수 있는 포용정신이 호랑이를 의인화한 민담과 민화에는 바탕을 이루고 있다. 그것은 호랑이 같은 무서운 짐승에게만 해당되는 것이 아니라 호랑이 같이 무서운 권력자나 정체를 알 수 없는 이방인에게도 그런 포용정신은 발휘된다고 할 수 있을 것이다. 물론 호랑이를 조롱하고 풍자하는 요소가 없는 것은 아니지만 그러한 비판정신이 완전한 배타의식에 기초하고 있지 않다는 점은 주목을 요한다. 호랑이 민담에서 아무리 호랑이가 비판당하고 조롱거리로 전락하고 있을지언정 호랑이한테서는 바보스러운 인간성이 언제나 느껴지며, 호랑이 민화가 호랑이를 아무리 괴물처럼 그렸어도 그 속에서 야수답지 않고 인간미가 흐르는 것을 느끼지 않을 수 없는 것이다. 그러한 점에서 일부 호랑이 소재 민담이나 민화(호랑이의 저열성을 드러내는 민담과 토끼류에 의해 조롱당하는 호랑이 그림)가 기존의 권력자나 지배계층의 무능력과 해로움을 비판 풍자한다고만 보는 시각은 재고의 여지가 있다고 본다. 그런 민담과 민화도 전적으로 호랑이에 대해 배타적으로 경원시하는 시각을 담고 있다고 할 수는 없다. 그 저변에 흐르는 따뜻한 인간애를 부정할 수는 없는 것이다. 그러므로 호랑이 민담과 민화를 즐긴 우리 서민들은 무능하고 험한 지배계층이나 권력자들을 한편으로는 조롱하면서도 다른 한편으로는 그들까지 껴안으려고 하는 포용력을 보여준다. 호랑이를 일그러뜨려 묘사하고 있지만 거기에는 일차원적인 외부 시각만 들어 있는 것이 아니라 그 속에 들어앉아 이쪽을 향해 따뜻한 시선을 보내는 내부의 응시도 포함되어 있는 것이다.23)

포용력과 더불어 여러 가지 삶의 가치들도 호랑이 소재 민담과 민화의 세계를 부유하고 있다고 보인다. 의리있음, 인정 많음, 정의로움 등과 같은 것들이 바로 그것이다. 한 번의 도움을 평생 잊지 않고

---

23) 꿈에서도 내가 아닌 다른 인물이 나타날 경우, 내 자아가 동일시를 통해 낯선 인물 뒤에 숨어 있다고 가정한다. 프로이트, 『꿈의 해석(상)』, 열린책들, 1997, 416-417쪽 참조.

한번 맺은 언약은 어떤 일이 있어도 지키는 의리, 남을 위해 헌신하는 것이 본업인 양 큰 손을 베풀고 어려움에 처한 사람들을 보면 애처로 워하고 눈물을 흘리는 그런 인정 많음, 선행을 베풀고 옳은 일을 하는 사람들을 뒤에서 지켜보면서 남몰래 돕기도 하고 사람들이 바른 방향 으로 갈 수 있도록 인도하고 판정을 내려주는 정의로움 등을 호랑이 를 통해 표현하고 있다. 그것은 인간 세계에 횡행하는 배신과 몰인정, 그리고 불의에 대한 반작용적 거리두기이면서 그러한 가치들이 불식 되고 전도되어 긍정적인 가치들이 사회에 가득하게 되기를 비는 서민 들의 염원이 반영된 결과가 아닌가 생각되는 것이다. 바람직한 삶의 가치들이 호랑이를 통해 나타난 것은 서민들이 그러한 가치들을 현실 화할 때 요구되는 힘들을 호랑이한테 바랐기 때문이다. 그것이 호랑 이의 위세 때문에 현실적인 지배자 내지는 권력자에게 필요한 가치처 럼 보일 수도 있지만 그것은 꼭 권력자에게만 필요한 가치들이 아닌 것이다. 오히려 그 가치들은 삶의 특수 국면에서만 필요한 것들이 아 니라 모든 사람들이 일상에서 맞부딪치는 가치들이다. 그런 점에서 호랑이 소재 민담과 민화를 향유한 사람들이 계급의식이나 이념적 성 향이 강했다고는 할 수 없을 것 같다. 일상인들이 오로지 권력자나 계 급의 동향만을 염두에 두면서 살았을 리도 없고, 자유분방한 사유로 이루어지는 이야기 세계나 그림 등의 예술 속에 그런 권력의 세계에 편협하게 포커스를 맞춰 표현했을 리도 없을 것이다. 그들은 작품을 향유하면서 계급의식이나 이념을 유추하기보다는 일상에서 부딪치는 가치들을 환기했다고 보는 것이 옳을 것이다.

호랑이 소재 민담과 민화에서 호랑이가 의인화된 것은 사람들의 상상력이 투영되었기 때문이다. 그것은 세상을 관대하게 포용하고 따뜻한 시선으로 보고자 하는 서민들의 무의식이 시킨 결과이다. 다만 우리는 여기에서 이러한 서민적 상상력의 구체적인 내용들이 민담에서는 보다 분명하게 나타나지만, 민화에서는 시각적 매체의 제약 때문에 의인화 양상 속에서 간접적으로 드러난다는 점을 지적할 수 있다. 그렇지만 민화의 경우에는 민담에서는 느낄 수 없는 상황적 분위기나 정조가 시각적 메시지를 통해 전달된다. 그래서 같은 소재의 민담과 민화는 상호보충적으로 유추할 수 있는 여지가 있다. 우리가 살펴본 바와 같이 호랑이 소재 민담과 민화도 서로 상대방에 기대어 서민적 상상력의 내용을 좀더 구체적으로 도출할 수 있게끔 해준다.

4. 맺음말

호랑이 소재 민담과 민화 사이의 비교 분석은 앞으로 여러 다른 소재의 민담과 민화의 비교 분석 결과를 수용하면서 좀더 폭넓고 깊이 있게 행해질 필요가 있다. 그래야만 그것을 향유한 집단과 그 집단이 꿈꾸는 이상이나 상상력의 내용에 대해 보다 다양하게 접근할 수 있을 것이다. 또 그래야만 우리가 유보사항으로 남겨두었던 문제도 해결될 수 있을 것이다. 그것은 즉, 호랑이를 의인화한 그림은 서민층이 선호한 경향이 있었다면, 호랑이를 멀리 객관화하여 실제 모습으로 바라본 그림은 지배 계층이나 사대부 통치 철학에 익숙하고 친근한 계층이 선호하지 않았을까 하는 의문이다. 그것은 달리 말해 그림 가격의 차이라든지 집안 장식의 기호 또는 취향이라는 사회경제적 맥락을 넘어 거기에 어떤 집단무의식의 동향 내지는 흔적이 침잠되어 있지 않을까 하는 것이다.

민담과 민화 사이의 비교 분석을 확장하고 심화한다면 민담과 민화 사이의 소통회로에 대한 것도 이해를 깊게 할 수 있을 것이다. 구술전통과 회화전통 사이에 놓여져 있는 교류의 맥을 짚기 위해서는 이야기꾼과 유랑화가 사이의 교류 내지는 역할 중첩 또는 이중 역할에 대한 실증적인 조사가 필요하며, 이야기와 그림이 함께 있는 책이나 그림들에 대한 연구도 필요하다. 이야기 속의 행실을 그려 놓은 행실도류의 책이나, 바탕이 된 설화 이야기가 옆에 적혀 있는 인물고사도류의 그림들, 그리고 소설적 내용을 담아 놓은 〈춘향전도〉나 〈구운몽도〉와 같은 설화도류의 그림들에 대해서도 관심을 가질 필요가 있겠다. 나아가 민담과 민화 사이의 대응관계를 좀더 치밀하게 분석하는 것도 필요하다. 소재 차원도 중요하겠지만 민담의 이야기 표현 방식의 세부적인 사항들이 민화에서의 구도, 선, 색 등의 세부적인 표현 방식들과 어떻게 관련되고 대응되는지를 분석한다면 교섭의 통로가 좀더 구체적으로 설명될 수 있지 않을까 기대한다.

참고문헌

자료 ⌇

『구운몽』(완판 105장본), 고전소설 1집, 고려서림, 1986.

『국역 성호사설』, 민족문화추진회, 1977.

『국역 연암집』2, 민족문화추진회, 2004.

『성소부부고』, 민족문화추진회, 1967.

『오선기봉』, 〈활자본 고전소설전집〉 권4, 아세아문화사, 1976.

『조웅전』, 한국고대소설총서, 3권, 통문관, 1960.

『지봉유설』, 을유문화사, 1975.

『한국구비문학대계』, 한국정신문화연구원, 1980.

강한영 교주, 『신재효판소리사설집』, 교문사, 1984.

김승동 편저, 『易思想辭典』, 부산대출판부, 1998.

김승룡, 『악기집석』1, 청계, 2002.

박을수 편, 『한국시조대사전』上下, 아세아문화사, 1992.

심경호, 『금오신화』, 홍익출판사, 2000.

안동림 역주, 『장자』, 현암사, 1993.

劉義慶 撰, 『世說新語』·중, 살림, 1997.

유향, 『열선전』, 예문서원, 1996.

劉勰, 『文心雕龍』, 〈聲律〉.

이재호 옮김, 『삼국사기』3, 솔, 1997.

이혜구 역, 『신역 악학궤범』, 국립국악원, 2000.

장기근/이석호 역, 『노자/장자』, 삼성출판사, 1990.

정재서 역주, 『산해경』, 민음사, 1985.

국내논저 🌀

강명관, 「사설시조의 창작 향유층에 대하여」, 『조선시대 문학예술의 생성공간』,
　　　　소명출판, 1999.

_____, 『조선후기 여항문학 연구』, 창비, 1997.

강신주, 『장자 : 타자와의 소통과 주체의 변형』, 태학사, 2003.

고미숙, 「사설시조의 역사적 성격과 그 계급적 기반 분석」, 『18세기에서 20세기초
　　　　한국시가사의 구도』, 소명출판, 1998.

_____, 「고전시가사의 흐름과 감상」, 임형택・고미숙 편, 『한국고전시가선』, 창
　　　　비, 1997.

권택영 편, 『자크 라캉 : 욕망이론』, 문예출판사, 1994.

김기주 역주, 『중국화론선집』, 미술문화, 2002.

김문기, 「서민가사의 표현과 미의식의 특성」, 국어국문학회 편, 『가사연구』, 태학
　　　　사.

김병국, 「고대소설 서사체와 서술시점」, 이상택・성현경 편, 『한국고전소설연구』,
　　　　새문사, 1983.

김병종, 『중국회화연구』, 서울대출판부, 1997.

김석진, 『대산 주역강의』, 한길사, 1999.

김열규, 『도깨비 날개를 달다』, 춘추사, 1991.

김영림, 「판소리 춘향가의 음화적 요소에 대한 시고」, 수도여사대 석사학위논문,
　　　　1976.

김욱동, 『대화적 상상력』, 문학과지성사, 1988.

김원중, 『중국문학이론의 세계』, 을유문화사, 2000.

김종철, 『판소리사 연구』, 역사비평사, 1996.

김학성, 「사설시조의 장르 형성 재론」, 『국문학의 탐구』, 성대출판부, 1987.

_____, 『국문학의 탐구』, 성대출판부, 1987.

김현주, 「'거동보소'의 담화론적 해석」, 『판소리연구』 6집, 1995.

_____, 「고소설의 환상담론과 도가담론의 상관관계」, 『고소설연구』 21집, 2006.

_____, 『판소리와 풍속화 그 닮은 예술세계』, 효형출판, 2000.

김호연, 「민화에 보이는 호랑이」, 『한국 민속문화의 탐구』, 국립민속박물관, 1996.

김흥규, 「사설시조의 시적 시선 유형과 그 변모」, 『한국학보』, 1992.

류성준, 『한국한시와 唐詩의 비교』, 푸른사상, 2002.

문영오, 「김신선전에서의 도교사상 요소 연구」, 『한국도교사상의 이해』, 총서 4, 1990.

민혜란, 「김성탄의 소설기법론에 대하여」, 『중국학연구』 7집, 1992.

성경린, 『한국음악논고』, 동화출판공사, 1976.

성현경 외, 『광한루기 연주 연구』, 박이정, 1997.

_____, 「정현석과 신재효의 창우관 및 사법례」, 『이정 정연찬선생 회갑기념논총』, 1989.

송방송, 『한국음악통사』, 일조각, 1984.

윤찬원, 「도교 개념의 정의에 관한 논구」, 한국도교사상연구회 편, 『한국도교와 도가사상』, 아세아문화사, 1991.

이동주, 『우리나라의 옛그림』, 학고재, 1995.

이보형, 「판소리 사설의 극적 상황에 따른 장단조의 구성」, 『판소리의 이해』, 창비사, 1978.

이부영, 『한국민담의 심층분석』, 집문당, 1995.

이상택, 「고대소설의 세속화 과정 시론」, 『한국고전소설의 탐구』, 중앙출판, 1981.

이성천, 『한국·한국인·한국음악』, 풍남, 1997.

이수봉, 『지봉유설』, 을유문화사, 1975.

이승수, 「김성탄의 사유와 글쓰기 방식」, 『한국언어문화』 26집, 2004.

_____, 「호질과 허생전의 독법 하나」, 『고소설연구』 20집, 2005.

이우성, 「실학연구서설」, 『한국의 역사상』, 창작과비평사, 1982.

이우환, 『이조의 민화』, 열화당, 1977.

이종은, 「죽림칠현과 죽고칠현의 대비적 고찰」, 『한국도교사상의 이해』 총서 4, 1990.

_____, 「한국소설상의 도교사상 연구」, 『도교와 한국사상』 I, 1987.

임형택, 「18~19세기 예술사의 성격」, 『한국학연구』 7, 고려대 한국학연구소, 1995.

정민, 「16,7세기 유선시의 자료 개관과 출현 동인」, 『한국도교사상의 이해』, 총서 4, 1990.

_____, 「한국한시와 도교」, 한국고전문학회 편, 『국문학과 도교』, 태학사, 1998.

정선희, 「조선후기 문인들의 김성탄 평비본에 대한 독서담론 연구」, 『동방학지』

129집, 2005.

정옥자, 『조선후기 문화운동사』, 일조각, 1988.

정재량, 「모종강의 인물형상론 초탐」, 『중국문학연구』 26집, 2003.

정재서, 「신선과 사회」, 『도교와 한국문학』, 총서 2, 1988.

＿＿＿, 『도교와 문학 그리고 상상력』, 푸른숲, 2000.

조동일, 「갈등에서 본 춘향전의 주제」, 『계명논총』 6, 1970.

조숙자, 「第六才子書 西廂記 연구」, 서울대 박사학위논문, 2004.

지순임, 『중국화론으로 본 회화미학』, 미술문화, 2005.

차충환, 『숙향전연구』, 월인, 1999.

최경환, 「완판 84장본 〈열녀춘향수절가〉의 다성성 연구」, 서강대 석사학위논문, 1992.

최동원, 『고시조론』, 삼영사, 1980.

최동현, 『판소리 이야기』, 도서출판 인동, 1999.

최병식, 『동양미술사학』, 예서원, 1993.

＿＿＿, 『동양회화미학 ; 수묵미학의 형성과 전개』, 동문선, 1994.

＿＿＿, 『수묵의 사상과 역사』, 현암사, 1985.

최원식, 「가사의 소설화 경향과 봉건주의의 해체」, 『창작과비평』 1977 겨울.

최종민, 『한국전통음악의 미학사상』, 집문당, 2003.

한매, 「조선후기 실학파의 김성탄 수용」, 『한중인문학연구』 10집, 2003.

한명희, 「문화구조 속에서 본 전통음악의 몇가지 특징」, 『대동문화연구』 22집, 1988.

＿＿＿, 「정악에 나타난 한국인의 미의식」, 『한국전통 예술의 미의식』, 한국정신문화연구원, 1985.

황병기, 「판소리와 산조에 나타난 한국인의 미의식」, 『한국 전통예술의 미의식』, 정문연, 1985.

국외논저

A.C.그레이엄, 『음양과 상관적 사유』, 청계, 2001.

Andrew H. Plaks, 「중국서사론」, 김진곤 편역, 『이야기 소설 Novel』, 예문서원,

2001.

Antony Easthope, 『무의식』, 한나래, 2000.

Beatrix Hauser, 「From Oral Tradition to Folk Art ; reevaluating Bengali scroll paintings」, 『Asian Folklore Studies』 vol.61, 2002.

D. Rolston ed., 『How to read the Chinese Novel』, Princeton Univ. Press, 1990.

Little, Stephen, 『Taoism and the arts of china』, Art Institute of Chicago, 2000.

金谷治, 『주역의 세계』, 한울, 1999.

謝赫, 『古畫品錄』, 임어당 편, 『중국미술이론』, 한명, 2002.

서복관, 『중국예술정신』, 동문선, 1990.

앤드류 플락스, 「중국서사론」, 김진곤 편역, 『이야기 소설 Novel』, 예문서원, 2001.

왕핑(王平), 「중국소설 평점가의 서사이론」, 임형택·진재교 편, 『동아시아 서사학의 전통과 근대』, 2005.

이택후, 『화하미학』, 동문선, 1990.

장언원 외, 『중국화론선집』, 미술문화, 2002.

周來祥, 『중국고전미학』, 미진사, 2003.

킴바라세이고, 『동양의 마음과 그림』, 새문사, 1978.

프로이트, 『꿈의해석(상)』, 열린책들, 1997.

_____, 『무의식에 관하여』, 〈프로이트 전집 13〉, 열린책들, 1997.

_____, 『예술, 문학, 정신분석』, 〈프로이트 전집 14〉, 열린책들, 2003.

_____, 『정신분석학의 근본 개념』, 열린책들, 1997.

_____, 『토템과 금기』, 경진사, 1993.

찾아보기

272

저자· **김현주**(金賢柱)

그동안 〈판소리이본전집〉과 〈판소리역주서〉 작업을 공동으로 했고, 단독으로 쓴 책으로는
『판소리 담화분석』(1998), 『판소리와 풍속화, 그 닮은 예술세계』(2000), 『구술성과 한국서
사전통』(2003), 『고전서사체 담화분석』(2006) 등이 있다.
현재 서강대학교 국어국문학과 교수

고전문학과 전통회화의 상동구조

초판발행 2007년 11월 28일

지은이 김현주
발행인 김흥국

발행처 도서출판 보고사
주 소 서울시 성북구 보문동 7가 11번지 2층
등 록 6-0429(1990.12)
전 화 922-5120~1(편집부) / 922-2246(영업부)
팩 스 922-6990
메 일 kanapub3@chol.com
www.bogosabooks.co.kr

ISBN 978-89-8433-613-1 (93810)
정 가 13,000원